옮긴이

박영원

고려대학교 영어영문학과를 졸업하고 전문번역가로 활동하고 있다. 옮긴 책으로 『와인즈버그, 오하이오』『팔코너』『존 치버의 일기』『스포츠라이터』『교수처럼 문학 읽기』『여유의 기술』『늑대인간』『마법살인』『하이퍼그라피아』『찰리 챈, 열쇠 없는 집』 등이 있다.

검은 고양이

초판 1쇄 발행 | 2023년 4월 25일
초판 2쇄 발행 | 2023년 11월 20일

지은이 에드거 앨런 포
옮긴이 박영원
발행인 한명선

주소 서울시 종로구 평창길 329(우편번호 03003)
문의전화 02 – 394 – 1037(편집) 02 – 394 – 1047(마케팅)
팩스 02 – 394 – 1029
전자우편 saeum2go@hanmail.net
블로그 blog.naver.com/saeumpub
페이스북 facebook.com/saeumbooks
인스타그램 instagram.com/saeumbooks

발행처 (주)새움출판사
출판등록 1998년 8월 28일(제10 – 1633호)

ⓒ 박영원, 2023
ISBN 979-11-92684-46-8 03840

THE
Black
Cat

에드거 앨런 포

박영원 옮김

검은고양이

새움

검은 고양이 ——————————— 7

고자질하는 심장 ————————— 25

껑충 뛰는 개구리 ————————— 37

어셔가의 붕괴 —————————— 55

일주일에 세 번의 일요일 ————— 89

타르 박사와 페더 교수의 치료법 ————— 103

정확한 과학 중 하나로 여겨지는 사기술 ——— 137

"네가 범인이다"————————— 159

모르그가의 살인 사건 ——————— 185

도둑맞은 편지———————————— 245

역자의 말 ——————————————— 279

에드거 앨런 포 연보————————— 286

일러두기

1. 이 책은 에드거 앨런 포(Edgar Allan Poe)의 단편 선집으로 2015 edition printed for Barnes & Noble by Sterling Publishing Co., Inc. 외의 여러 판본을 참고했다.
2. 등장인물의 이름과 지명 표기는 국립국어원의 외래어 표기법에 따르되, 현재 널리 쓰이는 표기법을 참고했다.
3. 본문 하단의 설명은 역자의 주이다. 작가의 주는 본문에 표기했다.

검은 고양이

❖❖❖

　내가 이제 곧 쓰려고 하는 가장 유별나면서도 가장 솔직한 이야기에 대해 나는 여러분이 이를 믿길 기대하지도, 또 부탁하지도 않는다. 직접 느낀 증거를 다름 아닌 나의 감각들도 받아들이지 않는 상황에서 이를 기대한다면 정말이지 난 미친놈일 것이다. 그러나 난 미치지 않았고 꿈을 꾸지 않은 것도 매우 확실하다. 하지만 난 내일 죽을 것이기 때문에 오늘은 내 영혼의 짐을 내려놓고자 한다. 나의 직접적인 목적은 한 가정에서 일어난 일련의 단순한 사건들을 분명하고 간결하게, 그리고 부연 설명 없이 세상 사람들 앞에 내놓는 데 있다. 이 사건들은 결말에 이르러 나를 위협하고 괴롭혔고, 또 파멸시켰다. 하지만 그럼에도 이를 소상하게 설명하지는 않을 것이다. 그 사건들은 내게 공포 외에는 준 것이 거의 없지만 많은 사람들에게는 무섭기보다는 기이하게 여겨질 것이다. 아마도 나중에 나의 환영을 평범한 것으로 끌어내리는 몇몇 똑똑한 사람들이 나올지도 모르며, 또 나보다 더 침착하고 논리적이면서 훨씬 더 차분한 몇몇 똑똑한 사람들은, 내가 두려움에 떨며 묘사하는 상황 속에서 아주 자연스러운 인과관계의 일상적인 연속성 외에는 아무것도 감지하지 못할지도 모른다.

나는 어릴 때부터 유순하고 인정 많은 성향으로 유명했다. 내 마음의 여린 성향은 그토록 유별나서 친구들의 놀림감이 될 정도였다. 특히 동물을 좋아해서 부모님은 매우 다양한 반려동물로 이런 나를 만족시켜 주셨다. 대부분의 시간을 이 동물들과 함께 보냈고 그것들을 키우고 쓰다듬어 줄 때가 가장 행복했다. 성격상의 이런 특성은 성장함에 따라 강해졌고 성인이 됐을 때는 내 기쁨의 주요한 원천들 중 하나였다. 나는 충성스럽고 똑똑한 개에 대한 애정을 소중히 간직하고 있는 사람들에게 거기서 느낄 수 있는 희열의 본질이나 강렬함을 굳이 설명할 필요를 느끼지 못한다. 동물들이 보여 주는 이타적이고 자기희생적인 사랑에는, 종종 사람들 사이의 시시한 우정과 덧없는 신의를 시험할 일이 있었던 이의 마음에 직접적으로 다가가는 중요한 무언가가 있다.

나는 일찍 결혼했는데 아내의 성향도 나와 다르지 않음을 알고 기뻤다. 내가 반려동물을 특히 좋아한다는 사실을 알게 된 아내는 누구나 좋아할 만한 종류의 반려동물들을 들여올 기회를 절대 놓치지 않았다. 우린 새, 금붕어, 멋진 개, 토끼,

작은 원숭이 한 마리, 그리고 고양이 한 마리를 길렀다.

아주 크고 아름다운 동물이었던 고양이는 온통 새카맸고 놀라울 정도로 영리했다. 그 고양이의 지능에 대해 말하자면, 속으로 어느 정도 미신을 믿는 아내가 고대에 널리 퍼졌던 관념, 즉 모든 검은 고양이는 변장한 마녀라고 간주했던 관념을 자주 언급할 정도였다. 그렇다고 아내가 이에 대해 조금이라도 진지했다는 뜻은 아니며, 단지 방금 우연히 기억났기에 언급했을 뿐이다.

플루토는 (이것이 그 고양이의 이름이었다) 내가 가장 좋아하는 반려동물이자 놀이 친구였다. 나만 플루토에게 먹이를 주었고 플루토는 내가 가는 집 주변 어디에나 나를 따라다녔다. 플루토가 거리를 통과해 나를 쫓아오지 못하게 하는 데 애를 먹을 정도였다.

우리의 우정은 이런 식으로 몇 년간 지속됐는데, 그러는 동안 나의 일반적인 기질과 성격은 폭음이라는 악마를 매개로 (고백하기 부끄럽지만) 더 나쁜 쪽으로 급격히 변해 갔다. 날마다 나는 더 우울해지고, 더 짜증을 내고, 타인들의 감정에 더 개의치 않게 되었다. 나는 아내에게 사나운 말들을 퍼부었다. 마침내는 사적인 폭력을 행사하기조차 했다. 당연하게도 반려동물들은 내 기질의 변화를 느끼지 않을 수가 없었다. 난 그것들을 방치했을 뿐만 아니라 학대까지 했다. 그러나 우연

에드거 앨런 포

이든 혹은 애정 때문이든 간에, 토끼나 원숭이나 심지어 개조차 내게 오기라도 하면 그것들을 서슴없이 잔인하게 대했을 때에도, 플루토에게는 학대를 자제할 정도의 배려심은 여전히 유지했다. 하지만 나의 질병은 점점 심해졌고 (알코올 같은 질병이 또 어디 있을까!), 이제는 나이가 든 탓에 다소 신경질적이 된 플루토마저 마침내 내가 지닌 나쁜 기질의 영향에서 자유로울 수 없게 됐다.

내가 잘 다니던 마을 한 곳에서 몹시 취해 집으로 돌아가던 어느 날 밤, 나는 고양이가 내 곁을 피한다는 생각이 들었다. 나는 녀석을 와락 움켜쥐었고 내 폭력에 두려워진 고양이는 이빨로 내 손에 가벼운 상처를 입혔다. 난 곧바로 악마와 같은 분노에 사로잡혔다. 더 이상 제정신이 아니었다. 본래의 내 영혼은 즉시 몸에서 사라진 듯했고 술에 찌든 기이한 악의 그 이상의 것이 내 몸을 전율하게 만들었다. 나는 조끼 주머니에서 주머니칼을 꺼내 펼친 다음, 가여운 짐승의 목덜미를 붙잡고는 눈 하나를 눈구멍에서 찬찬히 도려냈다! 그 저주받을 잔인한 짓에 대해 적는 동안 얼굴이 붉어지고, 화끈거리고, 또 몸이 떨려 온다.

아침이 되어 제정신이 돌아왔을 때 (한숨 자고 나서 밤에 있었던 폭음의 취기가 사라졌을 때) 나는 나에게 책임이 있는 범죄에 대해 슬며시 공포와 후회를 느꼈지만, 기껏해야 미미하고 모호한 감정이었을 뿐 내 영혼은 바뀌지 않은 그대로였다. 나는 다시 술을 퍼마셨고 곧 와인에 흠뻑 취해 내가 했던 모든 짓을 잊어 버렸다.

그러는 동안 고양이는 서서히 회복됐다. 눈을 잃은 눈구멍 때문에 정말이지 소름 끼치는 외모였지만 이젠 더 이상 어떤 고통도 느끼지 못하는 듯했다. 녀석은 늘 그렇듯 집 주변을 배회했으나, 예상했던 대로 내가 다가가면 극심한 공포에 사로잡혀 도망쳤다. 나는 이전의 애정이 많이 남아 있었기에 처음에는 한때 나를 그토록 사랑했던 동물이 분명하게 반감을 보이는 것에 슬픔을 느꼈다. 하지만 이 감정은 곧 짜증에 자리를 내주었다. 그리고 마치 나의 최종적이고 돌이킬 수 없는 패배라도 되는 것처럼, 삐뚤어짐이라는 기질이 나를 덮쳤다. 정신 철학은 이에 대해 결코 설명할 수 없을 것이다. 그런데도 나는 내 영혼이 살아 있다는 것만큼이나 삐뚤어짐이 인간 본심의 원초적인 충동 중 하나, 다시 말해 인간의 성향에 방향성을 제시하는 불가분한 주요 기능이나 감정들 중 하나라고 확신한다. 그래서는 안 된다는 것을 안다는 바로 그것 때문에, 비열하거나 어리석은 행동을 저지르는 사람들이 얼마나 많은가? 단지 법을 어떤 식으로 이해한다고 해서 최선의 판단에 대항해 그 법을 위반하는 일관된 경향이 우리에게 없다고 말할 수 있을까? 말하자면 나는 이런 비뚤어진 기분에 최종적으로 굴복했다. 그 천진한 동물에게 가했던 상해를 지속해서 마침내 이를 끝장내도록 몰아붙인 것은 바로 영혼, 영혼 자체를 짜증 나게 하려는 내 영혼의 이해 불가한 갈망이었다. 즉 영혼이라는 본질에 폭력을 가하고 오직 나쁜 짓을 위한 나쁜 짓을 하려는 갈망이었다. 어느 날 아침, 나는 태연하게 고양이 목 주변에 올가미를 슬그머니 걸쳤다. 이어 고양이를 한 나뭇가지에 매달았는데 그러는 동안 내 눈에서는 눈물이 흘렀고 가슴에선 몹시 쓰라린 회한이 느껴졌다. 내가 고양이를 매달았던 이유는 고양이가 나를 사랑했음을 알고 있었기 때문이고, 나에게 공격받을 이유가 고양이에겐 전혀 없다고 느꼈기 때문이며, 또 그렇게 하는 동안 (만약 그런 것이 가능하다면) 내 불멸의 영혼을 위태롭게 만들어 이를 가장 자애로우면서도 가장 무서운 신의 무한한 자비 너머로 내던지게 하는, 치명적인 죄를 저지르고 있음을 알고 있었기 때문이다.

이런 잔인한 짓이 벌어졌던 바로 그날 밤, 나는 불이 났다고 외치는 소리에 잠에서 깼다. 침대의 커튼이 불길에 휩싸였다. 집 전체가 활활 탔다. 아내와 일꾼과 나는 그 큰불에서 정말이지 힘겹게 빠져나왔다. 파괴는 완벽했다. 내 전 재산이 완전히 없어졌기에 그때부터 나는 절망하며 체념하게 되었다.

재앙과 나의 잔혹한 행동 사이에 일련의 인과 관계를 찾아보려고 시도할 만큼 나는 나약하지 않다. 하지만 일어났던 사실들을 자세히 말하고자 하며, 가능한 연결점 단 하나라도 불완전하게 남겨 두고 싶지는 않다. 화재가 있은 그다음 날, 나는 폐허가 된 곳으로 갔다. 벽들은 무너져 있었지만 단 한 곳은 예외였다. 그것은 집의 한 가운데에 있는 내 침대의 머리 부분과 맞닿아 있던 그리 두껍지 않은 칸막이벽이었다. 그 벽의 아주 많은 회반죽이 불을 견뎌 냈고, 그것이 가능했던 것은 회반죽을 최근에 발랐기 때문이라고 나는 생각했다. 벽 주위로 사람들이 몰려들었는데, 많은 사람들이 매우 세심하고 비상한 관심을 보이며 벽의 특정 부분을 살펴보고 있는 듯했다. "이상해!", "특이해!"라는 말과 이와 비슷한 표현들이 내 호기심을 자극했다. 가까이 다가가 보니 하얀 표면 위에, 얕은 돈을새김을 한 것처럼 거대한 고양이 형상이 보였다. 그 형상은 참으로 놀랍도록 정확했다. 동물의 목 주변에는 밧줄이 있었다.

처음 그 유령을 (그렇지 않다고 간주할 수 없었기 때문이다) 봤을 때 내가 느꼈던 놀라움과 공포는 이루 말할 수 없었다. 하지만 곰곰히 생각해 본 것이 결국엔 도움이 됐다. 기억해 보니 그 고양이는 집 부근에 있는 정원의 나뭇가지에 매달려 있었다. 불이 났다는 경보가 울리자마자 정원은 곧 사람들로 가득 찼고, 그들 중 누군가가 고양이를 나무에서 내려서 열린 창문으로 내 방 안에 던져 넣었음이 틀림없었다. 아마 나

에드거 앨런 포

를 잠에서 깨우려고 그랬을 것이다. 무너지고 있던 다른 벽들이 새로 발라 놨던 회반죽에 내 잔인함의 희생자를 눌러 버렸고, 화염과 시체에서 나오는 암모니아가 더해지면서 회반죽이 내가 봤던 초상화를 완성했던 것이다.

비록 방금 자세히 말한 놀라운 사실을 결코 내 양심이 아닌 이성을 통해 쉽사리 설명했지만, 그것은 정말이지 나의 상상에 깊은 인상을 남겼다. 수개월 동안 그 고양이의 환영에서 벗어날 수 없었고, 그 기간 동안 양심의 가책처럼 보이는, 하지만 꼭 그렇지만은 않은 어중간한 감정이 내 마음속에서 맴돌았다. 나는 고양이의 죽음을 후회하는 지경에 이르러서, 그것의 자리를 채우기 위해 같은 종에 비슷한 외양을 가진 다른 고양이를 찾아 습관적으로 자주 가던 허름한 곳들의 주변을 둘러봤다.

형편없기로 소문난 어느 술집에서 멍하니 앉아 있던 어느 날 밤, 어떤 검은 물체가 갑자기 내 관심을 끌었다. 그것은 가게 안의 주요 비품인 진이나 럼주를 담은 거대한 통들 중 하나의 윗부분에서 쉬고 있었다. 나는 통의 윗부분을 오랫동안 쳐다보던 중이었으므로 그 위에 있는 물체를 더 빨리 알아채지 못했다는 사실에 놀라지 않을 수 없었다. 나는 가까이 다가가 손으로 건드려 보았다. 그것은 매우 큰 검은 고양이로 플루토만큼이나 아주 컸고, 단 하나를 제외한 모든 면에서 플루토와 매우 흡사했다. 플루토는 몸 어디에도 흰색 털이 없었지만, 그 고양이에게는 비록 불분명하긴 해도 흰색 얼룩이 가슴 전체를 거의 덮을 정도로 넓게 퍼져 있었다.

만지자마자 곧바로 몸을 일으키고는 기분 좋게 가르랑거리며 내 손에 비벼 대는 것이, 고양이는 내가 알아봐 주어 기쁜 듯했다. 그 고양이는 당시에 내가 찾던 바로 그 동물이었다. 난 즉시 주인에게 동물을 사겠다고 제안했다. 하지만 주인은 그 고양이를 전혀 알지 못하고 전에도 본 적이 없다면서 고양이에 대한 권리를 일절 주장하지 않았다.

고양이를 계속 쓰다듬으며 집으로 가려고 준비할 때 그것은 나를 따라가겠다는 의사를 분명히 드러냈다. 걸어가는 동안 난 이따금 몸을 굽혀 고양이를 어루만지면서 따라오도록 허락했다. 집에 도착하자 고양이는 바로 적응했고 금세 아내의 큰 사랑을 받았다.

나는 차츰 마음속으로 고양이를 싫어하게 되었다. 이는 내 예상과 정확히 반대였다. 어떻게 해서, 혹은 왜 그렇게 된 것인지 모르겠지만 나를 향한 고양이의 분명한 애정이 오히려 혐오스럽고 짜증이 났다. 그리고 혐오와 짜증의 감정은 서서히 증오라는 반감으로 커졌다. 난 그 동물을 피해 다녔다. 약간의 수치심과 잔인했던 나의 이전 행동에 대한 기억 때문에 고양이를 물리적으로 학대하진 않았다. 몇 주 동안은 고양이

에드거 앨런 포

를 때리거나 그 밖의 다른 폭력적인 학대를 가하지 않았지만, 아주 서서히 말로 표현할 수 없는 증오로 점차 바라보게 되었고, 마치 역병의 숨결을 피하듯 그 불쾌한 존재로부터 조용히 도망쳐 다녔다.

고양이에 대한 나의 혐오를 의심의 여지 없이 더 깊어지게 한 것은, 집으로 데려온 다음 날 아침, 그 고양이 역시 플루토처럼 한쪽 눈이 없다는 것을 발견했기 때문이었다. 그러나 이런 상황은 고양이로 하여금 (이미 말했듯이) 연민의 마음이 깊은 아내의 사랑을 오히려 더 받게 할 뿐이었다. 그 인도적인 감정은 한때 나의 독특한 성향이자, 또 가장 단순하고 가장 순수한 많은 즐거움의 원천이기도 했었다.

그런데 고양이에 대한 나의 혐오감과 더불어 나에 대한 고양이의 편애 역시 심해져 가는 듯했다. 이 글을 읽는 이들을 이해시키기 어려울 정도로 고양이는 내가 가는 곳을 끈덕지게 따라다녔다. 내가 앉아 있을 때면 언제나 내 의자 아래에 쭈그리고 앉거나 혹은 혐오스럽게 내 몸에 비벼 대며 무릎 위로 뛰어 올라왔다. 일어나 걷기라도 하면 내 발 사이로 다가와 나를 거의 넘어지게 만들거나, 길고 날카로운 발톱으로 내 옷을 꽉 잡는 식으로 가슴 위로 기어 올라왔다. 그럴 때면 주먹으로 한 대 내려쳐 죽이고 싶었지만 애써 자제했다. 이전의 내 범행에 대한 기억 때문이기도 했으나, 주된 이유를 바로 고백하자면 그 동물에 대한 절대적인 공포 때문이었다.

엄밀히 말해 여기에서의 공포는 내가 신체적으로 다친다는 의미가 아니다. 하지만 달리 어떻게 설명해야 좋을지 여전히 모르겠다. 인정하기 부끄럽지만, 정말이지 범인을 가두는 이 감방에서도 인정하기가 부끄럽지만, 그 동물이 내게 불러일으킨 끔찍함과 공포는 상상할 수 있는 가장 단순한 망상 중 하나 때문에 더욱 심해졌다. 아내는 몇 번에 걸쳐 내가 설명한 그 하얀 털이 나 있는 특징에 관해 내게 환기시켰고, 그것은 그 이상한 동물과 내가 죽였던 고양이 사이의 눈에 띄는 확실한 차이였다. 비록 넓기는 해도 독자들은 그 하얀 털이 원래는 매우 불분명했음을 기억할 것이다. 내 이성은 환상이라며 오랫동안 거부했지만, 불분명했던 그것은 거의 감지할 수 없을 정도로 서서히, 그리고 마침내 확실히 분명한 윤곽을 띠어 이제 이름을 말하기조차 몸서리쳐지는 한 물체를 표현하고 있었다. 무엇보다도 이것은 내가 혐오하고 두려워했던 것이며, 또한 내가 감히 맞섰던 그 괴물에게서 벗어나게 해줄 수도 있는 것으로, 지금 말하지만 흉측하고 섬뜩한 형상, 즉 단두대의 형상을 하고 있었던 것이다! 오, '공포와 범죄', '고뇌와 죽음'의 슬프고도 끔찍한 장치여!

나는 단순한 인간의 비참함을 넘어서 그야말로 진정으로 비참한 상태가 되었다. 내가 경멸하며 죽였던 것의 동료, 고귀한 신의 모습으로 빚어진 인간인 내게 영향을 끼친 그 잔인한 짐승, 수많은 참을 수 없는 고통! 아아! 낮이건 밤이건 조금도 얻지 못했던 숙면의 축복이여! 낮 동안에 그 생명체는 나를 한순간도 혼자 있게 두지 않았고, 밤마다 나는 말로 다 할 수 없는 무서운 꿈으로 시작해, 결국엔 그것이 내 얼굴에 내뿜는 뜨거운 숨결과 내가 감당해야 할 책임이라는 듯 영원처럼 내 가슴을 짓누르던 (나로선 결코 뿌리칠 힘이 없는 악몽의 현신인) 엄청난 그것의 무게를 발견할 뿐이었다!

이 같은 고통의 압박 때문에 내 안에 미미하게나마 남아 있던 선함은 무릎을 꿇고 말았다. 사악한 생각, 가장 암울하고 가장 악마 같은 생각이 유일하게 가까운 친구가 되었다. 나의 일상적인 기질인 침울함은 모든 것들과 모든 인간에 대한 증오로 커져 나갔다. 갑작스럽고 빈번하며 또 통제할 수 없는 분노에 내가 맹목적으로 빠져드는 동안, 아! 불평하지 않던 아내는 보통의 가장 참을성 있는 피해자였다.

어느 날 아내는 살림이 기운 탓에 어쩔 수 없이 살게 된 오래된 건물 지하실로 집안일 때문에 나와 함께 내려갔다. 나는 나를 따라 가파른 계단을 내려오던 고양이가 나를 거의 넘어지게 할 뻔해서 미쳐 버릴 만큼 짜증이 났다. 나는 도끼를 들어 올려, 그때까지 내 손을 막아 왔던 어린애 같은 공포를 잊고는, 원하는 대로 도끼를 내려치면 치명적임을 즉시 증명할 그 동물을 향해 한 방을 조준했다. 하지만 일격은 아내의 손에 의해 저지당했다. 방해를 받아서 흥분한 나는 미치광이 이상의 분노에 사로잡혀 팔을 아내에게서 빼낸 다음 도끼로 아내의 머리를 내려쳤다. 아내는 끽소리도 하지 못한 채 현장에서 쓰러져 죽어 버렸다.

끔찍한 살인을 저지르고 난 뒤 나는 그야말로 신중하게 시체를 숨길 방법을 곧바로 생각하기 시작했다. 낮이든 밤이든 이웃에게 들킬 위험 없이 시체를 집 밖으로 치울 수 없음을 난 알고 있었다. 많은 방법이 머릿속에 떠올랐다. 한 번은 시체를 잘게 토막내 불로 태워 없애 버릴까 생각했다. 그러다 문득 지하실 바닥에 무덤을 파기로 작정하기도 했다. 이어 뜰에 있는 우물에다 시체를 던져 버리면 어떨지, 아니면 마치 물건처럼 일반적인 방식으로 상자에 넣은 후 짐꾼을 시켜 집 밖으로 빼내면 어떨지 곰곰히 생각했다. 그러다 마침내 이것들보다 훨씬 더 편리한 방법을 고안해 냈다. 나는 시체를 지하실의 벽 안에 가두기로 했다. 자신들의 희생물들을 벽 안에 가뒀다는 중세 수도사들의 기록처럼 말이다.

이러한 목적으로 보자면 지하실이 딱 적합했다. 지하실의 벽들은 대충 지어졌는데, 거친 회반죽으로 최근에 덧발라진 데다가 축축한 공기 때문에 아직 굳어지지 않았기 때문이다. 더욱이 굴뚝이나 벽난로가 있던 곳을 메웠기 때문인지 벽들

에드거 앨런 포

중 한 곳이 돌출되어 있었고 이는 지하실의 나머지 부분과 유사하도록 만들어져 있었다. 이 부분의 벽돌들을 떼어 내고 시체를 넣은 다음 벽 전체를 이전처럼 다시 막으면, 누구도 전혀 수상히 여기지 않을 거라고 확신했다.

이러한 계산을 하며 난 잘못 생각하지 않았다. 쇠 지렛대를 이용해 쉽게 벽돌을 해체했고, 조심스럽게 안쪽 벽에다 시체를 넣은 후 그 위치에서 시체를 받치면서 별 어려움 없이 원래대로 다시 돌려 놓았다. 매우 신중하게 모르타르와 모래, 솔을 구입한 후 이전 것과 똑같은 회반죽을 만들어서 새 벽돌로 조심스럽게 작업해 나갔다. 다 마치고 났을 때 모든 것이 원래대로 돼 있어 만족스러웠다. 벽에서는 건드린 흔적을 전혀 찾아볼 수 없었다. 나는 세심히 주의를 기울여 바닥에 있는 쓰레기들을 치웠다. 그리고 자랑스럽게 주변을 둘러보며 중얼거렸다. "어쨌든 보아하니, 내 고생이 헛되진 않았어."

다음 단계는 이 많은 고통을 안겨 준 짐승을 찾는 것으로, 놈을 죽여 버리겠다고 단단히 결심했기 때문이다. 만약 그때 찾기만 했다면 놈의 운명이 어찌 될지는 의심의 여지가 없었지만, 교활한 녀석은 내가 보여 줬던 폭력성에 놀라 내 기분이 풀리기 전에는 자신을 드러내지 않으려고 조심하는 것 같았다. 그 혐오스러운 생명체가 보이지 않는다는 사실이 내 마음에 불러일으킨 깊고 행복한 안도감은 설명하거나 상상하기가 불가능하다. 그날 밤 놈은 나타나지 않았고 그래서 놈이 우리 집으로 온 이래 처음으로 나는 하룻밤을 조용하고 깊게 잘 수 있었다. 그렇다, 내 영혼에 살인이라는 짐을 안고도 난 잠을 잤다!

두 번째와 세 번째 날이 지나갔지만 여전히 나를 괴롭히던 놈은 오지 않았다. 다시 한번 나는 자유인으로서 숨을 쉬었다. 괴물은 공포에 질려 영원히 떠나 버린 것이다! 더 이상 보지 않게 된 것이다! 나의 행복은 어마어마했다! 사악한 행동에 대한 죄책감이 나를 심란하게 했지만 그리 크진 않았다. 사람들로부터 몇 가지 질문을 받았으나 쉽사리 대답할 수 있었다. 심지어 한 차례 수색이 벌어지기도 했는데, 물론 발견된 것은 아무것도 없었다. 내 미래의 행복은 보장된 것이라 여겨졌다.

살인이 일어난 지 넷째 날, 전혀 예기치 않게 한 무리의 경찰들이 집으로 찾아와 해당 구역을 다시 철저히 조사했다. 숨긴 장소를 알아 내지 못할 거라고 안심했기에 난 전혀 당황하지 않았다. 경찰은 수색할 동안 동행해 달라고 요청했다. 어느 한 곳, 어느 한구석도 놓치지 않고 수색했다. 결국 세 번째인가 네 번째로 경찰이 지하실로 내려갔다. 난 조금도 떨리지 않았다. 내 심장은 천진하게 잠자는 사람처럼 조용히 뛰었다. 나는 지하실의 한쪽에서 다른 쪽까지 걸어갔다. 팔짱을 낀

에드거 앨런 포

채 앞뒤로 편안하게 천천히 돌아다녔다. 경찰은 완전히 만족하고는 떠날 준비를 했다. 난 너무 신이 나서 억제하기가 힘들었다. 승리감에 도취해 단 한마디라도 하고 싶어 죽을 지경이었고, 내 결백에 대한 경찰의 확신도 한층 확실히 하고 싶었다.

"여러분." 경찰들이 계단을 올라갈 때 마침내 내가 말했다. "여러분의 의심을 누그러뜨리게 되어 기쁩니다. 여러분 모두의 건강과 안녕을 기원합니다. 그런데 말이죠, 여러분, 여긴, 여기는 매우 잘 지어진 집입니다." (뭔가를 자연스럽게 말하고자 너무 열중한 나머지 난 내가 무슨 말을 내뱉는지 거의 알아채지 못했다) "이 집이 얼마나 훌륭하게 지어졌는지 말하고 싶군요. 이벽은, 여러분 지금 가시는 건가요? 이 벽은 단단하게 지어졌죠." 그리고 여기서, 그저 허세라는 광란에 휩싸인 나머지, 나는 내 손에 쥐고 있던 지팡이로 아내의 시체가 그 뒤에 서 있는, 벽돌 작업을 했던 내 가슴께의 바로 그 부분을 육중하게 두드렸다.

하지만 신께서 대악마의 송곳니로부터 나를 보호하고 구해 주시길! 내가 치는 소리가 조용히 잦아들자마자 무덤 안으로부터 소리가 들려왔다! 그것은 비명으로, 처음엔 둔탁하고 지속적이지 않았지만 마치 어린애가 흐느끼는 것 같은 소리가 이어지더니, 곧 기괴하고 인간 같지 않은 길고 크고 지속적인 비명으로 빠르게 커졌다. 마치 오직 지옥에서나 들을 수 있을 것 같은, 고통에 찬 저주받은 사람들과 의기양양한 악마들의 목에서 나오는 소리가 한데 뒤엉키기라도 한 것처럼 일부는 공포에서, 일부는 승리감에서 나오는 길게 울부짖는, 비명처럼 고통에 찬 소리였다.

내가 무슨 생각을 했는지 말하는 것은 어리석은 일이다. 난 기절할 듯 반대쪽 벽으로 가며 비틀거렸다. 계단 위에 있던 사람들은 공포와 놀라움이 극에 달해 한순간 움직이지 않고 가만있었다. 이어 여러 개의 튼튼한 팔들이 벽에 달라붙었다. 벽은 통째로 쓰러졌다. 이미 부패할 대로 부패하고 피가 말라붙은 시신이 관객들의 눈앞에 서 있었다. 그 시체의 머리 위에는 길게 늘어난 붉은 입과 불타는 듯한 외눈을 가진, 교활함으로 나를 살인하게 만들고 울음소리로 나를 교수형의 집행인에게 보낸 흉측한 짐승이 앉아 있었다. 난 그 괴물을 무덤 안에 벽으로 가둬 버린 것이다!

고자질하는
심장

✦✦✦

그렇다! 신경과민. 아주, 아주 심하게 난 신경과민이었고 지금도 그렇다. 하지만 당신은 왜 내가 미쳤다고 말하려 하는가? 그 병은 내 감각을 파괴하거나 둔감하게 한 것이 아니라 예민하게 만들었다. 무엇보다 청각은 날카로웠다. 난 하늘과 땅에 있는 모든 것들을 들었다. 지옥에 있는 많은 것들도 들었다. 그렇다면 내가 어떻게 미쳤는가? 들어라! 그리고 내가 얼마나 안정되고 차분하게 그 전모를 들려주는지 보라.

그 생각이 어떻게 해서 처음 내 머리에 들어왔는지 말하기는 불가능하지만, 일단 들어오고 나자 밤낮으로 나를 괴롭혔다. 목적은 전혀 없었다. 열정도 전혀 없었다. 나는 그 노인을 사랑했다. 그는 내게 잘못한 적이 결코 없다. 내게 모욕을 준 적도 결코 없다. 그가 가진 금에 대해 난 아무 욕망도 없다. 그의 눈 때문일 것이다! 그렇다, 바로 그것이었다. 그의 눈 중 하나는 독수리를 닮았다. 얇은 막이 깔린 창백하고 파란 눈.

　　　　　　　　　　　에드거 앨런 포

그 눈이 나를 쳐다볼 때마다 내 피는 차갑게 얼어붙었고, 점점, 아주 천천히, 나는 그 노인의 목숨을 빼앗아 그 눈으로부터 영원히 벗어나야 한다고 결심했다.

이제 요점은 이것이다. 당신이 나를 미쳤다고 생각하는 것이다. 미친 사람은 아는 게 전혀 없다. 하지만 당신은 나를 봤어야 했다. 내가 얼마나 현명하게 일을 진행했는지 봤어야 했다. 그 일을 할 때 내가 얼마나 신중했고, 통찰력이 있었고, 또 감쪽같이 잘 속였는지 말이다! 노인을 죽이기 전 일주일 내내, 난 노인을 최고로 친절하게 대했다. 매일 밤 자정 무렵이 되면 빗장을 돌려 문을 열었다. 오, 그토록 부드럽게! 다음엔 머리가 들어갈 만큼 충분히 문을 열고 초롱을 집어넣었는데 전부 가리고 또 가려서 어떤 불빛도 새 나가지 못하게 했고 이어 머리를 들이밀었다. 오, 내가 얼마나 교묘하게 머리를 들이밀었는지 당신이 본다면 아마 웃을 것이다! 노인의 잠을 방해하지 않도록 천천히, 아주 아주 천천히 머리를 움직였다. 침대에 누운 노인의 모습을 볼 수 있을 때까지 내 머리 전체를 열린 문틈 사이로 넣는 데 한 시간이 걸렸다. 하! 미친 사람이 이렇게 똑똑할 수 있다는 말인가? 머리가 방 안으로 잘 들어가고 나면 조심스럽게, 오, 그토록 조심스럽고 또 조심스럽게 (경첩이 삐걱댔기 때문이다) 초롱을 원래대로 해 놓았다. 가느다란 한 줄기의 광선이 독수리 눈에 떨어질 딱 그 정도로

만 말이다. 일곱 번의 긴 밤에, 매일 밤 자정 무렵에 이렇게 했지만 눈은 항상 감겨 있었고 그래서 일을 하기는 불가능했다. 왜냐하면 나를 괴롭혔던 것은 노인이 아니라 그의 악마 같은 눈이었기 때문이다. 그리고 동이 터와 아침이 되면 매일 대담하게 방으로 가서 따뜻한 어조로 그의 이름을 부르며 용기 있게 말을 걸어 밤새 잘 잤는지 안부를 물었다. 그러니 잠든 동안 매일 밤 12시에 내가 그를 들여다봤다고 의심한다면 그는 매우 통찰력 있는 노인일 것이다.

여덟 번째 밤에 나는 평소보다 더 조심스럽게 문을 열었다. 시계 분침이 내 손보다 더 빨리 움직일 정도였다. 그날 밤만큼 내 자신의 힘과 기민함이 최고였다고 느꼈던 적은 없었다. 승리의 느낌을 억제하기 힘들었다. 거기서 천천히 문을 열고 있는 나, 그리고 나의 비밀스러운 행동과 생각을 꿈에도 모르고 있는 노인이라니! 이에 난 꽤 껄껄 웃었고 노인은 아마 웃음소리를 들은 것 같았다. 놀란 것처럼 침대에서 갑자기 움직였기 때문이다. 당신은 내가 뒷걸음질 쳤을 거라고 생각할지 모르지만 전혀 아니다. 짙은 어둠 때문에 (노인은 강도가 무서워 덧문을 꽉 닫고 있었다) 그의 방은 칠흑처럼 까맸고 그래서 열린 문을 볼 수 없음을 알고 있었기에 난 계속해서 문을 끊임없이 밀었다.

머리를 집어넣고 초롱을 원래대로 해 놓으려는 찰나, 내 엄지손가락이 양철로 된 고정 장치 위를 스쳤고 이에 노인은 침대에서 벌떡 일어나며 외쳤다. "거기 누구요?"

난 조용히 가만있으면서 아무 말도 하지 않았다. 한 시간 동안 조금도 움직이지 않았고 그동안 그가 눕는 소리를 듣지 못했다. 노인은 여전히 침대에 앉아, 나 역시 밤마다 그랬던 것처럼, 벽에 있는 죽음의 시계를 쳐다보며 귀를 기울였다.

곧 가벼운 신음이 들려왔고 나는 그것이 극심한 공포에서 나오는 신음임을 알아차렸다. 고통이나 슬픔에서 나오는 신음이 아니었다. 오, 전혀! 그것은 두려움이 넘쳐날 때 영혼의 밑바닥에서부터 흘러나오는 억제된 낮은 소리였다. 난 그 소리를 잘 알았다. 많은 밤, 바로 자정 무렵에, 온 세상이 잠들어 있을 때, 그것은 내 가슴 깊은 곳에서 무섭도록 메아리치며 나를 괴롭혔던 공포를 솟아나게 했다. 난 그걸 잘 안다고 말할 수 있다. 그 노인이 느낀 것을 알고 있기에 내심 재미있어하면서도 그를 동정했다. 처음 작은 소리가 들려 침대에서 몸을 뒤척였을 때부터 노인이 깬 채 누워 있었음을 난 알았다. 그의 공포는 어느 때보다 커져 갔다. 우연한 소리라고 믿으려 해봤지만 그럴 수 없었다. 그는 혼잣말로 이렇게 말하고 있었다. "굴뚝에서 나는 바람 소리에 불과해. 바닥을 지나가는 쥐일 뿐이야." 혹은 "그저 찍찍 우는 귀뚜라미일 거야." 그렇다, 이런 억측으로 안심하려 애썼지만 모두 허사임을 그는 알았다. 모든 것이 허사였다. 죽음이, 그에게 다가가는 죽음이 노인 앞에 검은 그림자를 드리웠다가 이어 희생자를 집어삼켰기 때문이다. (비록 보지도, 듣지도 못했지만) 방 안에 있는 내 머리의 존재를 그가 느낄 수 있었던 건, 감지되지 않는 그 그림자의 슬픈 영향력 탓이리라.

노인이 자리에 눕는 소리를 듣지 못한 상태에서 매우 참을성 있게 오랜 시간을 기다린 후, 난 초롱 불빛을 약간, 아주 약간만 열기로 결심했다. 마치 한 가닥 거미줄처럼 한 줄기 어두운 조명이 그 틈에서 솟아 나와 마침내 독수리 같은 눈에 떨어질 때까지, 당신은 내가 얼마나 살그머니, 아주 살그머니 불빛을 열었는지 상상도 하지 못할 것이다.

노인은 눈을 뜨고 있었다. 크게, 크게. 그것을 쳐다보는 동안 난 몹시 화가 났다. 완벽할 정도로 또렷하게 나는 봤다. 내 뼈의 골수를 오싹하게 만들었던 섬뜩한 베일과 함께 그토록 흐릿한 파란색을. 하지만 노인의 얼굴이나 다른 부위는 전혀 볼 수가 없었다. 왜냐하면 마치 본능에 의한 듯, 난 그 빛을 빌어먹을 그 지점에만 정확히 쏘고 있었기 때문이다.

당신이 광기로 오인하는 것은 감각의 예민함에 불과하다고 내가 말하지 않았던가? 말하자면 솜에 싸인 시계에서 나는 소리처럼 낮고 둔탁하고 재빠른 소리가 내 귀에 들리기 시작했다. 그 소리 역시 나는 잘 안다. 그것은 노인의 심장이 고동

에드거 앨런 포

치는 소리였다. 마치 북의 고동이 군인들의 용기를 자극하는 것처럼 그 소리에 나의 분노는 커져 갔다.

그럼에도 난 자제하면서 계속 조용히 있었다. 거의 숨도 쉬지 않았다. 움직이지 않도록 초롱을 가만히 들고 있었다. 그 광선을 얼마나 안정되게 눈에다 계속 비출 수 있을지 시도했다. 그러는 동안 심장의 지옥 같은 고동 소리는 계속 높아갔다. 매 순간 빨라지고 더 빨라지고, 커지고 더 커졌다. 노인의 공포는 극도로 높아졌음에 틀림없다! 기억나는가? 난 신경과민이라고 말했었고 지금도 그렇다. 이렇듯 한밤중에 그 낡은 집의 지독한 고요 속에서, 그토록 이상한 소음이 내게 통제할 수 없는 공포를 불러일으켰다. 그럼에도 난 몇 분 더 자제하며 가만히 서 있었다. 하지만 고동 소리는 점점 더 커져 갔다! 나는 그 심장이 터질 게 뻔하다고 생각했다. 그리고 이제 새로운 근심에 빠졌다. 소리는 이웃에게도 들릴 것이다! 노인의 시간이 왔다! 난 고함을 지르며 초롱을 열고 방 안으로 뛰어갔다. 그는 한 번, 단 한 번 비명을 질렀다. 난 즉시 노인을 바닥으로 끌고 간 다음 무거운 침대를 노인 위에 올려 놨다. 이어 그때까지 행해진 내 행동에 기쁨의 미소를 지었다. 하지만 심장이 고동치는 소리는 몇 분 동안 약하게 계속 이어졌다. 난 처하지는 않았다. 벽을 통해 들리진 않을 테니까. 마침내 소리가 멈췄다. 노인은 죽었다. 나는 침대를 치우고 시신을 살펴봤다. 그랬다. 그는 돌이 됐다. 돌처럼 죽은 것이다. 그의 심장에 손을 얹고 오랫동안 그대로 있었다. 맥박이 전혀 없었다. 그는 돌처럼 죽었다. 그의 눈은 더 이상 나를 성가시게 하지 않을 것이다.

여전히 내가 미쳤다고 생각할지 모르지만, 시체를 숨길 때 사용했던 현명한 대책을 알게 된다면 더 이상 그렇게 생각하지 않을 것이다. 밤이 기울어 가기에 일을 서두르기는 했으나 조용히 진행했다. 우선 나는 시체를 토막 냈다. 머리와 팔, 다리를 잘랐다.

이어 바닥의 널빤지 세 개를 떼어 냈고 이렇게 생긴 틈 안으로 토막 낸 시체를 집어넣었다. 다음엔 널빤지를 원래대로 해 놓았는데 아주 영리하고 정교하게 처리해서 어떤 인간의 눈도, 심지어 노인의 눈으로도 잘못된 점을 찾아내지 못했을 것이다. 닦아 낼 것도 없었다. 어떤 종류의 얼룩이나 핏자국도, 아무것도 없었다. 이에 대해서는 넘칠 만큼 조심했다. 한 통에다 전부 집어넣었다. 하하!

모든 일을 끝내고 나자 4시였고 한밤처럼 어두웠다. 그 시간에 초인종이 울리더니 거리에 면한 현관을 두드리는 소리가 들려왔다. 난 가벼운 마음으로 문을 열기 위해 내려갔다. 두려울 것이 뭐가 있는가? 세 명의 남자들이 들어오더니 아주 예의 바르게 자신들이 경찰이라고 소개했다. 밤사이에 이

에드거 앨런 포

웃들이 비명 소리를 들었고 불법 행위가 의심된다는 신고가 경찰서에 들어와, 자신들에게 해당 구역을 수색하는 임무가 떨어졌다고 했다.

난 미소 지었다. 내게 두려워할 것이 있는가? 난 그 신사들에게 환영한다고 말했다. 이어 그 비명 소리는 꿈을 꾸다가 내가 지른 소리라고 했다. 노인은 이 나라에 없다는 말도 했다. 그리고 방문자들을 집 구석구석으로 데려갔다. 그들에게 수색하라고, 잘하라고 했다. 이어 마침내 노인의 방으로 경찰을 데리고 갔다. 노인의 보물이 안전하게 그대로 있음을 보여 줬다. 자신감이 넘친 나는 의자들을 방으로 가져와 그들이 의자에 앉아서 피곤을 풀도록 했다. 그러는 동안 완벽한 승리로 아주 대담해져, 희생자의 시체를 안치해 놓은 곳 바로 위에 내가 앉을 의자를 갖다 놓았다.

경찰은 만족했다. 나의 태도가 그들을 확신시켰다. 눈에 띌 만큼 난 여유가 있었다. 경찰들은 내가 활기차게 대답하는 동안 자리에 앉아 친숙한 화제로 수다를 떨었다. 하지만 머지않아 상태가 좋지 않아져서 나는 그들이 나가기를 바랐다. 머리가 아파 왔고 귀에 소리가 울린다는 생각이 들었다. 하지만 그들은 여전히 자리에 앉아 이야기를 해댔다. 울리는 소리는 더욱 분명해졌고, 지속될수록 더 분명해져 갔다. 이 느낌을 떨쳐 버리려고 난 되는 대로 지껄였다. 그러나 그 소음이 내

귀 안에서 울리는 것이 아님을 결국 깨닫게 될 때까지 소리는 계속됐고 또 점차 분명해졌다.

의심의 여지 없이 난 매우 창백해졌지만 고양된 목소리로 더 유창하게 이야기했다. 하지만 소리는 커져만 갔고 난 뭘 할 수 있었을까? 그것은 솜에 싸인 시계에서 나는 소리처럼 낮고 둔탁하고 재빠른 소리였다. 난 거칠게 숨을 쉬었다. 경찰은 아직 그 소리를 듣지 못했다. 내가 더 빨리, 더 격렬하게 말을 했지만 소리는 꾸준히 커졌다. 자리에서 일어나 높은 음성으로 격한 몸짓을 해가며 사소한 주제들에 대해 말을 해댔지만 소리는 꾸준히 커졌다. 왜 그들은 가지 않으려고 하지? 마치 그들의 의견 때문에 화가 난 것처럼 난 큰 걸음으로 방 안을 왔다 갔다 했으나 소음은 꾸준히 커졌다. 오, 신이여! 내가 뭘 할 수 있을까? 화를 내고, 고함치듯 외치고, 욕을 해대고, 또 앉아 있던 의자를 돌려 바닥을 긁기도 했지만 소음은 위로 올라오면서 지속해서 커졌다. 그것은 계속 커지고, 커지고 더 커졌다! 여전히 경찰들은 유쾌하게 이야기하며 미소 지었다. 그들이 듣지 못하는 것이 가능한가? 전능한 신이여! 오, 안 돼! 그들이 들었어! 그들이 의심했어! 그들이 알았어! 그들은 나의 공포를 비웃고 있는 거야! 난 이렇게 생각했고, 지금도 그렇다. 그게 뭐든 이 고통보다 나았다! 그게 뭐든 이 조롱보다는 견딜 만했다! 이런 위선적인 미소를 더 이상 참을 수 없었다! 비명을 지르거나 아니면 죽어야만 한다고 생각했다! 그리고 지금 다시! 들어 보라! 더 크다! 더 크다! 더 크다! 더 크다!

　"악당들!" 내가 비명을 질렀다. "더 이상 날 속이지 마! 내가 한 짓을 인정해! 저 널빤지를 뜯어 봐! 여기야! 여기! 이건 소름 끼치는 그자의 심장이 고동치는 소리라고!"

껑충 뛰는
개구리

✣✣✣

왕만큼 농담을 그토록 기민하게 잘 아는 사람을 난 본 적이 없다. 그는 오직 농담을 위해 사는 것처럼 보였다. 농담 부류의 멋진 이야기를 하고 이를 잘 말하는 것은 왕의 총애를 확실히 얻을 수 있는 길이었다. 따라서 그의 일곱 장관들은 하나같이 익살꾼의 재능으로 유명했다. 모두 비길 데 없는 농담꾼이라는 점 외에도 그들은 큰 덩치, 뚱뚱함, 기름기 있는 피부 등이 왕을 닮았다. 농담을 해서 뚱뚱하게 되는 건지, 아니면 비만 그 자체가 농담하게 만드는 것인지 확신할 수 없지만 홀쭉한 농담꾼은 세상에서 보기 드물다는 것은 확실하다.

왕은 교양, 혹은 본인이 재치의 '허깨비'라고 불렀던 것에 관해서는 거의 신경을 쓰지 않았다. 그는 농담에 있어 내용의 풍부함에 특히 탄복했고, 그런 농담이라면 아무리 길어도 자주 참아 내곤 했다. 과도한 정밀성은 그를 피곤하게 만들었다.

에드거 앨런 포

그는 볼테르의 자디그* 보다 라블레의 가르강튀아**를 더 좋아했을 것이며, 전반적으로 말로만 하는 농담이 아닌 실제적인 농담이 그의 취향에 훨씬 더 잘 맞았다.

내 이야기의 배경이 되는 시대에 어릿광대라는 직업은 궁중에서 완전히 유행이 지난 것은 아니었다. 대륙의 몇몇 거대한 "강국"들은 여전히 그들의 "광대"를 고용하고 있어서, 모자와 종에다 얼룩덜룩한 옷을 입은 이들은 왕실의 식탁에서 떨어지는 부스러기에 대한 대가로 언제든 날카로운 재담을 풀어낼 준비가 돼 있었다.

우리의 왕 역시 당연히 자신만의 광대를 고용했다. 사실을 말하자면, 그는 어리석음을 능가하는 뭔가를 필요로 했다. 즉 자기 자신은 물론 그의 장관들이었던 교활한 일곱 명의 우둔한 지혜를 보완할 수 있기만 하면 되었다.

그러나 그의 광대 혹은 직업적인 어릿광대는, 단순한 광대가 아니었다. 난쟁이에 더해 불구라는 사실 때문에 왕이 볼 때 그의 가치는 세 배나 되었다. 당시 궁정에서 난쟁이는 광대에 버금갈 만큼 흔했는데, 많은 군주들이 함께 웃을 어릿광대나 비웃어 댈 수 있는 난쟁이, 이렇게 둘 다가 없이는 그들의

---

* Zadig. 프랑스 사상가인 볼테르의 작품으로 자디그라는 주인공을 통해 당시 사회를 조명했다.
** Gargantua. 라블레의 풍자 소설 제목이자 주인공인 거인 왕의 이름이다.

날들을 헤쳐 나가기가 어려웠을 것이다. (궁정에서의 시간은 다른 곳보다 상당히 더 길다) 하지만 이미 내가 말했듯이 일반적으로 어릿광대는 대부분이 살찌고 퉁퉁하고 볼품이 없었기 때문에, 한 사람에게 세 개의 보물이 들어 있는 '껑충 뛰는 개구리' (이것이 광대의 이름이었다) 를 갖고 있다는 것은 우리의 왕이 만족하기에 결코 부족함이 없었다.

껑충 뛰는 개구리라는 이름은 그의 후원자로부터 세례 때 주어진 것이 아니라, 다른 사람들처럼 걸을 수 없기 때문에 몇몇 장관들에 의해 만장일치로 부여된 것으로 생각된다. 사실 껑충 뛰는 개구리는 오직 일종의 감탄을 자아내는 (뛰는 것과 꿈틀거리며 나아가는 것의 중간 형태의) 걸음걸이로 걸을 수밖에 없었는데 이 동작이 무척이나 큰 즐거움을 안겨 줘서, 불룩한 배와 태어날 때부터 컸던 머리에도 불구하고 궁정 전체에서 가장 중요한 인물이었던 왕에게 당연히 위안이 되었다.

길이나 바닥을 따라 움직일 때 껑충 뛰는 개구리는 비록 다리의 비틀림으로 인해 큰 고통과 어려움을 겪을 수밖에 없었지만, 자연이 발의 결함을 보완해 주는 방식으로 그의 팔에 선사해 준 어마어마한 근육의 힘으로 나무나 로프처럼 오르는 것에 관해서라면 놀랍도록 정교한 많은 묘기를 펼쳐 보일 수 있었다. 그런 운동에서 확실히 그는 개구리보다는 다람쥐, 혹은 작은 원숭이를 훨씬 더 많이 닮았다.

껑충 뛰는 개구리가 원래 어느 나라에서 왔는지는 나도 정확히 모른다. 하지만 그곳은 아무도 들어 보지 못했던 매우 미개한 지역으로 왕이 사는 궁정에서 매우 멀리 떨어진 곳이었다. 껑충 뛰는 개구리와 (비록 우아한 체형에 훌륭한 무용수이긴 해도) 그 자신보다 훨씬 더 작은 체구의 난쟁이였던 어린 소녀는, 승승장구했던 왕의 한 장군에 의해 왕에게 선물로 바쳐져서 서로 인접해 있던 각각의 고향에서 강제로 이주당해야 했다.

이러한 상황에서 작은 포로들 사이에 가깝고 친밀한 관계가 생겨난 것은 놀라운 일이 아니다. 실제로 둘은 친한 친구가 되었다. 껑충 뛰는 개구리는 비록 묘기에서 크게 활약했으나 인기는 전혀 없어서 트리페타에게 많은 도움을 줄 만한 힘이 없었다. 반면 그녀는 (비록 난쟁이긴 했지만) 품위 있고 우아한 아름다움을 갖고 있어 모든 이들이 칭찬하고 귀여워했다. 그리하여 그녀의 영향력은 상당했고, 만약 할 수만 있다면 껑충 뛰는 개구리를 위해 언제나 그 영향력을 행사했다.

기억나진 않지만 국가의 어떤 커다란 행사를 맞아 왕은 가장무도회를 열기로 결정했다. 궁정에서 가장무도회나 그와 같은 종류의 행사가 열릴 때마다 껑충 뛰는 개구리와 트리페타 둘 모두의 재능이 반드시 이용되었다. 특히 껑충 뛰는 개구리는 가장무도회에 관한 한 이를 기획하거나 새로운 배역을 제안하고, 또 복장을 정하는 데 창의력이 매우 풍부해서 그의 도움 없이는 어떤 것도 제대로 되지 않는 듯했다.

축제가 열리기로 정해진 밤이 도래했다. 트리페타가 볼 때 가장무도회를 빛나게 해줄 수 있는 모든 종류의 장치가 완비된 화려한 홀은 준비가 잘 된 것 같았다. 궁정 전체가 기대에 들떠 있었다. 의상과 배역에 관해서는 모든 사람이 결정에 관여했다고 생각하는 것이 당연하다. 많은 사람이 일주일, 아니 심지어 한 달 전에 미리 (어떤 역할을 맡아야 할지) 결정을 내렸는데, 사실 누구든 이에 한 치의 망설임도 없었다. 왕과 일곱 장관의 경우만 제외하면 말이다. 농담이랍시고 망설인 것이 아니라면 그들이 왜 망설였는지 나로선 결코 알 수 없었다. 아마도 너무 뚱뚱했기 때문에 결정을 내리기 어려웠을 가능성이 있었다. 아무튼 시간은 흘렀고 마지막 수단으로 그들은 트리페타와 껑충 뛰는 개구리를 불렀다.

두 작은 친구들이 왕의 부름에 복종했을 때 왕은 자신의 각료 회의의 일곱 구성원들과 와인을 마시며 앉아 있었는데 왕은 기분이 매우 좋지 않아 보였다. 왕은 껑충 뛰는 개구리가 와인을 좋아하지 않는다는 걸 알았다. 와인이 그 가여운 장애인을 자극해 거의 광기에 이르게 했기 때문이며 광기는 결코 편안한 감정이 아니다. 하지만 왕은 실제적인 농담을 좋아했으므로 껑충 뛰는 개구리에게 강제로 술을 마시게 해서

(왕이 이름 붙였듯이) "명랑하게 되는 것"을 보는 데서 즐거움을 느꼈다.

"어서 오게, 껑충 뛰는 개구리." 어릿광대와 그의 친구가 방에 들어서자 왕이 말했다. "여기에 없는 자네 친구들의 건강을 위해 (여기서 껑충 뛰는 개구리는 한숨을 쉬었다) 이 포도주를 삼키도록 해, 그 후에 자네의 창의력의 덕을 좀 볼 수 있게 해주게. 우린 개성 있는 배역을 원해. 개성 말이야, 친구. 뭔가 신선한 것, 전혀 다른 것. 우린 끝없이 계속되는 똑같은 것에 지쳤거든. 자, 마셔! 와인이 자네의 총기를 밝혀줄 테니."

껑충 뛰는 개구리는 평소처럼 왕의 제안에 대한 대답으로 익살을 부리려고 애썼다. 하지만 그에게 노력은 너무 힘에 부쳤다. 마침 불쌍한 난쟁이의 생일이었던 데다 "여기 없는 친구들"을 위해 마시라는 명령에 눈물이 나왔던 것이다. 그가 폭군의 손으로부터 겸손하게 잔을 받을 때, 굵고 비통한 많은 방울들이 잔으로 쏟아졌다.

"아! 하하하!" 난쟁이가 마지못해 잔을 비우자 왕이 외쳤다. "한 잔의 좋은 와인이 뭘 할 수 있는지 보라! 봐, 너의 눈이 이미 빛나고 있어!"

가엾은 친구! 그의 큰 눈은 빛나기보다는 번쩍였고, 흥분하기 쉬운 그의 뇌에 와인이 끼친 영향은 강력하기보다는 즉각적이었다. 그는 술잔을 신경질적으로 식탁 위에 올려 놓고는 거의 정신 나간 눈빛으로 일행을 둘러봤다. 사람들은 모두 왕의 "농담"이 성공한 것에 매우 기뻐하는 듯했다.

"이제 본론으로 들어가시죠." 아주 뚱뚱한 수상이 말했다.

"그러지." 왕이 말했다. "이봐, 껑충 뛰는 개구리, 도와줘. 배역 말이야, 내 좋은 친구여, 우린 배역이 필요해, 우리 모두, 하하하!" 이는 진지하게 농담을 의도한 것이었기에 일곱 명이 왕을 따라 웃었다.

비록 무기력하고 다소 공허하긴 했지만 껑충 뛰는 개구리도 웃었다.

"어서, 응?" 조바심이 난 왕이 말했다. "제안할 게 아무것도 없나?"

"저는 신선한 뭔가를 생각해 내려고 애쓰는 중입니다." 와인 때문에 많이 어리둥절한 상태였으므로 난쟁이는 멍하니 대답했다.

"애쓰고 있다고!" 폭군이 사납게 말했다. "그게 뭘 의미하는 거지? 아, 알겠군. 불만스럽다는 거야, 와인을 더 달라는 거지. 여기, 이걸 마셔!" 왕은 다른 잔에 술을 가득 채워서 난쟁이에게 내밀었지만 난쟁이는 숨을 헐떡이며 그저 가만히 보기만 할 뿐이었다.

"마시라고 했어!" 폭군이 외쳤다. "그렇지 않으면 맹세코—"

난쟁이는 망설였다. 왕은 분노로 자줏빛이 되었다. 장관들은 싱글싱글 웃었다. 죽은 사람처럼 창백해진 트리페타가 왕의 자리 앞으로 나아가 무릎을 꿇고는 친구를 용서해 달라고 탄원했다.

그녀의 대담함에 놀란 게 분명한 폭군이 잠시 그녀를 쳐다봤다. 왕은 뭘 하고 무슨 말을 해야 할지, 즉 자신의 분노를 어떻게 잘 표현할지 몰라 아주 당황한 듯했다. 마침내 왕은 아무 말 없이 그녀를 자신에게서 사납게 밀어내고는 가득 부은 잔의 내용물을 그녀의 얼굴에 끼얹었다.

가엾은 소녀는 최선을 다해 일어선 후 감히 숨 쉴 생각도 하지 못한 채 식탁 발치의 자리로 되돌아갔다.

쥐 죽은 듯 잠시 침묵이 흐르는 가운데 잎, 혹은 깃털이 떨어지는 소리가 들린 듯했다. 이어 낮지만 거친, 또 길게 끄는 거슬리는 소리가 방의 모든 구석에서 동시에 들려왔다.

"왜, 왜, 왜 넌 그런 소리를 내는 거지?" 분노한 왕이 난쟁이에게 몸을 돌리며 물었다.

취한 상태에서 상당히 회복된 듯한 난쟁이는 꼼짝하지 않고 폭군의 얼굴을 조용히 쳐다보더니 그저 이렇게 말했다.

"저, 저요? 그럴 리가 있겠습니까?"

"그 소리는 바깥쪽에서 들려온 것 같습니다." 장관 중 한 명이 말했다. "창가에 있는 앵무새가 새장 철사에 부리를 가는 소리라고 생각됩니다."

"그렇겠지." 그 대답이 큰 안도가 되는 것처럼 군주가 말했다. "기사의 명예를 걸고 말하지만, 난 이 망나니가 이를 가는 소리라고 맹세할 수도 있었네."

이 말에 난쟁이가 웃으면서 (왕은 그야말로 대단한 익살꾼이어서 누가 웃더라도 개의치 않아 했다) 크고 강력하며 매우 혐오스러운 이빨들을 드러냈다. 나아가 그는 아주 흔쾌히 내키는 대로 와인을 많이 마시겠다고 공언했다. 왕은 진정되었고, 껑충 뛰는 개구리는 특별한 부작용의 낌새를 전혀 드러내지 않고 포도주 한 잔을 비운 다음 이어 활기차게 즉시 가장무도회 계획을 말하기 시작했다.

"이 생각이 어떻게 떠오르게 됐는지 모르겠습니다만," 마치 평생 와인을 한 번도 마셔 본 적 없는 사람처럼 그가 차분하게 말했다. "왕께서 저 여자를 내치고 얼굴에 와인을 던진 직후에, 왕께서 그렇게 하신 직후에, 그리고 앵무새가 창문 밖에서 이상한 소리를 내던 순간에, 갑자기 멋있는 오락거리가 생각났습니다. 우리나라에서 하던 놀이 중 하나인데, 가장무도회 때 자주 하곤 했죠. 하지만 여기서는 그야말로 새로운 놀이가 될 겁니다. 그런데 불행히도 모두 여덟 명이 있어야 하는데—"

"우리가 있지 않나!" 우연의 일치를 예리하게 발견한 왕이 재미있어 하며 외쳤다. "딱 여덟 명이야. 나와 일곱 명의 장관들. 자! 그 오락거리가 뭐지?"

"우린 그걸," 난쟁이가 대답했다. "사슬에 묶인 여덟 마리의 오랑우탄들이라고 부르죠. 잘만 한다면 정말 멋진 놀이가 될 겁니다."

"우리가 하는 거야." 자세를 고쳐 앉고 눈꺼풀을 아래로 내리면서 왕이 간단히 말했다.

"이 게임의 매력은," 껑충 뛰는 개구리가 계속해서 말했다. "그것이 여자들에게 불러일으키는 공포에 있습니다."

"훌륭해!" 왕과 장관들이 큰 소리로 합창했다.

"제가 여러분을 오랑우탄으로 치장하겠습니다." 난쟁이가 계속해서 말했다. "전부 저에게 맡겨 주세요. 하도 닮아서 가장무도회에 온 사람들이 여러분을 진짜 짐승으로 여길 겁니다. 물론 놀라는 것 못지않게 공포에 빠져 버리겠죠."

"오, 이렇게 완벽하다니!" 왕이 감탄했다. "껑충 뛰는 개구리여! 내가 자넬 버젓한 남자로 만들어 주지."

"사슬은 쨍그랑거리는 소리로 혼란을 더하기 위해 필요합니다. 여러분은 사육사에게서 집단으로 탈출한 것으로 하는 거죠. 대부분의 사람들이 진짜 오랑우탄으로 생각할 때, 또 짐승들이 포악한 소리를 내며 우아하고 멋지게 차려입은 남자와 여자들 사이로 달려갈 때, 여덟 마리의 오랑우탄이 가장무도회에서 만들어 내는 효과는 상상하실 수 없을 겁니다.

그 대비는 흉내 낼 수가 없죠."

"틀림없이 그럴 거야." 왕이 말했고 장관들은 껑충 뛰는 개구리의 계획을 실행하기 위해 (시간이 늦어지고 있었기에) 서둘러 일어났다.

여덟 명을 오랑우탄으로 치장하는 방식은 매우 간단했지만 난쟁이의 목적에는 충분히 효과적이었다. 문제의 그 동물은 내 이야기 당시에는 문명 세계에 모습을 드러낸 적이 거의 없었다. 그리고 난쟁이가 만든 모조품은 짐승과 거의 흡사했고 실제보다 충분히 무서웠기에, 그 자연과의 유사성은 보증된 것이나 마찬가지였다.

처음에 왕과 장관들은 몸에 꽉 끼는 니트 셔츠와 속바지를 입었다. 다음엔 타르를 잔뜩 묻혔다. 이 단계에서 일행 중 누군가가 깃털을 제안했지만 난쟁이에 의해 즉시 거부됐다. 난쟁이는 시각적인 설명을 통해 오랑우탄 같은 야수의 털은 아마포에 의해 훨씬 더 효과적으로 표현될 수 있다고 여덟 명을 확신시켰다. 아마포를 두껍게 한 뒤 이를 타르를 칠한 곳에 적절히 붙였다. 이제 긴 사슬이 등장했다. 사슬을 우선 왕의 허리에 둘러 묶은 다음 이어 다른 일행의 허리에도 둘러 묶었고 이런 식으로 모두에게 계속했다. 사슬을 다 묶고 나자 일행은 가능한 한 서로 멀리 떨어져서 원을 형성했는데, 모든 것을 자연스럽게 보이게 하고자 껑충 뛰는 개구리는 오늘날

보르네오에서 침팬지나 다른 큰 유인원을 잡는 사람들이 채택했던 방식처럼, 나머지 사슬로 두 개의 직경을 만들어 원을 가로질러 서로 직각으로 교차하게 했다.

가장무도회가 열리기로 돼 있는 거대한 방은 둥근 모양으로, 오직 꼭대기에 있는 단 한 개의 창문을 통해서만 태양의 빛을 받게 돼 있는 매우 고상한 곳이었다. (이 방을 지을 때 특별히 염두에 뒀던 시간인) 밤에는 주로 천장의 중심에 매달려 있는 커다란 샹들리에에 의해 조명이 이루어졌으며 샹들리에는 여느 때처럼 평형추에 의해 내려가거나 올라갔지만 이 평형추는 (볼품없어 보이지 않도록) 둥근 천장 바깥쪽인 지붕 위를 지나가도록 돼 있었다.

방은 트리페타의 감독하에 준비하게 했으나 몇몇 세부적인 사항에서 그녀는 보다 침착한 난쟁이 친구의 판단에 따르는 것처럼 보였다. 난쟁이는 이 기회에 샹들리에를 치우자고 제안했다. 초의 밀랍이 떨어지면 (그토록 더운 날씨여서 이를 막기는 불가능했다) 손님들의 값비싼 옷을 심각하게 손상하게 되었다. 방이 사람들로 꽉 차 있어서 방의 중심에서 떨어져 있기가, 다시 말해 샹들리에 밑을 피할 수가 없기 때문이다. 홀의 여러 곳에 작은 촛대들이 멀찍하게 추가로 설치됐고, 달콤한 향을 발산하는 큰 촛대는 벽에 기대고 서 있는, 모두 합해서 약 50~60개에 이르는 여인상의 오른쪽 손에 설치됐다.

여덟 마리의 오랑우탄은 모습을 드러내기 전에 껑충 뛰는 개구리의 충고를 받아들여 (방이 가장무도회 참석자들로 꽉 차게 되는) 자정까지 참을성 있게 기다렸다. 하지만 시계 종소리가 끝나자마자 그들은 다 함께 달려들어, 혹은 차라리 굴러 들어왔는데, 그들이 차고 있는 사슬이라는 장애 때문에 들어오던 중 대부분이 넘어지고 비틀거렸다.

가장무도회 참석자들의 흥분은 그야말로 대단해서 왕의 마음은 환희로 가득 찼다. 예상했던 대로 꽤 많은 손님들이 정확히 오랑우탄까지는 아니어도 사나워 보이는 그 동물들을 실제로 존재하는 어떤 종류의 짐승이라고 여겼다. 많은 여자들이 공포에 질려 기절했다. 만약 왕이 방에서 모든 무기를 제거하라는 예방 조치를 취하지 않았다면 오랑우탄들은 자신들의 유쾌한 소동을 피로 속죄해야 했을 것이다. 실제론 그렇지 못해 대부분 문으로 몰려갔는데, 왕은 들어가자마자 손님들이 나가지 못하도록 문을 잠그게 했고 난쟁이의 제안에 따라 열쇠는 난쟁이 자신이 갖고 있었다.

이 소동이 최고조에 달하고 가장무도회 참석자 각각이 오직 자기 자신의 안전에만 신경을 쓰고 있을 때, (사실 흥분한 사람들이 눌러 대는 힘 때문에 정말로 위험해질 가능성이 컸다) 이전에 샹들리에가 매달려 있었고 샹들리에가 치워진 후 위로 올라가 있던 사슬이, 그것의 갈고리 달린 끝부분이 바닥으로부터 3피트 내에 들어올 때까지 매우 천천히 하강하는 모습을 누군가는 봤을지도 모른다.

그 후 방 안에서 사방으로 비틀거리던 왕과 일곱 명의 친구들은 마침내 방 중심에서 당연하게도 샹들리에 사슬과 직접 닿게 되었다. 이런 상황에서 그들의 뒤꿈치를 따라다니면서 소동을 계속하라고 부추기던 난쟁이는 원의 직경 두 개가 서로 직각으로 교차하는 지점의 오랑우탄 사슬을 손으로 잡았다. 이어 난쟁이가 민첩한 판단으로 평소 샹들리에를 매달고 있던 갈고리를 여기에 끼워 넣자마자, 보이지 않는 어떤 힘에 의해 갈고리가 손에 닿지 않을 정도로 먼 곳까지 샹들리에 사슬이 위쪽으로 올라갔고, 이의 필연적인 결과로 여덟 마리의 오랑우탄들은 당겨진 사슬에 의해 서로의 얼굴이 닿을 정도로 가까워졌다.

이때쯤 가장무도회 참석자들은 공포로부터 어느 정도 회복해서 전체를 하나의 잘 고안된 장난으로 받아들이기 시작했으므로 유인원들이 곤경에 처하자 큰 소리로 웃어 댔다.

"그것들은 저에게 맡겨요!" 껑충 뛰는 개구리가 새된 목소리로 외쳤는데 날카로운 목소리였기에 모든 소음을 뚫고 선명하게 잘 들렸다. "이것들은 제가 맡죠. 난 그들을 안다고 생각해요. 잘 볼 수 있게 되기만 하면 그들이 누구인지 곧 알 수 있을 겁니다."

사람들의 머리 위로 기어 올라간 그는 간신히 벽으로 이동했다. 이어 여인상들 중 하나에서 큰 촛대를 붙잡아 방의 중심으로 돌아와서는 원숭이 같은 민첩함으로 왕의 머리 위로 뛰어올랐고, 거기서부터 몇 피트 더 사슬을 올라가 오랑우탄들을 검사하고자 횃불을 아래로 내리며 여전히 소리 질렀다. "그들이 누구인지 곧 알아낼 거요!"

(유인원들을 포함해서) 모인 사람들 전부가 웃느라 정신이 없을 때 어릿광대가 갑자기 날카롭게 휘파람을 불자 사슬이 약 30피트 위로 힘차게 올라갔다. 이에 당황하고 힘들어하는 오랑우탄들도 함께 끌려가 그들은 둥근 지붕과 바닥 사이의 공중에 매달리게 됐다. 올라가는 사슬에 매달려 있던 껑충 뛰는 개구리는 여전히 가면을 쓴 여덟 명과 상대적인 거리를 유지하고 있었고 (문제 될 게 전혀 없다는 듯) 누구인지 알아 내려고 애쓰는 것처럼 들고 있는 횃불을 그들을 향해 계속해서 아래로 밀쳤다.

오랑우탄이 올라가자 모든 사람들은 완전히 놀라서 약 1분간 죽음과 같은 정적이 뒤따랐다. 그리고 그 침묵은 전에 왕이 트리페타의 면전에 와인을 던졌을 때 왕과 장관들의 주목을 끌었던 낮지만 거친, 또 길게 끄는 거슬리는 소리에 의해 깨졌다. 하지만 이번 경우엔 어디서 소리가 났는지 의심의 여지가 없었다. 그것은 난쟁이의 송곳니 같은 이빨에서 나온 소리로. 난쟁이는 입에서 거품을 내며 이빨들을 뿌드득 갈고는 미치광이처럼 분노한 표정으로 위로 향해 있는 왕과 일곱 동료들의 얼굴을 노려봤다.

"아하!" 마침내 격노한 어릿광대가 말했다. "아하! 이 사람들이 누구인지 알겠네, 이제야!" 여기서 그는 왕을 좀 더 가까이 검사하는 척하면서 왕을 감싸고 있던 두꺼운 아마포로 횃불을 가져갔고 그 횃불은 즉시 강렬한 불덩이가 되어 넓게 퍼져 갔다. 공포에 질린 채 조금의 도움도 줄 수 없는 상태로 아래에서 그들을 쳐다보던 많은 사람의 비명 속에서, 여덟 마리의 모든 오랑우탄은 30초도 안 돼 맹렬히 불타올랐다.

마침내 불길이 갑자기 더욱 사납게 타오르는 바람에 어릿광대는 그들이 닿을 수 없는 사슬 위로 어쩔 수 없이 좀 더 올라가야 했고, 그렇게 올라가는 동안 사람들은 다시 아주 짧은 순간 침묵에 빠졌다. 기회를 잡은 난쟁이가 한 번 더 말했다.

"이제 분명히 알 수 있어." 그가 말했다. "이 가면을 쓴 사람들의 태도가 어떤지 말이야. 이들은 위대한 왕과 그의 일곱 장관들이지. 왕은 무방비 상태의 소녀를 때릴 정도로 양심의 가책이 없고, 일곱 신하들은 그 폭행을 선동했다고. 나로 말할 것 같으면, 그저 껑충 뛰는 개구리야, 어릿광대지, 그리고 이건 나의 마지막 농담이야!"

붙어 있는 아마포와 타르 둘 모두의 높은 가연성 때문에 난쟁이는 그의 복수가 완결되기 전에 간단한 연설을 마무리하지 못했다. 악취를 내며 까맣게 변한 여덟 구의 시체는 분간할 수 없는 끔찍한 모습의 덩어리가 되어 사슬에 매달려 있었다. 난쟁이는 그것들을 향해 횃불을 내던지고는 느긋하게 천장으로 올라가 둥근 지붕을 통해 사라졌다.

방의 지붕 위에 머물고 있던 트리페타는 친구의 이글거리는 복수에서 공범자였던 것으로 보인다. 또 둘은 그들 자신의 나라로 함께 탈출한 것으로 보이는데, 둘 모두 다시는 볼 수 없었기 때문이다.

어셔가의 붕괴

＊＊＊

그의 심장은 매달려 있는 루트와 같다

우리가 건드리는 즉시 그것은 공명한다

_드 베랑제

하늘에 구름이 숨 막힐 듯 낮게 깔려 있던, 내내 칙칙하고 어둡고 조용했던 그해의 어느 가을, 나는 홀로 말을 타고 기묘할 만큼 음울한 그 지역을 지나던 중이었고, 저녁의 그림자가 다가올 무렵 마침내 우울해 보이는 어셔 저택이 시야에 들어왔다. 어찌 된 일인지 모르겠으나 처음 그 건물을 힐끗 봤을 때 견딜 수 없는 어떤 침울함이 내 영혼 속으로 스며들었다. 난 견딜 수 없다고 표현했다. 왜냐하면 쓸쓸함과 끔찍함 등 자연의 가장 황량한 이미지를 대할 때조차, 자연이 불러일으키는 시적인 감흥으로 우리는 약간의 유쾌한 감성을 일반적으로 느끼기 마련인데, 그것에 의해서도 그 느낌이 누그러

에드거 앨런 포

지지 않았기 때문이었다. 나는 그저 내 앞에 펼쳐진 광경, 그러니까 그 집과 그 소유지의 단순한 풍광의 특징들, 음산한 벽, 텅 빈 눈과 같은 창문, 몇 개의 무성한 사초莎草, 그리고 몇몇 썩은 나무의 하얀 몸통들을 영혼의 완전한 절망감에 휩싸여 바라보았다. 마약에 흠뻑 취한 난봉꾼이 꿈에서 깬 후 겪는 일상으로의 비참한 전락, 베일이 벗겨지는 듯한 그 끔찍한 감정 말고는 어떤 세속적인 감정으로도 적절히 비교할 수 없는 그 절망감이었다. 거기엔 심장에서 느껴지는 얼음 같은 차가움과 가라앉음과 불쾌함이, 즉 어떤 상상의 자극에 의해 숭고한 무엇으로도 억지로 만들 수 없는 구제할 길 없는 음울함이 있었다. 그것이 무엇이었을까? 난 생각하고자 멈춰 섰다. 어서 저택에 관한 사색에 잠길 때마다 나를 그토록 불안하게 만들었던 그건 무엇이었을까? 이는 전혀 풀 수 없는 하나의 미스터리로, 생각에 잠겨 있던 나를 덮친 실체 없는 예감을 어찌해야 좋을지 몰랐다. 나로서는 이렇듯 우리에게 작용하는 힘을 가진 매우 단순하고 자연적인 물체들의 결합이 의심할 바 없이 존재하며, 그럼에도 불구하고 이런 힘을 분석해 봤자 여전히 우리의 깊이를 넘어서는 고찰의 영역에 속해 있다는 불만족스러운 결론으로 별 도리없이 후퇴할 수밖에 없었다. 나는 이러한 풍경의 특정한 것들, 세부적인 것들을 단순히 달리 재배열하는 것만으로도 슬픈 인상을 누그러지게 하거나 혹은 어쩌면 완전히 없앨 수 있지 않을까 생각했다. 그래서 이런 생각이 떠오르자마자, 차분한 빛을 발하며 저택 부근에 자리하고 있는 검붉은 호수의 깎아지른 가장자리로 말을 몰고 가서는, 회색사초와 으스스한 나무줄기, 그리고 텅 빈 눈 같은 창문들의 변형되고 뒤집어진 모습들을 심지어 조금 전보다 더한 전율에 몸을 떨며 내려다보았다.

그럼에도 불구하고 나는 이 우울한 저택에서 몇 주 정도 체류할 생각이다. 저택의 소유주인 로더릭 어셔는 어린 시절 나의 좋은 친구 중 하나였지만 우리가 마지막으로 만난 지도 몇 년이 흘렀다. 하지만 최근 멀리 떨어진 곳에서 로더릭 어셔의 편지가 도착했는데, 극도로 보채는 듯한 분위기의 그 편지는 다른 게 아닌 직접 회신해 주기만을 요구했다. 편지에는 신경과민 같은 동요가 드러나 있었다. 그는 극심한 신체적인 질병— 그를 억누르고 있는 정신적인 질환에 대해 썼으며 또 그의 가장 친한 친구이자 진실로 하나뿐인 사적인 친구인 나와의 활기찬 교제를 통해 자신의 병을 완화할 수 있도록 나를 볼 수 있길 간절히 원한다고도 썼다. 이러한 내용을 포함해 훨씬 더 많은 것들을 전달하는 그의 태도 (그의 요청에 깃들어 있던 분명한 진심) 때문에 난 전혀 망설이지 않았고, 따라서 당시 매우 특이하다고 여겼던 어셔의 요청에 즉각 따랐던 것이다.

에드거 앨런 포

어릴 때 매우 친하게 지내긴 했지만 난 내 친구에 관해 정말이지 아는 바가 거의 없었다. 그의 신중함은 항상 과도한 편이었고 또 습관적이었다. 하지만 나는 그가 속한 매우 유서 깊은 가문이 오랜 세월 동안 고상한 많은 예술 작품들을 통해 자신을 드러내면서 신경질적인 특유의 감성으로 아득한 옛날부터 유명하다는 것을, 그리고 최근에는 아마도 정통적이고 쉽게 알아볼 수 있는 미학보다는 음악학 같은 복잡한 작품에 대한 열정적인 헌신과 더불어, 후하면서도 눈에 드러나지 않는 지속적인 자선 행위로 두드러졌음을 잘 알고 있었다. 또한 (당시까지 아주 오랜 역사를 지닌) 어셔 가문의 줄기는 어떤 시기에도 오래 지속되는 분파를 가지지 않았다는 주목할 만한 사실도 알게 되었는데, 다시 말해 매우 지엽적이고 일시적인 변화만 있을 뿐 전 가족이 직계 혈통에 위치해 있고 이런 식으로 항상 유지돼 왔던 것이다. 널리 알려진 그 가문 사람들의 특성과 더불어 완벽하게 유지되는 저택의 특징을 떠올리면서, 또 수 세기에 걸친 오랜 세월 동안 저택이 가문 사람들에게 어떤 영향을 끼쳤을지도 모른다는 충분한 가능성을 염두에 두면서, 결국 토지의 본래 이름을 "어셔가"라는 예스럽고 애매한 호칭 속에 통합시켜 버릴 만큼 저택과 가문 사람들을 동일시하도록 만들었던 것은 (그 땅에서 일하는 소작농들의 마음속에 어셔가라는 호칭은 가족과 그 가족의 저택을 포함하는 것으로 여겨졌다) 결핍, 즉 아마도 방계傍系 자손의 결핍과 이로 인한 결과라 할 (아버지에게서 아들로 이어지는) 이름을 포함한 유산의 어김없는 상속이라고 나는 생각했다.

나의 다소 유치한 실험, 즉 호수에 비친 모습을 내려다보는 것의 유일한 효과는 처음에 받았던 기묘한 인상을 더 깊게 만드는 것이었다고 난 말했다. 빠르게 커지는 미신 (이런 용어를 쓰면 안 될 이유가 무엇인가?) 에 대한 내 자각이 주로 그 미신을 증가시키기만 할 뿐이었다는 건 의심의 여지가 없다. 그것이 바로 공포에 기반한 모든 감정들의 모순적인 법칙이며 난 이를 오래전부터 알고 있다. 호수에 비친 이미지로부터 다시 눈을 들어 저택 자체를 바라봤을 때 내 마음속에 이상한 환상이 떠올랐던 것은 아마도 오직 이 이유 때문이었을 것이다. 그 환상은 정말이지 너무 터무니없어서 나를 압박했던 감각의 생생한 힘을 보여 주기 위해 언급하지 않을 수가 없다. 상상에 너무 몰입한 나머지, 나는 저택 전체와 소유지 사방에 특유한 대기가 깔려 있다고 진심으로 믿을 지경이 되었다. 천국의 공기와 전혀 관련 없는 그 대기는 썩어 가는 나무들과 회색 벽, 그리고 조용한 호수 때문에 악취를 내뿜는, 칙칙하고 활기도 없고 어렴풋이 식별 가능하고 답답하기만 한 유해하고 정체 모를 안개였다.

꿈이었음에 틀림없는 기분을 떨쳐 내면서, 나는 보다 자세히 건물의 진정한 면모를 살펴봤다. 건물의 주된 특징은 매우 오래됐다는 사실인 듯했다. 세월에 의한 변색이 너무 심했다. 처마에서 시작된 미세한 곰팡이들은 촘촘히 얽힌 그물망 형태로 외관 전체를 온통 뒤덮었다. 거기에 보기 드물 정도의 황폐함은 이 모든 것들과도 별개였다. 벽돌의 경우 무너진 부분은 없었지만 각 부분의 돌들은 부패가 진행된 상태로 보였다. 그것은 방치된 지하 납골당에서 외부 공기를 전혀 쐰 적 없는, 오랜 세월 썩어 버린 목공품의 허울만 좋은 완전함을 강렬하게 떠올리게 했다. 하지만 이러한 광범위한 부패의 조짐을 제외하면 건물은 불안정한 기미를 거의 드러내지 않았다. 꼼꼼한 관찰자의 눈으로 본다면 앞쪽 건물의 지붕에서 뻗어 나와 호수의 음침한 물속으로 사라질 때까지 지그재그 형태로 벽을 타고 내려오는, 간신히 인지할 수 있는 미세한 틈을 발견할 수 있을지도 모르리라.

이러한 점들에 주목하면서 나는 말을 타고 짧은 둑길 위로 집을 향해 나아갔다. 기다리고 있던 하인이 말고삐를 잡아 현관의 아치형 입구로 들어섰다. 이어 조심스레 걸어온 한 하인이 어둡고 복잡한 많은 통로를 통과하며 주인의 작업실로 침묵 속에 나를 안내했다. 이유는 모르겠지만 가는 길에 마주쳤던 많은 것들이 내가 이미 언급했던 모호한 감정들을 더욱 고조시켰다. 내 주변의 물체들, 즉 천장의 조각품들, 벽에 걸린 거무칙칙한 무늬 양탄자들, 흑단처럼 까만 바닥들, 내가 걸어갈 때 덜그럭거리던 문장紋章이 새겨진 환상적인 트로피들은 어렸을 때부터 내게 익숙했던 물질, 혹은 그와 유사한 것들이었다. 그러나 이 모든 것들이 얼마나 친숙한지 인정하길 망설이지 않으면서도, 그와 동시에 평범한 심상들이 불러일으키는 상상들이 얼마나 낯선지를 발견하고 난 여전히 놀라울 뿐이었다. 나는 계단 중 하나에서 가족 주치의와 맞닥뜨렸다. 그의 얼굴에 저급한 교활함과 당혹스러운 표정이 섞여 있다는 생각이 들었다. 그는 두려워하는 기색으로 내게 말을 걸더니 곧 사라졌다. 이제 하인은 문을 활짝 열고 주인이 있는 곳으로 나를 안내했다.

내가 들어선 방을 둘러보니 매우 넓고 천장이 높았다. 길고 좁고 또 뾰족한 형태의 창문들은 검은 참나무로 만든 바닥에서 위로 멀찍이 올라가 있어 방 안에서는 전혀 닿을 수가 없었다. 새빨갛고 가느다란 빛이 격자 형태의 판유리를 통과해 들어와 주변에 있는 주요 물체들을 점점 더 아주 분명히 비추었지만 방의 더 먼 곳에 위치한 곳, 그러니까 아치 형태에 무늬가 새겨져 있는 우묵 들어간 천장 부분은 애를 써도 보이지 않았다. 벽에는 어두운 빛깔의 휘장이 걸려 있었다. 일반적인 가구들은 매우 많았으나 안락하진 않았고 낡은 데다 해진 상태였다. 많은 책들과 악기들이 주변에 흩어져 있었지만 풍경에 활기를 불어넣기에는 역부족이었다. 나는 슬픔의 공기를 숨 쉬고 있는 듯했다. 황량하고, 깊고, 또 가망 없는 우울함이 떠돌며 곳곳에 스며들어 있었다.

어셔는 내가 들어서자마자 쭉 뻗고 누워 있던 소파에서 일어나 많은 뜻이 담긴 쾌활한 따뜻함으로 인사를 건넸는데 처음에 난 이를 과장된 환대, 그러니까 세상에 싫증 난 사람의 부자연스러운 노력으로 여겼다. 하지만 그의 표정을 힐끗 쳐다보니 그야말로 진지하다는 것을 확신할 수 있었다. 우린 자리에 앉았고 그가 말을 하지 않고 있는 잠깐 동안, 난 그를 한편으론 동정을 담아, 또 한편으론 경외를 담아 응시했다. 정말이지 로더릭 어셔만큼 그토록 짧은 시간 동안에 그토록 극심하게 바뀐 사람은 없을 것이다! 나는 내 앞에 있는 그 창백한 존재가 어릴 적 친구와 동일한 사람이라고 인정하는 데 어려움을 겪어야 했다. 그럼에도 그의 얼굴이 지닌 특징은 언제나 주목할 만했다. 창백한 안색, 비할 데 없이 크고 맑고 선명한 눈, 다소 얇고 매우 창백하지만 빼어나게 부드러운 곡선을 그리는 입술, 우아한 히브리인 모델 같지만 그런 얼굴에는 이례적이라고 할만한 콧구멍이 넓은 코, 도덕적인 힘이 결핍돼 있다고 말하는 듯한 돌출되지 않고 정교히 다듬어진 턱, 거미줄의 부드러움과 가녀림을 능가하는 머리카락. 이런 특징들은 상당히 넓은 관자놀이 윗부분과 더불어 전적으로 쉽사리 잊기 어려운 얼굴을 구성했다. 그리고 이러한 이목구비의 지배적인 특징 및 그것들이 일반적으로 전달하기 마련인 표정은 이를 단순히 과장하기만 해도 그토록 많은 변화를 일으키는 탓에, 난 내가 말을 걸고 있는 사람을 의심할 정도였다. 무엇보다 섬뜩할 정도로 창백한 피부와 놀랍도록 빛나는 눈이 나를 당혹스럽게 하고 심지어 두렵게 했다. 아무렇게나 자라도록 방치한 듯한 자연스럽고 고운 질감의 비단결 같은 머리카락 역시 얼굴 위로 늘어뜨려져 있기보다는 차라리 떠다니고 있었으며, 아무리 애를 써도 그 얼굴에 나타난 복잡한 표정을 어떤 단순한 인간적인 감정과 연관 지을 수가 없었다.

난 앞뒤가 맞지 않는 모순된 친구의 태도에 금세 놀라고 말았는데, 이는 습관적인 떨림을 (과도한 신경증적 동요) 극복하려는 미약하고 헛된 투쟁 때문임을 곧 알게 됐다. 이런 성향에 대해 정말이지 나는 준비가 돼 있긴 했다. 그가 보냈던 편지와 더불어 그의 소년 시절의 특징들을 회상해 봤을 때, 그리고 그의 독특한 신체적 형태와 기질로부터 추론한 결론에 근거해서 말이다. 어셔의 행동에서는 쾌활함과 침울함이 교대로 나타났다. 목소리는 (야성적인 충동이 완전히 멈춘 것처럼 여겨지는) 떨리는 우유부단함과 일종의 활기 있는 간결함 사이에서 재빠르게 변화했는데, 그 무뚝뚝하고 답답하고 느긋하고 둔탁하게 울리는 발음과, 나른하며 자기균형으로 완벽

에드거 앨런 포

히 조절된 후두음 발성은 항상 술에 빠져 있거나 교정 불가능한 (가장 극심한 흥분 상태에 있는) 마약 중독자들에게서 관찰할 수 있다.

이런 식으로 그는 내 방문의 목적에 대해, 나를 보고 싶어 했던 진지한 바람에 대해, 그리고 내가 그에게 줄 수 있는 위안에 대해 이야기했다. 이어 자신이 가진 병의 본성이라고 생각되는 것을 꽤 자세히 말하기 시작했다. 자신의 병은 체질적인 것이고 가족력이 있으며, 치료법 찾기를 포기했고 이어 즉시 덧붙이길, 그것은 의심의 여지 없이 곧 사라질 단순한 신경성 질병이라고 했다. 이 질병은 다수의 비정상적인 감각이라는 형태로 나타났다. 비록 그가 쓰는 용어나 화법이 다소 난해하긴 했지만 이것들에 대해 그가 자세히 묘사할 때 그중 몇몇은 내게 흥미를 불러일으키거나 당황하게 하기도 했다. 그는 병적이라고 할 정도로 날카로워진 감각으로 고통받았다. 오직 가장 맛없는 음식만이 먹을 만했고, 특정한 질감의 의복만 입을 수 있었고, 모든 꽃향기는 참을 수 없었으며, 눈은 심지어 매우 희미한 빛이라 해도 고통스러워 했다. 그리고 그곳엔 그에게 공포를 불러일으키지 않는 현악기의 독특한 소리만이 존재했다.

난 그가 기묘한 종류의 공포에 사로잡힌 노예가 되었음을 발견했다. "난 죽을 거야." 그가 말했다. "이 지독한 어리석음 때문에 반드시 죽을 거야. 이렇게, 이렇게, 다른 도리 없이, 난 죽게 될 거야. 미래에 일어날 일들이 두려워. 일 자체가 아니라 결과가. 영혼의 참을 수 없는 동요를 야기할 수 있는 사건을 생각하기만 하면 그게 아무리 사소하다 해도 몸이 떨려와. 진실로 난 위험을 혐오하지는 않네. 단 그것의 절대적인 결과인 공포만 제외한다면 말이지. 이 당황스럽고 비참한 상태에서, 난 음침한 유령인 공포에 맞서 싸우다가 조만간 목숨과 이성을 반드시 같이 포기해야 할 때가 올 거라고 느끼네."

게다가 함께 있는 동안 이따금 단편적이고 애매한 단서들을 통해 그의 정신적 상태의 또 다른 특이한 특징을 알게 됐다. 수년간 밖으로 나가지 않고 살고 있는 거주지에 관해 어셔는 어떤 미신적인 인상에 사로잡혀 있었다. 너무 모호해서 달리 말할 수 없는 용어로 전달되는 그 미신적인 힘의 영향력, 가문의 저택의 단순한 형태와 물질에 내재한 어떤 특성들이 (그의 말에 의하면 오랜 고통에 의해) 그의 영혼에 갖는 영향력, 그리고 회색 벽과 작은 탑과 그것들이 내려다보는 흐릿한 호수의 지세地勢가 마침내 삶에 대한 그의 의욕에 초래하는 효과에 관해서 말이다.

비록 망설이긴 했지만 그는 이렇게 자신을 괴롭혔던 특이한 우울함이 대부분은 더 자연스럽고 훨씬 더 뚜렷한 근원이 있으며, 매우 사랑하는 누이가 극심하고 오래 지속되는 병을 앓아 죽음이 진실로 명백히 다가오고 있는 것으로 거슬러 올라갈 수 있다고 인정했다. 누이는 이 세상의 마지막이자 단 하나뿐인 혈족으로 오랜 세월 그의 유일한 동반자였다. "그 애가 죽으면," 나로선 결코 잊지 못할 비참함에 휩싸이며 그가 말했다. "난 (가망 없이 노쇠하게 되어) 오래된 어셔가의 마지막 사람이 될 거야." 그가 말하는 동안 매들린 양이 (그녀는 그렇게 불렸다) 방의 먼 곳을 천천히 통과하더니 내 존재를 눈치채지 못한 채 사라졌다. 난 공포가 뒤섞인 그야말로 놀란 눈으로 그녀를 쳐다봤는데 그런 감정을 말로 설명하기란 여전히 불가능하다. 멀어져 가는 그녀를 눈으로 뒤쫓는 동안 난 완전히 멍해지고 말았다. 마침내 그녀 뒤로 문이 닫히자 본능적으로, 또 진지하게 그녀 오빠의 표정을 살펴봤으나 그는 손에 얼굴을 묻은 채여서 격정적인 눈물이 마구 떨어져 내리는 수척한 손가락을 극심한 쇠약함이 온통 뒤덮고 있다는 사실만 알 수 있을 뿐이었다.

매들린 양의 질병은 그녀의 주치의를 오랫동안 당황하게 했다. 일상이 된 무심함과 점진적인 쇠약함, 그리고 비록 금방 끝나긴 해도 자주 부분적으로 경직성을 보이는 병은 일반적 약으로는 진단되는 현상이 아니었다. 그때까지 그녀는 병의 압력에도 꿋꿋했고 병석에 드러눕지 않았지만, 내가 도착했던 그날 저녁이 되자 (그녀의 오빠가 말로 표현할 수 없는 흥분에 휩싸여 밤에 내게 이야기했던 것처럼) 파괴자의 가공할 만한 힘에 굴복했고, 난 그녀를 힐끗 본 것이 아마도 마지막으로 본 모습임을, 최소한 그녀가 살아 있는 동안 그녀를 더 이상 볼수 없음을 깨닫게 됐다.

이어지는 며칠 동안 어셔든 나든 그녀의 이름을 언급하지 않았고, 이 기간에 난 친구의 우울함을 덜어 주고자 진지하게 애쓰며 바쁜 시간을 보냈다. 우린 같이 그림을 그리거나 책을 읽거나 혹은 마치 꿈속에서 듣는 것처럼 그가 즉흥적으로 격렬하게 연주하는 멋진 기타 소리를 듣기도 했다. 이전보다 훨씬 더 친밀한 사이가 되었기에 난 보다 거리낌 없이 그의 정신 깊숙한 곳까지 들어갈 수 있었지만, 그럴수록 그의 마음을 쾌활하게 하려는 모든 시도들이 소용없음을 비참하게 알 수 있을 뿐이었다. 왜냐하면 한 가닥의 우울함이 끊임없이 퍼져가는 가운데, 마치 내재한 명백한 자질이기라도 한 듯이 어둠이 그의 마음속에서 정신적이고 물리적인 세계의 모든 물체들을 향해 마구 쏟아져 나왔기 때문이다.

어셔가의 주인과 단둘이 지냈던 그 많은 엄숙한 시간들을 난 언제까지나 기억할 것이다. 그럼에도 그가 나를 끌어들이거나 주도했던 학문들의 정확한 특성과 개념은 내가 어떤 시도를 하든 전달하지 못할 것이다. 흥분된 극도의 병적인 분위기가 지옥의 불 같은 빛을 사방에 뿌렸다. 그가 즉흥적으

에드거 앨런 포

로 오랫동안 연주한 비가悲歌는 내 귓가에 영원히 울릴 것이다. 그가 특이하게 왜곡하고 또 과장되게 연주했던 베버*의 격렬한 마지막 왈츠 곡을 다른 무엇들보다 난 마음속에 고통스럽게 간직하고 있다. 그가 공들여 상상해 그린 그림들로부터, 또 손을 대면 댈수록 이유를 알 수 없어 몸이 오싹 떨리는 막연함으로 변해갔던 (마치 지금 내 앞에 있는 듯 이미지가 생생한) 이런 그림들로부터, 단지 말의 범위로는 작은 것 이상을 끌어내려 애써 봤자 헛된 일이 되고 말 것이다. 전적으로 단순하게 또한 있는 그대로 의도를 보여 줌으로써 그는 나의 주의를 끌고 또 압도했다. 만약 관념을 그린 사람이 있다고 한다면, 그 사람은 로더릭 어셔였을 것이다. (나를 둘러싸고 있던 당시 상황에서) 최소한 나로서는 심기증 환자가 그의 캔버스에 던져 놓고자 기도한 그 순수한 추상화에서 참을 수 없는 강렬한 두려움을 느꼈는데, 분명 열정적이면서도 너무나 구체적인 퓨젤리**의 환상적인 그림을 봤을 때조차 난 그 두려움의 그림자도 느껴본 적이 없었다.

내 친구의 공상적인 생각이 들어가 있으면서 추상적인 기운이 그리 강하지 않은 그림 중 하나는 미약하나마 말로 설명할 수 있을 것이다. 한 작은 그림에서 그는 방해되는 물건이

* Carl Maria Von Weber(1786-1826), 독일의 작곡가.
** Henry Fuseli(1741-1825), 스위스 태생의 영국 화가.

나 장치가 없는, 낮은 벽을 가진 대단히 긴 직사각형 모양의 지하 납골당 혹은 터널 내부를 부드럽게 하얀색으로 그려 놓았다. 구도의 어떤 부수적인 사항들 때문에 이 공간이 땅으로부터 대단히 깊은 곳에 위치하고 있다는 생각이 자연스레 들었다. 그 광대한 규모의 어느 부분에서도 출구는 전혀 보이지 않았고 횃불이나 다른 인공적인 빛의 근원도 식별할 수 없었으며, 다만 강렬한 광선의 물결이 처음부터 끝까지 일렁거리면서 섬뜩하고 어울리지 않는 광채로 전체를 물들였다.

어셔로 하여금 모든 음악을 참을 수 없게 만드는 청각적인 신경증의 병적 상태에 대해, 그리고 예외인 현악기의 특정한 효과에 대해 조금 전 언급한 바 있다. 그러므로 그의 연주가 상당히 색다른 특성을 띠었던 이유는 아마도 그가 기타에 담을 수 있는 범위가 좁았기 때문이었을 것이다. 하지만 그의 즉흥곡들에 담긴 열정적인 솜씨는 말로 설명될 수 없다. 그것이 그의 터무니없는 환상이 들어간 곡이든 아니면 단어이든 (왜냐하면 그는 자주 단어로 운이 들어간 즉흥 작품을 만들곤 했기 때문이다), 전에 언급한 대로 그것들은 분명 오직 인위적인 흥분 상태가 최고도인 특정 순간에만 관찰되는 그토록 강렬한 정신적 차분함과 집중력의 결과였음에 틀림없고 또 그러했다. 이런 랩소디들 중 하나의 가사가 바로 떠오른다. 그가 이 가사를 들려주었을 때 내가 보다 강력한 인상을 받았던 것은

에드거 앨런 포

아마 그 의미의 이면이나 신비로운 분위기 속에서 어셔의 완전한 의식을, 옥좌에서 비틀거리는 그의 당당한 이성의 비틀거림을 처음으로 감지했다는 생각이 들었기 때문이었을 것이다. 정확하진 않지만 「유령이 출몰하는 궁전」이라는 제목의 그 시는 다음과 같다.

I
우리 계곡의 가장 푸른 곳에,
선한 천사들이 살고 있는 곳에,
한때 멋지고 위풍당당한 궁전이,
머리를 치켜든 빛나는 궁전이 있었지.
군주의 사색思索의 영토 안에
그 성이 서 있었네!
그 어떤 치품천사도 자신의 날개를
이 궁전 위에서 그 절반 정도라도 이토록 멋지게 펼친 적이 없었네.

II
노랗게, 영광스럽게, 또 황금색으로 빛나는 깃발이
성 위에서 떠다니고 흘러 다녔네.
(이것은, 이 모든 것은,

아주 오래전 옛날의 일이었네)

그리고 게으르게 떠돌았던 부드러운 공기들은

그 달콤했던 날들에

깃털이 둘려져 있는 엷은 빛의 성벽을 따라

날개 달린 향기가 되어 떨어져 나갔네.

III

행복했던 그 계곡을 지나가던 방랑자들은

빛나는 두 개의 창문을 통해 보았네.

잘 조율된 류트의 리듬을 따라

음악에 맞추어 움직이는 유령들을.

그곳은 (왕으로 태어난 자!)가

앉아 있는 옥좌의 주변,

그의 영광과 잘 어울리게 앉아 있는

왕국의 지배자가 보였네.

IV

멋진 그 궁전의 문에는

온통 진주와 루비가 빛나고 있었네.

그 문을 통해 흘러 들어오고, 흘러 들어오고, 흘러 들어오고

또 언제나 반짝였던 그것은

메아리 부대, 그것들의 달콤한 의무는

오직 노래하는 것.

빼어나게 아름다운 목소리로,

그들 왕의 기지와 지혜를.

V

하지만 슬픔의 옷을 입은 악마가

군주의 고귀한 영토를 공격했네.

(아, 애도하자, 왜냐하면 비참해진 그에게

내일의 새벽은 오지 않을 테니까!)

왕의 땅 주변에서

수줍게 꽃피었던 영광은

무덤에 갇힌 옛날 시대의

그저 희미하게 기억되는 이야기일 뿐.

VI

그리고 지금 그 계곡 안을 여행하는 자들은

붉은빛이 새어 나오는 창문을 통해

불협화음이 나는 멜로디에 맞추어

기상천외하게 움직이는 다양한 형체들을 보네.

섬뜩하게 재빨리 움직이는 강처럼,

창백한 문을 통해

흉측스러운 군중이 끊임없이 질주해 대네.

그리고 웃네, 하지만 더 이상 미소는 아니라네.

이 시가 불러일으키는 연상에 관해 이야기하면서 우린 일련의 생각에 빠져들었고, (다른 사람도 그와 같이 생각한 바 있기 때문에) 견해의 신선함보다는 자신의 견해를 주장할 때 보여 준 집착 때문에 여기서 언급하는 어셔의 견해가 분명해졌다고 나는 선명히 기억한다. 일반적으로 말해 보자면 이는 모든 식물류에 깃든 감각에 관한 의견이었다. 하지만 무질서한 상상 속에서 어셔의 견해는 보다 대담한 성향을 띠어, 특정 조건 아래에서는 무생물의 영역에까지 확장되었다. 그것의 전체적인 범위나 어셔의 신념이 지닌 진지한 자유분방함을 말로 설명하기란 부족하다. 그러나 어셔의 믿음은 (내가 이전에 암시한 대로) 대대로 내려오는 저택의 회색 돌들과 관련이 있었다. 어셔는 상상하기를 이곳에서는 돌들의 배치 방식, 즉 돌들 위를 온통 뒤덮고 있는 곰팡이들 및 돌들 주변에 서 있는 부패한 나무들의 배치 방식을 포함한 돌들의 배열순서와 무엇보다 이러한 배치를 오랫동안 손대지 않고 지속시켜 왔다는 사실, 그리고 여기에 정체된 호숫물까지 더해져 감각의 조건들이 충족돼 왔다고 했다. 어셔가 말하길 (난 여기서

에드거 앨런 포

당황했다) 그 감각의 증거는 물과 벽들 주변에 있는 대기 자체의 점진적이면서도 분명한 응결이라고 했다. 그리고 수 세기 동안 어셔가문의 운명을 결정했으며 또 내가 지금 보는 그를, 즉 당시의 어셔를 만들었던 조용하면서도 끈질기고 끔찍한 영향력에서 그 결과를 발견할 수 있다고도 덧붙였다. 이러한 의견엔 어떤 설명도 필요치 않은 법이고, 따라서 난 아무 말도 하지 않을 것이다.

예상할 수 있다시피 (수년 동안 병약한 자의 정신 세계에서 결코 작은 부분을 차지하지 않았던) 우리의 책들로 말할 것 같으면 환상이라는 이런 특성에 매우 부합하는 것들이었다. 우리는 그레세*의 『앵무새와 수도원』, 마키아벨리의 『벨페고어』, 스베덴보리**의 『천국과 지옥』, 홀베르그***의 『니콜라스 클림의 지하 여행』, 로버트 플러드와 장 대다진과 델라 챔브레의 『수상학』, 티크****의 『푸르고 먼 곳으로의 여행』, 캄파넬라의 『태양의 도시』 같은 책들을 함께 연구했다. 좋아했던 책 중 하나는 국판으로 출판됐던 도미니크 수도원 출신 아이메릭*****의 『종교

* Jean-Baptiste-Louis Gresset(1709-1777). 프랑스의 시인이자 극작가.

** Emmanuel Swedenborg(1688-1772). 스웨덴의 신비주의자, 자연과학자, 철학자.

*** Ludwig Holberg(1684-1754). 노르웨이의 사상가, 철학자, 작가.

**** Ludwig Tieck(1773-1853). 독일의 시인이자 소설가.

***** Nicolau Eimeric(1320-1399). 스페인 헤로나 태생의 중세 로마 가톨릭 신학자.

재판 회칙』이었고, 어셔는 폼포니우스 멜라*의 고대 아프리카 사티로스와 아이기판에 대한 구절을 읽으며 꿈꾸듯 몇 시간 동안 앉아 있곤 했다. 그러나 어셔의 주된 기쁨은 (잊힌 교회에 대한 설명서라 할)『마인츠 교회의 방식에 의거한 죽은 자를 위한 철야 예배』같은 고딕 양식의 4절판으로 된 매우 드물고 별난 책들을 음미하며 읽는 것이었다.

따라서 어느 날 저녁 여동생인 매들린이 죽었다고 갑자기 알려 주면서 (최종적으로 매장하기 전에) 건물의 주요 담장들 안쪽에 위치한 많은 지하 납골당들 중 하나에 동생의 시체를 2주 정도 보관하겠다는 의도를 그가 분명히 밝혔을 때, 나로선 위 책에 나왔던 유별난 의식과 또 그 책이 심기증 환자에게 영향을 끼쳤을 가능성을 생각하지 않을 수 없었다. 하지만 왜 이런 특이한 절차를 행해야 하는지 그가 제시한 세속적인 이유에 대해 한가하게 이의를 제기하고 싶지 않았다. (그는 말하길) 사망자의 병이 지닌 특이한 성향, 여동생을 담당했던 의사들의 거슬리면서도 집요했던 어떤 질문들, 그리고 멀리 떨어져 있고 방치된 가족 매장지 등을 고려해 그렇게 하기로 결심할 수밖에 없었다고 했다. 이 집에 도착했던 그날, 계단에서 마주쳤던 그녀의 불길한 표정이 떠오르자 기껏해야 결코

* Pomponius Mela, 1세기경 로마제국의 지리학자, 포가 본문에서 언급하고 있는 내용은 멜라의 저서인 『세계에 대한 설명』(De situ orbis)에 나온다.

에드거 앨런 포

부자연스럽지 않은 무해한 예방책을 난 솔직히 반대하고 싶지 않았다.

나는 어셔의 요구로 직접 그를 도와 임시 매장을 준비했다. 우리는 시체를 관에 넣은 후 둘이서만 들고 매장지로 옮겼다. 관을 놓아둔 곳은 (매우 오랫동안 열리지 않은 상태로 있었기 때문에 우리가 들고 간 횃불은 답답한 그곳 공기로 거의 꺼질 듯해서 겨우 조금만 살펴볼 수 있었다) 내가 자는 방 바로 아래쪽의 매우 깊은 곳에 위치했는데, 작고 축축한 데다 빛이 들어올 만한 데가 전혀 없었다. 그곳은 분명 아주 먼 중세 시대에는 가장 나쁜 목적인 내성內城의 감옥으로 쓰이다가 나중에는 작업장의 일부로 화약이나 다른 고연소성 물질을 저장했던 장소로 보였다. 왜냐하면 바닥의 일부와 우리가 통과했던 기다란 아치형 길 내부 전체가 구리로 꼼꼼히 마감돼 있었기 때문이다. 거대한 철로 만들어진 문 또한 유사하게 보존 처리돼 있었다. 경첩을 따라 움직일 때 문은 거대한 무게로 인해 매우 날카롭게 삐걱거리는 소리를 냈다.

우리의 슬픈 짐을 그 무서운 곳 내부의 가대架臺 위에 올려놓은 후, 우린 아직 나사로 조이지 않은 관 뚜껑을 옆으로 약간 밀쳐 내고 안에 있는 자의 얼굴을 쳐다봤다. 오빠와 누이의 놀랄 만한 유사성이 우선 나의 주의를 끌었다. 아마도 내 생각을 알아챈 듯 어셔가 몇 마디를 중얼거렸고 이를 통해 죽은 여동생과 그는 쌍둥이였으며, 거의 이해하기 힘든 종류의 연민들이 둘 사이에 항상 존재해 왔음을 알게 됐다. 하지만 우린 죽은 자를 오래 쳐다보진 않았다. 그녀를 태연히 바라볼 수 없었기 때문이다. 아직 한참 젊은 그녀를 이렇듯 무덤으로 보낸 그 질병은 모든 심한 강직증 질병에서 흔히 볼 수 있듯이, 가슴과 얼굴에는 희미한 홍조 비슷한 흔적을, 입술에는 죽음 상태에서는 매우 끔찍하게 보이는 수상쩍게 어른거리는 미소를 남겼다. 우리는 뚜껑을 원래 자리에 놓고 나사로 조인 다음, 철제문을 안전하게 열고 덜 우울하다고 말할 수 없는 집의 위층을 향해 지친 몸으로 걸어갔다.

며칠에 걸쳐 비통한 슬픔이 지나가자 이제 친구가 지닌 정신적 질환의 특징에 눈에 띄는 변화가 나타났다. 그의 일상적인 태도는 사라졌다. 일상적인 일과는 방치되거나 잊혔다. 그는 서두르는 기색으로 균형을 잃은 채 목적 없이 이 방 저 방을 걸어 다녔다. 그의 표정에 나타난 창백함은 가능한 정도에 달할 때까지 더 섬뜩해졌고 눈에서 광채는 완전히 사라졌다. 이따금 그의 어조에서 드러나던 건강함을 더 이상 들을 수 없었고, 말을 할 때는 극단적인 공포에 사로잡히기라도 한 것처럼 떨림 현상이 습관적인 특성이 되었다. 정말이지 끊임없이 요동치는 그의 마음은, 폭로하기에 용기가 필요한 그 어떤 숨 막힐 듯한 비밀로 괴로워한다는 생각이 들 때가 있었다.

에드거 앨런 포

또 모든 것을 어쩔 수 없이 그저 광기의 설명할 수 없는 단순한 변덕들로 이해해야 할 때도 있었는데, 마치 상상 속의 소리를 듣는 것처럼 매우 몰두한 자세로 오랜 시간 허공을 응시하는 모습을 목격했기 때문이다. 위협적이게 된 그의 상태가 내게 영향을 끼쳤음은 전혀 놀랄 일이 아니었다. 어셔의 괴상하면서도 인상적인 미신에 깃든 난폭한 영향력이 천천히, 하지만 분명히 나를 덮쳐 오고 있음을 느낄 수 있었다.

내가 그러한 감정의 극단을 경험했던 때는 특히 매들린 양을 감옥에 안치하고 난 후 일곱 번째인가 여덟 번째 밤으로, 늦은 시간 잠자리에 막 들었을 때였다. 시간은 계속해서 흘러갔지만 잠이 오지 않았다. 난 나를 사로잡았던 신경 과민을 추론을 통해 쫓아내려 애썼다. 전부는 아니라 해도 내가 느꼈던 것의 많은 것들은 방에 있는 우울한 가구, 즉 폭풍의 기미만 보여도 움직여 대고 벽 위에서 이리저리 발작적으로 흔들리며, 침대 장식물 주변에서 불쾌하게 바스락거리는 어둡고 낡은 휘장의 당황스러운 영향력 때문이라고 믿으려 애썼다. 하지만 노력해도 헛수고였다. 억누를 수 없는 떨림이 차츰 내 몸속으로 퍼져 갔고, 이유를 전혀 알 길 없는 불안이라는 악몽이 바로 내 심장 위에 자리 잡았다. 헐떡이고 버둥거리면서 이를 떨쳐 낸 나는 베개에서 몸을 일으켜 방의 짙은 어둠을 응시하면서, 폭풍이 멈춘 사이에 알 수 없는 곳에서 오랜 시간을 두고 들려오는 어떤 낮고 불분명한 소리에 귀를 기울였다. (본능적인 감정이 그렇게 하도록 나를 재촉해 댔다는 점을 제외하곤 나도 이유를 모른다) 나는 설명할 수 없고 참을 수도 없는 강렬한 공포에 사로잡혀 황급히 옷을 입고는 (그날 밤에는 도저히 잠을 잘 수 없겠다는 생각이 들었기 때문이다) 방 전체를 앞뒤로 재빨리 걸으면서 내가 빠져 있던 애처로운 상황에서 스스로를 일으켜 세우려 애썼다.

이런 식으로 고작 몇 번 왕복했을 때 가까운 계단에서 들리는 가벼운 발자국 소리가 내 주의를 끌었다. 나는 곧 어셔의 발자국 소리임을 알아챘다. 이어 어셔는 가볍게 문을 두드리고는 램프를 들고 안으로 들어왔다. 그의 얼굴은 평소처럼 창백했지만 눈에선 일종의 광기 같은 미소가 어렸고 분명 억제된 과잉된 흥분이 전체적인 그의 태도에 드러나 있었다. 그런 그의 분위기에 오싹해졌지만 무엇이 됐든 내가 그렇게 오랫동안 견뎌 내고 있던 고독보다는 나았으므로 심지어 난 구원이라도 되는 것처럼 그의 존재를 환영했다.

"그걸 못 봤어?" 침묵 속에 얼마간 주변을 응시하던 그가 불쑥 말했다. "못 봤어? 하지만 잠깐 있어 봐! 보게 될 거야." 신중히 램프를 가리면서 이렇게 말한 후 그는 서둘러 여닫이 창들 중 하나로 다가가 폭풍이 오는데도 활짝 열어젖혔다.

갑자기 돌풍이 안으로 사납게 들어와 우리 몸이 거의 붕

에드거 앨런 포

뜰 정도였다. 정말 사나웠으나 그럼에도 아름다운 밤, 공포와 미적인 측면에서 극도로 특이한 밤이었다. 보아하니 회오리 바람은 우리와 가까운 곳에서 힘을 모으고 있는 듯했는데, 이는 바람의 방향이 빈번히 격렬하게 변했고, 구름이 대단히 밀집해 있었음에도 (그 구름들은 저택의 작은 탑을 에워쌀 만큼 낮게 걸려 있었다) 그것들이 멀리 사라지지 않고 마치 살아 있는 생명체처럼 사방에서 서로를 향해 질주하며 흘러가는 속도를 감지할 수 있었기 때문이다. 구름이 엄청나게 밀집해 있어도 달이나 별들을 보는 데 방해되지 않는다고 내가 말하긴 했지만 사실 그것들은 전혀 보이지 않았고 번개에서 나오는 섬광 역시 전혀 없었다. 그러나 저택을 둘러싼 채 꾸물거리던, 희미하게 빛나면서도 뚜렷이 보이던 그 기체가 폭발하면서 기이한 조명을 만들어 냈고, 바로 이 조명을 받아 우릴 직접적으로 둘러싼 지구의 모든 물체는 물론 요동치는 거대한 구름의 아래쪽까지 붉게 물들어 가고 있었다.

"안 돼, 이걸 보면 안 돼!" 떨리는 몸으로 창문에 있는 어셔를 의자로 부드럽게 힘주어 끌면서 내가 말했다. "자네를 당혹스럽게 하는 이런 현상은 그저 드물지 않은 전기적 현상일 뿐이야. 아니면 호수에 켜켜이 쌓인 독기가 그 기분 나쁜 원인일지도 모르지. 창문을 닫도록 하세, 공기가 너무 차가워 자네 몸에 안 좋아. 여기 자네가 좋아하는 이야기들 중 하나가 있네, 내가 읽을 테니 자넨 듣도록 해. 그럼 우린 이 끔찍한 밤을 함께 넘기게 될 거야."

내가 집어 든 오래된 책은 론셀럿 캐닝의 『광기의 트리스트』*였다. 하지만 진지하기 보다는 슬픈 농담으로 이를 어셔가 좋아하는 이야기라고 말했을 뿐이다. 솔직히 말하면 투박하고 빈곤한 상상력만 잔뜩 들어 있는 이 책에는 내 친구의 숭고하고 영적인 이상성이 관심을 가질 만한 것이 거의 없었다. 하지만 즉시 집어들 수 있는 건 이 책이 유일했고, 거기에 지금 심기증 환자를 요동치게 만드는 흥분이 어쩌면 내가 읽게 될 형편없는 책에서도 안식처를 찾을 수 있지 않을까 하는 막연한 희망도 있었다. (왜냐하면 정신장애는 유사한 변칙으로 가득 차 있으니 말이다) 정말이지 소설에 나오는 단어들을 어셔가 들었을 때, 아니 분명히 들었을 때 그가 드러냈던 생생한 흥분과 과도한 긴장감을 내가 알 수 있었다면 아마 난 내 의도가 맞아떨어진 것을 자축했을지도 모른다.

은둔자의 거주지로 평화롭게 입성하려던 노력이 헛수고로 끝나자 트리스트의 영웅 에델레드가 무력을 이용해 들어가는 데 성공한다는 유명한 장면에 도달했을 때였다. 기억을 더듬어 보자면 이야기에 나오는 대목은 다음과 같다.

---

* 포가 만들어 낸 허구의 작가와 작품이다.

"용맹한 심장을 타고난 데다 이제 그가 마신 와인의 강력함 때문에 강해지기까지 한 에델레드는 더 이상 은둔자와 협상 하고자 오래 기다리지 않았다. 실제로 적은 완강하고 악의적 인 태도로 변했으나 그의 어깨에 비를 느끼면서, 그리고 불어 오는 폭풍에 두려움을 느끼면서 에델레드는 즉각 곤봉을 들어 올렸고 장갑을 낀 주먹을 날려 문의 널빤지에 구멍을 내고 는 기운차게 이를 뽑아서 깨고, 찢고, 사방으로 부숴 버려 이에 나무의 메마르고 공허한 소리가 숲 전체에 걸쳐 큰 소리를 내며 울렸다."

이 문장을 읽고 난 후 난 잠시 동안 읽기를 멈췄는데 그것은 저택의 가장 먼 어떤 곳에서, (비록 흥분된 내 상상이 나를 속였다고 바로 결론 내리긴 했으나) 론셀럿이 특별히 묘사한 부수고 찢는 바로 그 소리와 정확히 유사하다고 여겨지는 메아리가 불분명하게나마 귀에 들린 것 같았기 때문이다. 의심의 여지 없이 내 주의를 끌었던 것은 우연의 일치였다. 왜냐하면 여닫이창의 창틀이 덜커덕거리는 와중에 여전히 커지고 있는 폭풍의 소음이 평범하게 뒤섞인 그 소리 자체에는 내 관심을 끌거나 방해할 만한 것이 전혀 없었기 때문이다. 난 이야기를 계속 읽어 나갔다.

"하지만 문 안으로 들어온 훌륭한 승자인 에델레드는 악의를 품은 은둔자의 흔적을 전혀 찾지 못해 격분하고 놀라워하며 괴로워했다. 대신 그곳엔 비늘로 뒤덮인 거대한 외관에다 불타는 듯한 혀를 갖고 있는 용이, 바닥이 은으로 되어 있는 황금 궁전 앞을 지키고 서 있었다. 그리고 벽에 걸린 빛나는 황동으로 만들어진 방패에는 다음과 같은 글이 씌어 있었다.

여기에 들어오는 자, 정복하게 될 것이다.
용을 살해하는 자, 이 방패를 차지하게 될 것이다.

에델레드는 곤봉을 들어 용의 머리를 내리쳤고 용은 진저리나고 거슬리는 날카로운 비명을 내지르더니 그 끈질긴 숨을 거두며 에델레드 앞에 쓰러졌다. 에델레드는 이전엔 결코 들어본 적 없는 그 끔찍한 소음을 막으려고 부득이 그의 귀를 손으로 즉시 덮었다.”

여기서 다시 나는 읽기를 멈추며 매우 놀라고 말았는데 이번엔 의심의 여지 없이 (비록 어느 방향에서 진행되는 소리인지 말하기란 불가능했지만) 먼 곳으로부터 낮게 들리는 듯한, 그러나 거칠고 오래 지속되는 정말로 이상한 비명 혹은 삐걱거리는 소리를 실제로 들었기 때문이다. 그것은 소설가가 묘사한 용의 기괴한 비명 때문에 내 생각이 이미 떠올렸던 것과 정확히 일치했다.

두 번째이자 가장 보기 드문 우연의 일치에 진정 나는 놀라움과 극심한 공포에 사로잡혀 온갖 상반된 감각들로 질식할 듯했지만, 무슨 일이 있어도 날카로워진 내 친구의 신경을 건드리지 않기 위해 여전히 충분한 침착성을 유지하고자 했다. 확실히 비록 마지막 몇 분 동안 그의 태도에 이상한 변화가 오긴 했으나 그가 의문의 소리를 알아챘는지는 결코 확신할 수 없었다. 그가 의자 위치를 나를 향해 있던 곳에서 점차 돌려 얼굴을 방문 쪽으로 향한 채 앉아 있었기 때문에, 마치 들리지 않는 소리로 중얼거리는 것처럼 입술이 떨리는 것을 보긴 했어도 얼굴은 부분적으로만 볼 수 있었다. 그는 머리를 가슴 쪽으로 떨구고 있었는데 그럼에도 옆 모습을 힐끗 보니 눈을 크고 단단하게 뜨고 있어 그가 잠들지 않았음을 알 수 있었다. 몸의 움직임 역시 잠들지 않았음을 보여 주고 있었다. 부드럽지만 일정하고 일관되게 몸을 옆에서 옆으로 흔들었기 때문이다. 이 모든 것을 재빨리 염두에 두면서 나는 다음과 같이 이어지는 론셀럿의 글로 다시 돌아갔다.

"그리고 이제 용의 끔찍한 분노에서 탈출한 전사는 황동으로 된 방패와 그것에 걸린 마법을 깨부수려는 생각으로 나아가는 길에서 시체를 치워 버리고는, 벽에 방패가 걸려 있는 성의 은으로 된 바닥 위로 용맹스럽게 접근했다. 그가 전면에 등장하자 방패는 진실로 더 이상 지체하지 못하고 아주 크고 소름 끼치게 울리며 은으로 된 바닥에 서 있는 그의 발치에 떨어졌다."

이 음절이 내 입술에서 나가자마자 (마치 황동으로 된 방패가 실제로 그 순간에 은으로 된 바닥에 무겁게 떨어지기라도 한 것처럼) 나는 뚜렷하고 공허한 금속성의 쨍그랑대는, 그러면서도 무엇인가에 눌린 듯 둔탁하게 들리는 반향음을 알아챘다. 난 완전히 불안해져 자리에서 벌떡 일어났지만 어셔는 평온하게 규칙적으로 몸을 흔들고 있었다. 난 그가 앉아 있는 의자로 달려갔다. 눈은 굳게 앞쪽으로 향해 있었고 얼굴 전체에 냉랭한 엄숙함이 나타나 있었다. 하지만 그의 어깨 위로 내 손을 옮기자 몸 전체에서 떨림이 전해져 왔고 입술에는 병약한 미소가 가볍게 번졌으며, 마치 내 존재를 알아차리지 못한 것처럼 황급히 낮은 소리로 뭐라고 중얼거렸다. 어셔를 향해 가까이 몸을 숙였을 때 그의 말에 담긴 섬뜩한 의미를 난 마침내 알 수 있었다.

"듣지 못했나? 그래, 들려, 들었다고. 오랫동안, 아주 오랜 그 많은 순간과 시간과 날들 동안 난 들어 왔지. 하지만 난 감히, 오, 날 동정해 줘. 난 얼마나 비참하고 불쌍한 사람인가! 난 감히, 감히 말하지 못했어! 우린 그녀를 산 채로 묻은 거야! 내 감각이 아주 예민하다고 말하지 않았던가? 지금 말하지만 난 여동생이 그 우묵한 관 안에서 처음으로 조금씩 움직이는 소리를 들었어. 난 들었어, 아주, 아주 오래전부터 말이야, 난 감히, 감히 말하지 못했어! 그리고 지금, 오늘 밤, 에델레드, 하하! 은둔자의 문이 부서지는 소리, 용이 지르는 단말마의 비명, 방패가 뎅그렁거리는 소리! 정확히 말하면 여동생의 관이 부서지는 소리, 그 애 감옥의 철제 경첩이 삐걱거리는 소리, 지하 납골당의 구리로 도금된 아치형 복도에서 여동생이 몸부림치는 소리! 오, 난 어디로 도망쳐야 하지? 여기로 곧 오지 않을까? 내 경솔함을 질책하려고 서두르고 있지 않을까? 계단에서 동생 발자국 소리가 들리지 않았던가? 동생 심장의 무겁고 소름 끼치는 소리를 알아차리지 않았던가? 그 애는 미쳤어!" 그는 서 있던 자리에서 맹렬히 떨쳐 일어나더니 마치 자신의 영혼을 포기하려고 작정이라도 한 것처럼 몇 마디 비명을 질렀다. "미쳤어! 그 애가 지금 바로 문밖에 있다고!"

그가 하는 말의 초인간적인 기운 속에 마법의 힘이 있기라도 한 것처럼, 크고 오래된 문의 창문들을 어서가 가리키자마자 그 육중하고 새까만 문들이 천천히 뒤로 움직였다. 그것은 갑자기 들이닥친 돌풍 때문이었지만, 수의에 싸인 매들린 어서가 정말로 문밖에 우뚝 서 있었다. 하얀 옷에서는 피가 보였고 수척한 몸 곳곳에 격렬하게 몸부림친 흔적이 남아 있었다. 그녀는 잠시 문지방에서 몸을 떨고 앞뒤로 비틀거리더니 낮은 신음 소리를 내며 오빠를 향해 쓰러졌고, 이어 죽음의 마지막에 도달한 것 같은 격렬한 고통에 몸부림치고는 시체가 된 오빠를, 자신 스스로 예견했던 공포의 희생자가 된 오빠를 바닥으로 끌고 갔다.

나는 겁에 질려 그 방으로부터, 그 저택으로부터 도망쳤다. 오래된 둑길을 건너갈 때 폭풍은 분노한 듯 사방으로 날뛰었다. 길을 따라 갑자기 범상치 않은 빛이 보였는데, 내 뒤에는 거대한 저택과 그것의 그림자밖에 없었으므로 이에 그토록 흔치 않은 빛이 어디서 나오는지 보려고 몸을 돌렸다. 그것은 피처럼 붉게 기울어가는 보름달에서 나오는 빛으로, 한때 거의 알아보기 힘들었던 갈라진 틈 전체에 걸쳐서, 즉 전에 말한 것처럼 건물 지붕에서 뻗어져 나와 바닥까지 지그재그 방향으로 내려오던 틈 전체에 걸쳐서 생생히 빛나고 있었다. 내가 지켜보는 동안 틈은 빠른 속도로 넓어졌고 사나운 돌풍이 몰려오는 가운데 위성의 완전한 원 형태가 갑자기 내 시야로 불쑥 들어왔다. 거대한 벽들이 사방으로 튀어 나가는 모습에 머리가 어지러웠다. 어마어마한 양의 물들이 내는 소리 같은 격렬하고 긴 외침이 들려오더니, 이어 내 발치에 있던 깊고 눅눅한 호수가 냉정하고 조용하게 '어셔가'의 조각들을 둘러싸기 시작했다.

에드거 앨런 포

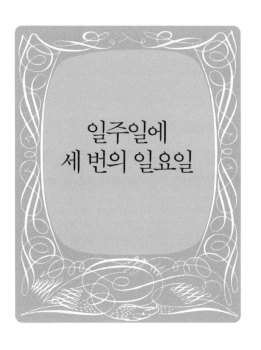

일주일에
세 번의 일요일

이 무정하고, 멍청하고, 고집스럽고, 구식이고, 신경질적이고, 곰팡내 나고, 케케묵고, 늙은 미개인아! 어느 오후, 나는 상상 속에서 큰할아버지인 럼거전에게 이렇게 말했다. 역시나 상상 속에서 그에게 주먹을 내지르는 채였다.

오로지 상상일 뿐이었다. 사실 당시에 내가 했던 말과 감히 말하지 못했던 것 사이에는 사소한 불일치가 있다. 그러니까 내가 했던 것과 어느 정도 하려고 마음 먹은 것 사이에 말이다.

응접실 문을 열고 들어갔을 때, 그 늙은 돌고래 같은 인간은 벽난로 선반 위로 발을 걸치고 포트 와인 한 잔을 손에 쥔 채 노래 한 곡을 부르려고 애쓰고 있었다.

너의 빈 잔을 채워라!
너의 가득한 잔을 비워라!

"사랑하는 큰할아버지." 부드럽게 문을 닫으며 인사한 뒤 나는 최대한 상냥한 미소를 띠며 다가갔다. "큰할아버지는 항상 그렇게 친절하고 사려 깊으시죠. 또 그토록 많은, 아주 많은 방법으로 자비심을 보여 주셨어요. 그래서 큰할아버지가 완전히 허락하신다는 걸 한 번 더 확실히 하려고 그저 사소한 부분을 말씀드리고 싶습니다."

"험!" 큰할아버지가 말했다. "그래! 어서 말해 봐!"

"제가 가장 사랑하는 큰할아버지 (이 지독한 늙은 악당아!), 큰할아버지가 케이트와 저의 결혼을 정말로, 진지하게 반대할 의사는 없으시다는 걸 전 확신해요. 그저 농담일 뿐이죠, 하하하! 가끔 큰할아버지는 얼마나 익살맞은지 몰라요."

"하하하!" 큰할아버지가 말했다. "이런 망할! 그래!"

"분명하죠, 당연해요! 농담하신 거 알고 있었어요. 큰할아버지, 이제 케이트와 제가 바라는 건, 조언을 베풀어 주셔서 저희를 기쁘게 해주시는 겁니다. 날짜에 관해서요. 아시겠지만, 짧게 말해, 큰할아버지가 볼 때 언제 결혼식을 올려야 가장 조, 좋을까요?"

"결혼식을 올리다니! 이놈! 무슨 말을 하는 거지? 상황이 괜찮아질 때까지 기다리는 게 좋아."

"하하하! 헤헤헤! 히히히! 호호호! 후후후! 그거 좋네요! 멋져요! 이런 재치라니! 하지만 지금, 저희 모두가 바라는 건, 아시겠지만, 큰할아버지, 날짜를 정확히 말씀해 주시는 겁니다."

"아! 정확히?"

"그래요, 큰할아버지. 그러니까, 기꺼이 동의하신다면 말이죠."

"바비, 적당히 말하면 대답이 안 되는 거냐? 예를 들어 1년 안에 언제쯤이라던가? 반드시 정확히 말해야 해?"

"제발, 큰할아버지, 정확하게요."

"음, 그렇다면, 바비, 이 녀석, 넌 착한 놈이야, 안 그래? 네가 정확한 때를 알고 싶어 하니, 어, 딱 한 번 은혜를 베풀도록 하지."

"큰할아버지!"

"쉿!"(내 목소리를 누르며) "딱 한 번 은혜를 베풀어 주마. 넌 내 승낙을 얻게 될 거야, 그리고 재산도. 우린 그걸 잊어서는 안 돼. 어디 보자, 언제가 좋을까? 오늘은 일요일이야, 그렇지? 어, 그럼, 넌 정확히, 정확히, 명심해! 한 주에 세 번의 일요일이 함께 올 때야! 내 말 들었냐? 왜 그렇게 입을 쩍 벌리고 있어? 한 주에 세 번의 일요일이 함께 오면 네가 케이트와 그 애의 재산을 갖게 될 거라고 말하고 있잖니. 하지만 그 전에는 안 돼, 이 젊은 건달아, 그전에는 안 돼, 비록 그 때문에 내가 죽게 되더라도 말이지. 너도 알 거다, 내가 약속을 지키는 사람이라는 걸. 이제 나가!" 그러면서 그는 포트 와인을 삼켰

에드거 앨런 포

고 난 절망에 빠져 그 방에서 급히 빠져나왔다.

"멋진 영국 노신사"가 바로 나의 큰할아버지 럼거전이었지만, 이 별칭과는 달리 그에겐 약점이 있었다. 붉은 코에 둔해 보이고 주름이 깊은 데다 자존심도 무척 센 그는, 부자였지만 허풍쟁이었고, 급한 성미에 체구는 뚱뚱했다. 세상에서 가장 선한 사람이면서도 모순되는 말로 변덕을 심하게 부려서, 그의 겉모습만 아는 사람들에게는 까다로운 사람이라는 평을 얻었다. 다른 뛰어난 사람들처럼 그는 남을 감질나게 하는 기질을 갖고 있어 얼핏 보면 악의가 있다고 오해를 받는다. 모든 요구에 대해 웬만하면 "안 돼"라고 하는 것이 그의 즉각적인 반응이었지만 결국엔 시간이 많이, 많이 지나서 보면 그가 거절하는 요구는 정말이지 거의 없었다. 그는 자신의 재산을 노리는 사람들의 공격을 잘 방어했지만, 마지막에 그에게서 나가는 금액은 일반적으로 포위 공격을 당한 기간과 저항이 완강했던 정도에 비례했다. 큰할아버지만큼 아낌없이, 그리고 서투른 우아함으로 자선을 하는 사람은 그 누구도 없었다.

큰할아버지는 예술, 특히 순수문학에 관해서는 아주 깊이 경멸했다. 더불어 카지미르 페리에*의 "시인이 잘하는 것이 무엇인가?"라는 세련된 짧은 질문에 감명 받아 그것을 논리적

---

* Casimir Perier(1847-1907). 프랑스의 은행가이자 정치가.

이고 완벽한 재치의 한 예시로서 우스꽝스러운 발음으로 인용하는 버릇이 있었다. 따라서 내가 뮤즈*에 대해 조금 알은 체를 하면 매우 불쾌하게 여겼다. 그는 어느 날, 내가 호레이스**의 신간을 요청하자 "시인은 태어나는 것이지 만들어지는 것이 아니다."***의 뜻이 "아무짝에도 쓸데없는 고약한 시인"이라고 내게 단언하는 바람에 난 무척 화가 났다. 게다가 '인문학'에 대한 그의 혐오감은 최근 우연히 자연과학에 관해 편견에 가까운 호의를 갖게 되면서 훨씬 더 높아졌다. 길거리에서 누군가가 큰할아버지를 엉터리 물리학 강사에 다름아닌 더블 L. 디 박사로 오인하고 말을 걸어왔던 것이다. 이것을 계기로 큰할아버지는 갑자기 생각을 바꿔, 이 이야기가 있었던 당시의 (결국 이 이야기도 그런 식으로 흘러갔는데) 자신의 취미였던 승마 기술에 관해서만 접근을 허용하고 온화한 태도를 취했다. 나머지에 대해서는 크게 비웃었으니, 이런 큰할아버지의 견해는 완고했고 쉽게 사람들에게 받아들여졌다. 큰할아버지는 호슬리****처럼 "사람들은 법에 복종하는 것 말고는 법과 아무 관련이 없다"라고 생각했다.

---

* Muse. 그리스 신화에 나오는 제우스의 딸로 학문과 예술의 여신.

** Horatius. 고대 로마 공화정 말기의 시인 호라티우스.

*** 'Poeta nascitur non fit.' 본래 뜻은 '시인은 타고나는 것이지 만들어지는 것이 아니다'이다.

**** Samuel Horsley(1733~1806). 영국의 종교학자.

에드거 앨런 포

나는 그 노신사와 평생을 함께 살았다. 나의 부모님은 돌아가시면서 큰할아버지에게 나를 귀한 유산으로 물려주었다. 나는 그 늙은 악당이 (케이트를 사랑한 정도까지는 아니더라도 거의 비슷하게) 나를 친자식처럼 사랑했다고 믿지만, 그는 결국 나로 하여금 개와 같은 삶을 살게 만들었다. 첫 해부터 다섯 살이 될 때까지 그는 아주 규칙적으로 나를 매질했다. 다섯 살 때부터 열다섯 살 때까지는 매 순간 나를 소년원에 보내겠다고 위협했으며, 열다섯 살부터 스무 살 때까지는 하루도 빠짐 없이 나에게 단 한 푼도 주지 않고 내쫓을 거라고 장담했다. 나는 불쌍한 개였는데— 정말로 그랬다— 당시 이는 내 본성의 일부였고, 또 내 신념의 한 부분이기도 했다. 케이트의 경우 그녀는 나의 확실한 친구였으며 난 그걸 알았다. 그녀는 착한 소녀였고, 내가 럼거전 큰할아버지를 졸라서 필요한 승낙을 얻기만 한다면 그녀를 (재산과 모든 것을) 가질 수 있을 거라고 다정히 말했다. 가여운 소녀! 그녀는 겨우 열다섯이어서 승낙 없이는 그 얼마 안 되는 금액조차 지난한 다섯 번의 여름이 '천천히 느릿느릿 지나갈 때'까지 쉽게 얻을 수 없었다. 그렇다면 뭘 해야 한단 말인가? 열다섯 살에도, 심지어 (이제 나는 다섯 번째 올림픽이 지났기 때문에) 스물한 살이 되어서도 예상할 수 있는 그 5년이 내게는 500년과 똑같이 길게 느껴진다. 우린 끈질기게 간청하며 그 노신사를 괴롭혔지만 허사였다. 바로 여기에 사람을 감질나게 하는 그의 삐뚤어진 환상에 들어맞는 (유드와 카렘*이 말한 대로) 최고의 식사가 있었다. 만약 큰할아버지가 가엾고 불쌍한 두 마리 작은 쥐인 우리에게 얼마나 자주 늙은 고양이처럼 굴었는지 욥**이 알면, 그도 분노하고 말았을 것이다. 마음속으로는 큰할아버지도 우리가 결혼하기를 무엇보다 열렬히 바라고 있었다. 이에 대해서는 이미 마음의 결정을 해 놓은 상태였다. 사실, 우리의 아주 자연스러운 소망을 이뤄 줄 만한 어떤 이유라도 생각해 낼 수 있다면, 큰할아버지는 자신의 주머니에서 (케이트의 재산은 그녀 자신의 것이므로) 1만 파운드라도 꺼냈을 것이다. 하지만 당시 우리는 그 이유를 우리 스스로 꺼낼 정도로 경솔했다. 그런 상황에서 반대하지 않는 것은, 그의 힘으로는 도저히 어쩔 수 없었을 거라고 정말이지 난 믿는다.

큰할아버지에겐 약점이 있다고 이미 내가 말했다. 하지만 그것이 그의 완고함을 지칭하는 것으로 오해해서는 안 된다. 완고함은 그의 강점 중 하나였다. 그것은 분명 그의 약점이 아니었다. 내가 말하는 약점은, 할머니 같이 별난 미신 하나가 그를 괴롭혔다는 사실이다. 그는 꿈, 징조, 그 밖에 유사한 모든 것에 관해 열심이었다. 그는 과도하게 꼼꼼했고 명예에 관

* Louis Eustache Ude(1769-1846), Marie Antoine Careme(1784-1833). 프랑스 요리사.
** 성경 「욥기」의 주인공.

한 사소한 점에도 그러했으며, (자기식대로) 의심의 여지 없이 약속을 지키는 사람이었다. 이것은 사실 그의 취미 중 하나였다. 그는 자신이 한 맹세의 정신은 예사로 무시했으나, 맹세한 문자 그 자체는 침범할 수 없는 약속이었다. 식당에서의 대화가 있고 나서 그리 오래되지 않은 어느 화창한 날, 케이트의 창의력이 예상하지 못한 기회를 붙잡았던 것도 그의 이런 별난 습성을 이용한 것이었다. 현대의 모든 음유시인과 웅변가들이 그러는 것처럼, 내가 쓸 수 있는 거의 모든 시간과 기회를 이미 서론에서 다 소진했기 때문에, 이에 관한 전체적인 요점이 무엇인지 몇 마디 말로 요약해 보고자 한다.

그 일이 일어난 것은 (운명의 여신이 그렇게 명령을 내렸다) 해군에 있는 내 약혼자의 지인 중 두 명이 각자 1년간의 외국 여행을 마치고 영국 해안으로 막 들어왔을 때였다. 내 사촌과 나는 일요일 오후에 럼거전 큰할아버지를 방문하기로 이 신사들과 사전에 정했는데, 그날은 10월 10일로 그가 우리의 희망을 그토록 잔인하게 꺾어 버렸던 중요한 결정을 내린 지 딱 3주가 되던 날이었다. 약 30분 동안은 평범한 주제들로 대화가 이어졌지만 마침내 우리는 아주 자연스럽게 다음과 같이 화제를 몰고 갔다.

프랫 대령. "딱 1년간 떠나 있었군요. 오늘로 딱 1년이에요. 보자, 그래요! 오늘은 10월 10일이죠. 기억하시죠, 럼거전 씨.

1년 전 오늘 작별 인사를 드리러 방문했었지요. 그런데 여기 있는 우리의 친구 스미서턴 대령이 역시 정확히 1년을 떠나 있었으니 정말 우연의 일치군요, 안 그래요? 1년 뒤 오늘이요."

스미서턴. "맞아요! 정확히 1년이군요. 럼거전 씨, 기억하시죠? 프랫 대령과 함께 바로 작년 오늘 작별 인사를 하러 방문했습니다."

큰할아버지. "맞아, 맞아, 맞고말고. 아주 잘 기억하지, 정말 참 이상하군! 두 사람 모두 1년 동안 떠나 있었지. 참 이상한 우연이야, 정말로! 더블 L. 디 박사였다면 별난 우연의 일치라고 이름 붙였을 거야. 더블 L. 디 박사는—"

케이트 (끼어들며). "확실히 그래요, 할아버지. 정말 이상한 일이에요. 하지만 프랫 대령과 스미서턴 대령은 전혀 같은 경로가 아니었고 그게 차이점이죠, 아시겠지만."

큰할아버지. "그런 건 도통 모르겠구나, 귀염둥이야! 내가 어떻게 알겠니? 그 때문에 더 놀랍게 생각되는구나. 더블 L. 디 박사는—"

케이트. "어, 할아버지. 프랫 대령은 혼곶을 돌았고 스미서턴 대령은 희망봉을 돌아서 왔어요."

큰할아버지. "맞아! 한 명은 동쪽으로 갔고, 다른 한 명은 서쪽으로 갔구나. 깜찍한 것. 둘 모두 세상을 완전히 한 바퀴 돌았군. 그런데 더블 L. 디 박사는—"

나 (급하게). "프랫 대령, 내일 꼭 오셔서, 스미서턴 대령도 마찬가지로, 저희와 함께 저녁을 먹으면서 항해 이야기도 해 주시고 나중에 휘스트 게임도 같이—"

프랫. "휘스트 게임이라니, 친애하는 친구, 잊으셨군요. 내일 은 일요일이에요. 다른 날 저녁에—"

케이트. "오, 아니에요. 참! 로버트는 그렇게 예의 없지 않아 요. 오늘이 일요일인 걸요."

큰할아버지. "확실해, 확실하고말고!"

프랫. "두 분 모두에게 죄송합니다만, 내가 그렇게 큰 실수 를 했을 리 없어요. 내일이 일요일입니다, 왜냐하면—"

스미서턴 (매우 놀라며). "모두 무슨 생각을 하고 있는 거죠? 제가 알기로, 어제가 일요일 아니었나요?"

일동. "어제라니! 당신이 틀렸어요."

큰할아버지. "오늘이 일요일이야, 내가 잘못 알고 있는 건 가?"

프랫. "오, 아니요! 내일이 일요일이에요."

스미서턴. "모두들 제정신이 아니군요, 당신들 모두요. 지금 내가 이 의자에 앉아 있는 것만큼이나 어제가 일요일이었다 는 건 확실해요."

케이트 (놀라 펄쩍 뛰며). "알았어요, 다 알았어요. 이건 할 아버지가 판단할 문제예요. 그러니까 할아버지가 뭘 알고 있는지에 대해서요. 가만있어 봐요, 곧 모든 걸 설명할게요. 이건 아주 간단한 문제예요. 스미서턴 대령은 어제가 일요일이었다고 말했어요. 그랬죠. 그가 맞아요. 사촌인 바비와 할아버지, 그리고 나는 오늘이 일요일이라고 했어요. 그래요, 우리가 맞아요. 프랫 대령은 내일이 일요일이라고 주장해요. 그럴 거예요. 역시 맞아요. 사실은, 우리 모두가 맞아요. 한 주에 세 번의 일요일이 함께 온 거죠."

스미서턴 (잠깐 말을 멈췄다가). "그런데, 프랫, 케이트가 완전히 우릴 이겼군. 우린 얼마나 바보인가! 럼거전 씨, 경위는 다음과 같습니다. 아시겠지만 지구는 직경이 24,000마일입니다. 이제 지구라는 구체는 자체의 축에 따라 회전합니다, 도는 거죠, 제자리에서 도는 거예요. 이 24,000마일의 거리를 정확히 24시간에 서쪽에서 동쪽으로요. 럼거전 씨, 이해되십니까?"

큰할아버지. "확실해, 확실하고말고. 더블 L, 디 박사는—"

스미서턴 (목소리를 낮추며). "어, 선생님. 그건 시속 1천 마일의 속도입니다. 이제 제가 여기서 동쪽으로 1천 마일을 항해한다고 가정해 보죠. 당연히 저는 여기 런던에서의 일출을 앞당기는 겁니다. 딱 1시간만큼. 당신보다 한 시간 앞서 일출을 보는 거죠. 같은 방향으로 나아가서, 또 다른 1천 마일을 가면 저는 두 시간을 앞당기죠. 또 다른 1천 마일이라면, 세 시간이고. 이렇게 지구 한 바퀴를 완전히 돌 때까지 계속합니

에드거 앨런 포

다. 그리고 이 자리로 되돌아오면 동쪽으로 24,000마일을 다 갔으니, 저는 최소한 런던에서의 일출을 24시간 앞당기는 겁니다. 다시 말해서, 당신 시간보다 하루 앞서 있는 거죠. 이해되나요?"

큰할아버지. "하지만 더블 L. 디 박사는—"

스미서턴 (목소리를 매우 높이며). "프랫 대령은 반대로, 그가 이 지점에서 서쪽으로 1천 마일을 항해한다면 한 시간, 24,000마일을 서쪽으로 간다면 24시간, 즉 하루를 런던 시간보다 뒤처지게 되는 거죠. 그러므로, 저에게는 어제가 일요일이었고, 따라서 당신에게는 오늘이 일요일이고, 따라서 프랫에게는 내일이 일요일이 되겠죠. 더욱이, 럼거전 씨, 우리 모두가 맞는 건 정말 분명해요. 왜냐하면 우리 중 한 사람의 생각이 다른 사람들의 것보다 더 우세하다고 말할 철학적인 이유가 전혀 없기 때문이죠."

큰할아버지. "이런! 좋아, 케이트. 좋아, 바비! 너희들이 말한 대로 이건 내가 판단할 문제다. 하지만 난 약속은 지키는 사람이야, 축하한다! 케이트를 갖도록 해 (재산과 모든 걸), 네가 원하는 날 말이야. 다 됐군, 어이쿠! 연달아 세 번의 일요일이라니! 가서 여기에 대한 더블 L. 디의 의견은 어떤지 들어봐야겠어."

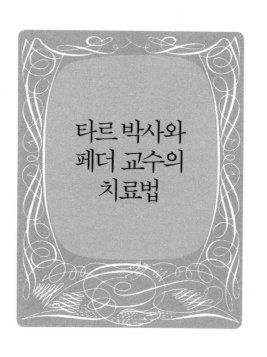

타르 박사와
페더 교수의
치료법

✦✦✦

프랑스 최남단 지역을 통과해 여행 중이던 1800년대의 어느 8월, 나는 어떤 *메종 데 상테*, 즉 정신병원에서 몇 마일 떨어진 곳을 지나게 되었는데 이 병원은 파리에 있을 때 의료계에 종사하는 친구들로부터 이야기를 많이 들었던 곳이었다. 그런 장소는 한 번도 방문한 적이 없었으므로 놓치기에 아까운 너무 좋은 기회라는 생각이 들었고, 그래서 같이 여행하던 사람에게 (며칠 전에 어쩌다 알게 된 신사였다) 한 시간 정도 가던 길에서 벗어나 그 시설을 살펴보자고 제안했다. 그는 이에 반대했다. 처음엔 가던 길을 서둘러야 한다고 나를 설득하더니 이어 미친 사람을 보는 것이 당연히 매우 두렵다고 했다. 그러면서도 단지 자기에게 예의를 차리느라 호기심을 충족할 기회를 놓치지 말라고, 자신은 말을 타고 천천히 가고 있을 테니 아마도 당일이나 아니면 어쨌든 다음 날에는 자신을 따라잡을 수 있을 거라고 말했다. 그가 작별 인사를 고할 때, 나는 그런 장소에 들어갈 허락을 얻기가 다소 어려울지 모른다는 생각이 들어서 그 점이 걱정된다고 이야기했다. 그가 대답하길, 사실 이런 사립 정신병원 규정은 공립 병원 법보다 엄격하기 때문에, 관리자인 마이야르 씨와 개인적으로 아는 사이가 아니거나 서한 형식의 자격을 갖고 있지 않다면 어려울지도 모른다고 했다. 그러면서 자신이 마이야르 씨와는 몇 년 전부터 알게 된 사이라고 덧붙이며, 자신은 정신병이란 주제에 반감을 갖고 있기 때문에 안으로 들어가진 않겠지만, 병원 정문까지 말을 타고 가서 소개해 주는 데까지는 나를 도와주겠다고 했다.

나는 그에게 감사를 표했고 우리는 간선도로에서 벗어나 풀이 자란 샛길로 들어섰다. 약 30분이 지나자 산의 아랫부분을 감싸고 있는 숲이 무성해서 거의 길을 잃을 정도였다. 말을 타고 이 축축하고 음울해 보이는 길을 2마일 정도 통과하자 메종 데 상테가 눈에 들어왔다. 세월이 흐르고 방치된 탓에 많이 황폐해져서 정말이지 거주하기 힘든 기이한 성채였다. 그 모습에 그제서야 두려워진 나는 말의 상태를 확인하면서 되돌아가기로 거의 마음을 굳혔다. 하지만 곧바로 내 나약함을 부끄러워하며 계속 앞으로 나아갔다.

입구까지 올라가니 문이 살짝 열려 있었고, 그 열린 틈으로 우리를 눈여겨보는 한 남자의 얼굴이 보였다. 이후 곧 그 남자가 앞으로 와서 내 동료의 이름을 부르며 말을 건네더니 진심을 담아 손을 잡고 흔들면서 말에서 내리라고 청했다. 바로 마이야르 씨였다. 그는 살짝 통통하고 잘생긴 전통적인 느낌의 신사로, 태도가 세련됐으며 그가 풍기는 중후함과 근엄함 또 권위는 매우 인상적이었다. 내 친구는 나를 소개하며 시설을 둘러보고 싶다는 나의 바람을 언급했고, 모든 주의를 기울여 병원을 안내하겠다는 마이야르 씨의 확언을 듣고서야 작별을 고했는데, 더 이상은 그를 볼 수 없었다.

그가 가고 나자 관리인은 작지만 매우 깔끔한 응접실로 나를 안내했으며, 그곳엔 고상한 취향을 보여 주는 다른 것들과 함께 많은 책과, 그림, 화분, 그리고 악기가 놓여 있었다. 난로에서는 불이 활기차게 타올랐다. 젊고 매우 아름다운 한 여인이 피아노에 앉아 벨리니의 노래를 부르고 있다가 내가 들어가자 노래를 멈추고는 우아한 행동으로 나를 맞이했다. 목소리는 낮았고 태도는 침착했다. 그녀의 얼굴에서 슬픔의 흔적이 느껴진다는 생각이 들었는데, 내 취향에 불쾌하지는 않지만, 아주 창백한 얼굴이었다. 그녀는 깊은 슬픔의 빛을 띠고 있어 내 가슴에 경의와 흥미와 감탄이 뒤섞인 감정을 불러일으켰다.

마이야르 씨의 시설은 속된 용어로 '달래기 치료법'에 의해 운영되고 있다고 파리에서 들은 바가 있었다. 이는 모든 처벌

에드거 앨런 포

을 피하고 심지어 감금도 거의 하지 않으며, 비밀스럽게 감시받긴 하지만 모든 환자들이 확실히 많은 자유를 누렸고, 그중 대부분은 정상적인 사람들의 평범한 옷을 입고 건물과 땅을 돌아다니도록 허용됐다.

이러한 인상을 마음에 새기면서 나는 젊은 여인 앞에서 말하는 것에 신중을 기했다. 그녀가 정상이라고 확신할 수 없었기 때문이다. 실제로 어떤 불안해 보이는 광채가 그녀의 눈에 엿보여서 난 그녀가 정상이 아니라고 생각하기에 이르렀다. 그래서 이야기를 일반적인 화제에, 그리고 미친 사람이라 해도 그를 불쾌하게 하거나 자극하지 않을 거라고 생각되는 것들에 국한했다. 그녀는 완벽히 이성적인 태도로 내가 말한 것에 대답했다. 심지어 그녀의 첫 번째 의견에서는 아주 건강한 좋은 감각까지 엿보였다. 그러나 난 조증躁症이라는 형이상학을 오래전부터 알고 있었던 까닭에 그런 정상이라는 증거를 전혀 신뢰하지 않았으며, 이에 내가 처음부터 취했던 신중함을 대화 내내 유지했다.

곧 똑똑해 보이는 제복 입은 하인이 내가 먹을 과일과 와인, 그리고 다과가 담긴 쟁반을 들고 왔고 이어 여인은 곧바로 방을 떠났다. 그녀가 떠날 때 난 미심쩍은 눈길로 관리인을 쳐다봤다.

"아뇨." 그가 말했다. "오, 아닙니다. 제 가족이죠, 그러니까

질녀예요. 교양 있는 여자랍니다."

"제 의심을 진심으로 용서해 주십시오." 내가 대답했다. "하지만 물론 잘 헤아려 주시리라 믿습니다. 여기서의 당신의 훌륭한 운영 방식은 파리에 잘 알려져 있고, 그래서 그저 가능한 일이라고만……."

"네, 네. 더 이상 말씀하지 않으셔도 됩니다. 오히려 칭찬할 만한 신중함을 보여 주셨으니 제가 당신에게 감사하죠. 젊은이 중에 사전에 깊이 생각하는 사람을 찾기가 쉽지 않아요. 생각 없는 방문객들 때문에 상당히 부적절한 좋지 않은 일들이 몇 번 있었습니다. 저의 이전 치료법을 적용했을 동안에는 환자들이 마음대로 돌아다닐 수 있는 특권을 누렸지만 병원을 조사하러 온 부적절한 사람들 때문에 자주 위험한 광기를 일으켰죠. 그래서 어쩔 수 없이 차단이라는 엄격한 시스템을 시행해야 했고, 분별력을 신뢰할 수 없는 사람들은 그가 누구든 이곳으로 접근하지 못하게 했습니다."

"당신의 이전 치료법이 적용됐을 동안이라고요!" 그의 말을 반복하며 내가 말했다. "그렇다면, 제가 그토록 많이 들었던 달래기 치료법이 더 이상 시행되고 있지 않다는 말인가요?"

"지금은 그렇습니다." 그가 말했다. "몇 주 전에 우린 그 방법을 영원히 포기해야 한다는 결론에 이르렀어요."

"저런! 정말 놀랍군요!"

에드거 앨런 포

"선생님, 우리는," 그가 한숨을 쉬며 말했다. "과거의 치료법으로 돌아가는 것이 절대적으로 필요하다는 것을 알게 됐습니다. 달래기 치료법의 위험성은 언제나 끔찍했죠. 그것의 장점은 대단히 과대평가돼 왔습니다. 다른 곳은 어떤지 몰라도, 그 치료법은 이 병원에서 공정한 심판을 받았다고 저는 믿어요. 우린 이성적인 인간이 제시할 수 있는 모든 것을 했습니다. 당신이 좀 더 일찍 여길 방문하지 못한 것이 유감이군요. 당신 스스로 판단할 수 있었을 텐데 말이에요. 하지만 전 당신이 달래기 치료법에 친숙하다고 생각합니다. 그 세부적인 내용에 대해서요."

"전혀 아닙니다. 서너 명을 거쳐 들어 봤을 뿐이에요."

"그렇다면 전 그 치료법에 대해 일반적인 표현으로 말해서 '환자들의 비위를 잘 맞춰준다'라고 할 수 있을 것 같습니다. 우리는 환자들의 뇌에 들어온 어떤 환상도 절대로 반박하지 않죠. 그와 반대로 환자들의 말을 다 받아줄 뿐 아니라 격려까지 해주는데, 대부분의 완치가 이런 치료를 통해 이뤄졌습니다. 광인들의 미약한 이성을 건드리는 데 귀류법* 만한 것이 없다는 데에는 이견의 여지가 없어요. 예를 들어, 자기 자

---

* reductio ad absurdum. 어떤 명제가 참임을 증명하려 할 때, 그 명제의 결론을 부정함으로써 가정 또는 공리 등이 모순됨을 보여 간접적으로 그 결론이 성립한다는 것을 증명하는 방법.

신을 닭이라고 상상하는 사람들이 있었죠. 치료법은 이를 하나의 사실로 주장하는 것, 즉 환자가 그것을 사실이라고 충분히 인지하지 못하는 어리석음에 대해 책망하는 것이었고, 따라서 그에게 일주일 동안 다른 어떤 음식도 주지 않았습니다. 닭과 적절히 연관된 것만 빼고 말입니다. 이런 식으로 적은 양의 옥수수와 소변 모래를 통해 놀라운 일을 만들어 낸 겁니다."

"하지만 이런 종류의 묵인이 전부였습니까?"

"결코 아닙니다. 우린 간단한 종류의 오락거리, 즉 음악이나 춤, 일반적인 체조, 카드, 특정한 부류의 책들도 많이 신뢰했죠. 우린 개개인을 마치 어떤 평범한 신체적 질병을 가진 것처럼 대우했고 '광기'라는 단어는 결코 사용하지 않았습니다. 광인 각자가 다른 모든 이들의 행동을 지켜 주도록 하는 데 주안점을 두었죠. 광인들의 이해력이나 신중함을 믿어 줘야 그가 몸과 영혼을 얻는 법이거든요. 이런 식으로 해서 우리에겐 비싼 관리 인력이 필요 없었습니다."

"어떤 종류의 처벌도 없었다는 건가요?"

"그렇습니다."

"환자들을 가둔 적도 결코 없었고요?"

"아주 드물었죠. 이따금 어떤 환자들의 병이 위기 상태로 발전하거나 갑자기 분노하기라도 하면 그 이상 행동이 나머지 환자들에게 전염되지 않도록 비밀 감방으로 보내 보호자에게 그를 맡길 수 있을 때까지 가뒀어요. 왜냐하면 극심한 상태의 광인에겐 우리가 할 수 있는 일이 없으니까요. 그런 사람은 대개 공립 병원으로 보내게 됩니다."

"이 모든 것을 이제 당신이 바꿨다는 거죠? 더 나아졌다고 생각하나요?"

"확실히 그렇죠. 그 치료법은 단점이 있었고 심지어 위험하기까지 했어요. 이제 다행스럽게도, 이 치료법은 프랑스의 모든 사립 정신병원에 쫙 퍼져 있어요."

"전 매우 놀랐습니다." 내가 말했다. "당신이 한 말에 대해서요. 왜냐하면 이 나라 어디에도 다른 조병躁病 치료법은 존재하지 않았다고 지금까지 확신했거든요."

"당신은 아직 젊어요, 친구." 관리인이 말했다. "하지만 세상에 무슨 일이 일어나고 있는지 다른 사람들의 소문에 의존하지 않고 당신 스스로 판단하는 법을 배우게 될 때가 올 겁니다. 당신이 듣는 것은 일체 믿지 말고, 또 오직 본 것의 절반만 믿으세요. 어떤 무지한 자들이 우리 정신병원과 관련해 당신을 잘못 이끌었다는 건 확실합니다. 하지만 저녁을 먹고 여독이 충분히 풀리면, 기꺼이 당신을 병원으로 데려가 치료법을 소개해 드리죠. 제 견해로는, 또 그 치료법을 목격했던 모든 이들의 의견으로는 지금껏 고안된 것 중 비할 바 없이 가장 효과적인 치료법입니다."

"당신 자신의 치료법 말인가요?" 내가 질문했다. "당신이 직접 고안한 것들 중 하나인가요?"

그가 대답했다. "그렇다고 인정할 수 있어 뿌듯하군요, 그러니까 최소한 어느 정도는 그래요."

이런 식으로 나는 마이야르 씨와 한두 시간 대화를 나눴으며 그러는 동안 그는 내게 정원과 정원의 온실을 보여 줬다.

"환자를 보여 줄 순 없습니다." 그가 말했다. "단지 지금은 말이죠. 예민한 성격의 소유자들은 환자들을 보게 되면 항상 다소 충격을 받기 마련이에요. 전 당신의 저녁 식욕을 망치고 싶지 않아요. 우린 저녁을 먹을 겁니다. 므느울 풍의 송아지 고기와 벨루테 소스로 만든 콜리플라워, 이어 클로 드 부조* 한 잔을 대접하도록 하죠. 그럼 긴장이 충분히 풀릴 거예요."

6시에 저녁 식사 안내가 있었다. 관리인은 큰 식당으로 나를 데려갔는데 모두 합쳐 25명에서 30명 정도의 많은 사람이 모여 있었다. 고궁에나 어울릴 법한 화려한 장신구와 사치스럽고 부유한 복장으로 보아 분명 신분이 높은 상류 계급 사람들인 듯했다. 나는 손님들 중 적어도 3분의 2 정도가 여자들임을 알아챘다. 그들의 복장은 오늘날의 파리 사람들 기준

* 프랑스의 부르고뉴(Bourgogne) 지방에서 생산되는 와인. 풍부하면서 섬세한 맛으로 정평이 나 있다.

으로 보자면 결코 좋은 취향이라고 할 수 없었다. 예를 들면 70세 이하로는 보이지 않는 많은 여자들이 반지나 팔찌, 귀걸이 등의 보석으로 치장했고 가슴과 팔은 창피할 정도로 드러낸 상태였다. 또한 보아하니 잘 만들어진 옷이 거의 없거나, 극히 소수만 잘 맞는 옷을 입고 있었다. 그들을 둘러보던 중 마이야르 씨가 작은 응접실에서 소개해 줬던 흥미로운 소녀도 발견했다. 그녀는 둥근 테와 파딩게일*을 착용했고 굽 높은 신발을 신었으며 거기에 브뤼셀 레이스**로 된 더러운 모자를 쓰고 있어 나를 깜짝 놀라게 했는데, 모자는 그녀에 비해 너무 커서 우스꽝스러울 정도로 얼굴이 작아 보였다. 처음 봤을 때는 매우 잘 어울리는, 깊은 슬픔을 드러내는 복장을 입고 있었다. 간단히 말해 모든 사람의 복장이 이상한 분위기를 풍겨서 원래 내가 알고 있던 달래기 치료법을 다시 떠오르게 했다.

식사 중간에 광인들과 함께 있다는 사실을 알게 될 경우 내가 불편한 감정을 경험할 수도 있다는 생각에, 식사가 끝날 때까지 마이야르 씨가 기꺼이 나를 속이기로 한 것은 아닐까 하는 생각이 들었다. 하지만 파리에 있을 때 남부 지방 사람

---

* 16, 17세기에 스커트를 펴는 데 사용하던 버팀살.
** 벨기에의 브뤼셀 지방에서 생산되는 레이스를 통틀어 이르는 말. 화려한 꽃 무늬와 나뭇가지 모양의 무늬가 특징이다.

들은 특이할 정도로 괴짜인 데다 낡은 생각을 많이 갖고 있다는 말을 들었던 것이 기억났고, 또 그 사람들 중 몇몇과 이야기를 나누고 나자 걱정은 곧 완전히 사라졌다.

식당 자체는 충분히 편안하고 규모도 적절했지만 우아함과는 거리가 멀었다. 예를 들어 바닥에는 카펫이 깔려 있지 않았다. 하지만 프랑스에서는 카펫이 없는 경우가 많다. 창에도 역시 커튼이 없었다. 닫혀진 상태의 덧문은 철제 막대를 이용해 요즘의 일반적인 상점 덧문처럼 대각선으로 꽉 잠겨 있었다. 둘러보니 방은 그 자체로 성채의 날개 모양으로 생겨서 창문은 평행사변형의 세 면에 위치했고 문은 나머지 한 곳에 있었다. 창문은 모두 합쳐 거의 열 개나 되었다.

식탁은 아주 훌륭하게 차려져서 접시로 수북했으며 그보다 더 많은 진미들이 있었다. 그 풍성함은 그야말로 야만적이었다. 아낙인*들을 맘껏 먹일 수 있을 만큼의 고기가 있었다. 좋은 것들에 그토록 호화롭고 사치스럽게 돈을 쓴 모습을 내 평생 본 적이 없었다. 하지만 차려진 음식들은 대부분 맛이 없었다. 또 은 촛대에 담긴 수많은 양초가 식탁 위와 방의 곳곳에 놓여 있어서 그 엄청난 불빛 때문에 은은한 빛에 익숙한 내 눈이 몹시 아팠다. 분주히 시중드는 하인들이 몇 명 있

* Anak. 구약성경에 나오는 거인족.

에드거 앨런 포

었고 방의 먼 끝에 놓인 커다란 식탁에는 7-8명이 바이올린, 파이프, 트롬본, 그리고 드럼을 끼고 앉아 있었다. 이들은 나를 몹시 언짢게 했는데, 식사하는 중간 중간에 (나 자신은 예외로 하고) 참석한 모든 이들을 즐겁게 해주려는 듯 음악이라는 구실 하에 다양한 소음을 끝없이 쏟아 냈다.

전체적으로 모든 것에 뭔가 이상한 점이 있다고 생각하지 않을 수 없었지만, 이 세상은 다양한 생각과 온갖 종류의 전통적 관습을 가진 각양각색의 사람들로 구성돼 있기 마련이다. 나 역시 무엇에도 놀라지 않을 정도로 많은 곳을 여행해왔던 터라, 관리인의 오른쪽 자리에 차분히 앉아 내 앞에 차려진 진수성찬을 그에 걸맞은 왕성한 식욕으로 대해 주었다.

그동안 활발하고 일반적인 대화가 이어졌다. 으레 그렇듯 여자들은 엄청나게 수다를 떨었다. 나는 곧 그들이 모두 교육을 잘 받았고 관리인은 이야기를 명랑하게 이끌어가는 사람임을 알게 됐다. 그는 메이슨 데 상테의 관리인이라는 자신의 지위를 언급하는 데 거리낌이 없는 듯했고, 매우 놀랍게도 광기라는 것은 참석한 모든 이들이 좋아하는 주제였다. 그들은 환자들의 엉뚱한 생각과 관계된, 아주 재밌는 많은 이야기들을 들려줬다.

"한 번은 그런 사람이 있었어요." 내 오른쪽에 앉은 작고 뚱뚱한 남자가 말했다. "자기를 찻주전자라고 생각했죠. 이런 특이한 별난 생각이 얼마나 자주 미친 사람들의 머릿속에 들어가는지는 특별히 이상한 일이 아니에요. 인간 찻주전자를 내올 수 없는 정신병원이 프랑스에 없을 정도니까요. 우리의 그 신사는 영국산 찻주전자였고 매일 아침 부드러운 가죽과 백악白堊으로 자기 몸을 윤이 나도록 닦았답니다."

"또 한 번은," 맞은 편에 앉아 있던 키 큰 남자가 말했다. "얼마 전에 자기를 당나귀라고 생각한 사람이 있었어요. 비유적으로 말하자면 그건 완전히 사실이었죠.* 그는 골치 아픈 환자였어요. 그를 구역 안에 잡아 두려고 무진 애를 썼죠. 오랫동안 엉겅퀴 말고는 아무것도 안 먹으려 했어요. 하지만 우린 그에게 다른 무엇도 먹어서는 안 된다고 우겨서 빨리 치료했죠. 그랬더니 나중엔 계속해서 뒤꿈치를 차더군요. 이렇게, 이렇게."

"드콕 씨! 예절 바르게 행동하세요!" 말하던 사람 옆에 앉아 있던 노부인이 여기서 갑자기 끼어들었다. "발 좀 움직이지 말아요! 내 옷을 망치고 있다고요! 제발, 꼭 실제로 해가면서까지 당신 말을 설명해야 하나요? 그렇게 안 해도 여기 사람들은 다 알아듣는다고요. 맹세코 말하는데 당신은 자신을 당나귀로 상상한 그 가엾고 불쌍한 사람만큼이나 훌륭한 당나귀

---

* 당나귀(donkey)에는 얼간이라는 뜻도 있다.

에드거 앨런 포

군요. 행동이 참 자연스러워요, 어쩜."

"정말 죄송합니다! 부인!" 드콕 씨가 대답하며 이렇게 말했다. "부디 용서해 주세요! 화나게 할 의도는 전혀 없었답니다, 라플라스 부인. 드콕이 당신과 와인을 마실 수 있는 영광을 누리면 좋겠군요."

드콕이 낮게 머리를 조아리며 격식을 갖춰 키스를 보내고는 라플라스 부인과 함께 와인을 마셨다.

"친애하는 친구여," 마이야르 씨가 나를 향해 말했다. "부디 므느울 풍의 작은 송아지 고기를 대접할 수 있도록 허락해 주시길. 아주 멋진 요리라는 걸 알게 될 겁니다."

이 말에 체격이 건장한 웨이터 세 명이 내가 볼 때 '앞을 보지 못하는 무섭고, 볼품없고, 거대한 괴물*'을 거대한 접시나 쟁반에 담아 식탁 위에 바로 올려놓았다.

하지만 자세히 살펴보니 그것은 통째 구운 작은 송아지로, 입에는 사과를 물리고 영국에서 토끼 고기를 장식할 때처럼 무릎 부분을 묶어 놓은 상태였다.

"고맙지만, 괜찮습니다." 내가 대답했다. "솔직히 말하자면 므느울 풍의 작은 송아지 고기는 딱히 좋아하지 않아요. 이게 뭐죠? 제 입맛엔 전혀 안 맞네요. 그렇지만 음식을 바꿔

---

* 베르길리우스는 「아이네이스」(Aeneid)에서 두더지를 이렇게 표현한 바 있다.

토끼 고기를 좀 먹어 보도록 하죠."

식탁 위엔 몇 가지 다른 요리들도 있었는데 그중에는 일반적인 프랑스식 토끼 고기로 보이는 것도 있었다. 나도 추천하는 매우 맛있는 요리다.

"피에르." 관리인이 외쳤다. "이 신사분의 요리를 바꾸도록 하게. 고양이를 곁들인 토끼 고기 요리를 대접해 드려."

"네?" 내가 물었다.

"고양이를 곁들인 토끼 고기예요."

"아, 고맙습니다. 다시 생각해 보니 아닙니다. 그저 햄이나 많이 먹겠습니다."

혼자서 생각해 보니 이 지역 사람들이 식탁에서 무엇을 먹는지 알 도리가 없다. 난 고양이를 곁들인 토끼 고기를 절대 먹지 않을 것이며, 이와 관련해서 토끼를 곁들인 고양이 역시 결코 먹지 않을 것이다.

"그다음에." 식탁 다리 근처에 있던 유령처럼 생긴 한 사람이 끊겼던 대화의 끈을 이어가며 말했다. "다른 이상한 사람들 중, 한 번은 자신이 코르도바 치즈라고 집요하게 주장하던 사람이 있었어요. 손에 칼을 들고 다니면서 친구들에게 그의 다리 중간을 작게 썰어서 먹어 보라고 졸랐죠."

"의심할 바 없이 그는 엄청난 바보였어요." 누군가 끼어들며 말했다. "하지만 여기 이상한 신사분을 제외하고 우리 모두가 알고 있는 어떤 사람과는 비교가 불가능하죠. 그러니까 자신을 샴페인 병이라고 생각하고 항상 '펑', 혹은 '쉬익' 하며 폭발하는 소리를 냈답니다. 이런 식으로 말이죠."

여기서 그는 내가 볼 때 매우 무례하게도, 자신의 오른쪽 엄지손가락을 왼쪽 볼에 갖다 댔다가 코르크의 펑 하는 소리를 흉내 내면서 떼더니, 이어 이빨 사이로 혀를 솜씨 좋게 움직여 약 몇 분간 쉿쉿, 혹은 쉬익 같은 날카로운 소리와 함께 샴페인 거품을 흉내 냈다. 내가 분명히 본 바, 이 행동은 마이야르 씨를 그렇게 기쁘게 하지 않았다. 그러나 그는 아무 말도 없었고 매우 호리호리하고 작은 체구에 큰 가발을 쓴 남자가 다시 대화를 시작했다.

"그리고 무식한 사람이 한 명 있었죠." 그가 말했다. "자기를 개구리라고 생각했어요. 그런데 정말로 많이 닮았었거든요. 그자를 선생님이 봤어야 했는데." 여기서 그가 나를 보고 말했다. "그가 내는 자연스러운 소리를 듣는다면 아주 즐거워하실 텐데요. 선생님, 만약 그가 개구리가 아니라면, 전 그가 개구리가 아니어서 참으로 유감이라고 말할 수밖에 없을 겁니다. 그는 이렇게 깍깍거리죠. 깍 깍! 세상에서 가장 아름다운 음이었어요. b 플랫 음이요. 팔꿈치를 이렇게 식탁에 올려놓고, 이렇게요, 와인 한두 잔을 마신 다음 입을 크게 벌리고, 이렇게요, 눈을 굴리고, 이렇게요, 아주 빠른 속도로 윙크를 해대는 거죠, 이렇게요. 자신 있게 제가 자청해서 하는 말입니다, 그러니까 선생님도 그 천재 같은 사람을 보면 감탄해 마지않을 거라고 말이죠."

"당연히 그럴 거라고 생각합니다." 내가 말했다.

"그리고," 다른 누군가가 말했다. "쁘띠 가이야르란 사람은 자신을 코담배로 생각했는데 네 손가락과 엄지 사이로 자기 자신을 빨아들일 수 없어 정말 슬퍼했어요."

"또 쥘 데솔리어란 사람은 특이한 천재로, 자신이 진짜 호박이라는 생각에 미쳐 버렸죠. 자기를 요리해 파이에 넣어 달라고 요리사를 귀찮게 했지만 요리사는 화를 내면서 안 된다고 했어요. 나로서는 쥘 데솔리어 식의 파이가 그렇게 맛있는 음식이 아니었을 거라고 결코 장담하진 못하겠네요. 정말로!"

"정말 놀랍군요!" 나는 이렇게 말하며 호기심어린 눈길로 마이야르 씨를 쳐다봤다.

"하하하!" 관리인이 말했다. "헤헤헤! 히히히! 호호호! 후후후! 정말 대단하군요! 친구여, 놀라서는 안 돼요. 여기 있는 친구들은 재치가 있답니다. 우스갯소리예요, 글자 그대로 믿으면 안 됩니다."

"그리고," 무리 중 누군가가 말했다. "부퐁 르 그랑이라는 나름대로 매우 기이한 또 다른 사람이 있었죠. 그는 사랑으로 미쳐 버렸고, 두 개의 머리를 갖고 있다고 상상했어요. 그

에드거 앨런 포

중 하나는 키케로라고 주장하더군요. 또 다른 하나는 합성한 것인데 이마 끝에서 입술까지는 데모스테네스*이고 입에서 턱까지는 브로엄 경**이라고 했죠. 그가 틀렸다는 것이 불가능한 건 아니지만 아주 능변이었으니 이를 당신에게 정확히 확신시켰을 겁니다. 웅변술에 대한 열정이 엄청나서 과시하지 않곤 배기질 못했죠. 예를 들어 그자는 식탁 위로 뛰어 올라가서, 이렇게, 그러니까ㅡ"

그때 말하는 사람 옆에 있던 한 친구가 손을 어깨 위에 걸치고 그의 귀에 몇 마디를 속삭이자 그는 급작스럽게 말을 중단하고는 의자에 털썩 주저앉았다.

"그리고," 속삭였던 그 친구가 말했다. "사각 팽이였던 불라드라는 자가 있었어요. 나는 그를 사각 팽이라고 부르는데 왜냐하면, 자기가 사각 팽이가 되었다는 기발한 생각에 사로잡혔거든요. 그렇다고 완전히 정신 나간 사람은 아니었죠. 아마 회전하는 그자를 봤다면 웃음을 터뜨렸을 겁니다. 한 발뒤꿈치를 중심으로 한 시간 정도 돌곤 했죠. 이런 식으로, 그러니까ㅡ"

그러자 그가 속삭여서 말을 중단시켰던 사람이 정확하게 유사한 동작을 직접 선보였다.

---

* Demosthenes. 고대 그리스의 웅변가이자 정치가.
** Lord Brougham. 19세기 영국의 정치가.

"하지만 그때," 노부인이 목청껏 소리 지르며 말했다. "그 불라드는 미친 사람이었어요. 기껏해야 아주 멍청한 미친 사람이요. 묻습니다만, 사각 팽이 인간에 대해 들어본 사람이 있습니까? 터무니없어요. 알다시피, 조유즈 부인은 더 분별 있는 사람이었죠. 그녀도 별나긴 했지만 그건 상식 있는 본능이었고 그녀를 아는 영광을 가진 모든 사람들에게 기쁨을 줬어요. 그녀는 분별력 있게 심사숙고한 뒤 자신이 우연히 수탉으로 변해 버렸음을 알았죠. 하지만 말했듯이 상식적으로 행동했어요. 그녀는 아주 인상 깊게 날개를 퍼덕였죠. 이렇게, 이렇게, 이렇게. 그녀의 수탉 웃음소리로 말할 것 같으면, 멋있었어요! *꼬끼오 꼬꼬, 꼬끼오 꼬꼬, 꼬끼오 꼬꼬, 꼬 꼬 꼬 꼬!*"

"조유즈 부인, 예절 바르게 행동해 주시면 감사하겠습니다!" 매우 화가 난 관리자가 끼어들며 말했다. "숙녀로서 마땅히 해야 할 훌륭한 행동을 하시든지, 아니면 지금 당장 식탁에서 떠나세요. 선택해요."

그 숙녀는 (나는 그녀가 방금 이야기한 조유즈 부인을 묘사하다가 자신이 바로 그 이름으로 불리는 것을 보고 너무나 놀랐다) 이마까지 빨개졌고 꾸지람을 들어 매우 창피한 듯했다. 머리를 숙인 채 한 마디도 대꾸하지 않았고, 다른 더 젊은 숙녀가 다시 화제를 이어갔다. 작은 응접실에서 봤던 나의 아름다운 소녀였다!

에드거 앨런 포

"오, 조유즈 부인은 바보였어요!" 그녀가 외쳤다. "하지만 유제니 살사페의 견해는 정말이지 상당히 분별력이 있었죠. 아주 아름답고 매우 온건한 젊은 숙녀였답니다. 옷을 입는 일반적인 방식이 점잖지 못하다고 생각해서 항상 옷 안쪽이 바깥쪽으로 나오게 입고자 했죠. 어쨌든 이건 매우 하기 쉬워요. 이렇게 하기만 하면 돼요. 그러니까 이렇게, 이렇게, 이렇게, 그리고 나선 이렇게, 이렇게, 이렇게, 다음엔—"

"저런! 살사페 부인!" 열 명 정도의 목소리가 동시에 외쳤다. "뭐 하시는 거죠? 참으세요! 그걸로 충분해요! 어떻게 하면 되는지 분명히 봤으니까요! 그만! 그만!" 몇 명은 살사페 부인이 메디치의 비너스*가 되는 걸 막기 위해 이미 자리에서 뛰어올랐고, 이 목적은 성채의 중심부 어느 곳에서 커다란 비명과 고함이 들려오는 바람에 효과적으로, 그리고 급작스럽게 달성되었다.

그 고함에 나는 신경이 극도로 곤두섰다. 하지만 다른 사람들을 보니 연민이 들 지경이었다. 이성적인 사람들의 무리가 그토록 완전히 공포에 질린 모습은 평생 처음이었다. 그들은 시체들처럼 일제히 창백하게 변하고 의자 안으로 움츠러들었으며, 앉은 채 공포에 질려 떨거나 횡설수설하며 반복되는

---

* 메디치 가문의 비너스 조각상으로 알몸의 모습이다.

소리에 귀를 기울였다. 그 소리는 다시 들려왔고 (이번엔 좀 더 크게 그리고 가까이에서 들려오는 듯했다), 세 번째에는 아주 크게 들리더니 네 번째에는 그 기세가 눈에 띄게 사라졌다. 소음이 갑자기 사라지자 사람들은 즉시 정신을 되찾으면서 모두 이전처럼 활기차게 수다를 떨었다. 이 소동의 원인에 대해 내가 감히 질문을 던졌다.

"그저 사소한 일이죠." 마이야르 씨가 말했다. "우린 이런 일들에 익숙해서 정말 거의 신경 쓰지 않아요. 이따금 광인들은 일제히 일어나 소리치기도 합니다. 한 사람이 시작하면 다른 사람이 따라 하죠. 밤에 한 무리의 개들이 가끔 그러는 것처럼. 종종 그런 고함 협주곡 뒤에 동시에 도망치려고 애쓰는 일이 종종 일어나기도 합니다. 물론 그럴 땐 약간의 위험을 각오해야죠."

"현재 몇 명을 관리 중이죠?"

"현재론 다 합해서 열 명을 넘지 않아요."

"제 생각인데, 주로 여자들이겠죠?"

"오, 아니요. 모두 남자들입니다. 게다가 말씀드리자면 체격도 건장하죠."

"오! 광인들 대다수는 보다 부드러운 성性이라고 전 항상 알고 있었거든요."

"일반적으로는 그렇지만 항상 그렇진 않아요. 얼마 전 여기

에드거 앨런 포

엔 스물일곱 명의 환자들이 있었고 그중 최소 열여덟 명이 여자였습니다만 최근 상황이 매우 많이 바뀌었습니다. 보시는 것처럼."

"네, 상황이 매우 많이 바뀌었습니다. 보시는 것처럼." 라플라스 부인의 정강이를 때렸던 신사가 불쑥 끼어들었다.

"네, 상황이 매우 많이 바뀌었습니다. 보시는 것처럼!" 무리 전체가 동시에 맞장구를 쳤다.

"혀 조심해요 다들!" 관리인이 불같이 화를 내며 말했다. 이에 무리 전체는 거의 1분간 쥐 죽은 듯 침묵을 지켰다. 어떤 숙녀는 마이야르 씨의 말에 문자 그대로 순응해서, 아주 기다란 혀를 내밀고는 만찬이 끝날 때까지 몹시 순종적인 태도로 양손을 이용해 꽉 잡고 있었다.*

"이 교양 있는 부인은," 마이야르 씨에게 몸을 굽히며 내가 속삭였다. "방금 말씀하신, *꼬끼오 꼬꼬* 하고 소리냈던 이 멋진 숙녀분은, 제 생각입니다만 해롭지 않겠죠? 전혀, 네?"

"해롭지 않다고요!" 진정으로 놀라면서 그가 외쳤다. "어째서, 어째서, 그게 무슨 뜻이죠?"

"그저 약간 이상한 거죠?" 내 머리를 건드리며 내가 말했다. "당연히 그녀는 약간만, 또 위험하지 않을 정도로만 아픈

---

* 입을 다물라는 영어 표현 'Hold your tongues'를 직역하면 '혀를 잡아라'라는 뜻이다.

거예요. 그렇죠?"

"이런! 뭘 상상하는 거죠? 이 부인, 오래된 나의 특별한 친구인 조유즈 부인은 나만큼 완전히 정상입니다. 분명 다소 괴팍한 면이 있긴 하죠. 하지만 알다시피 나이 든 모든 여자는, 아주 나이가 많이 든 모든 여자는 어느 정도 괴팍하기 마련이니까요!"

"분명히," 내가 말했다. "분명히, 그럼 나머지 이 숙녀들과 신사들은—"

"저의 친구이자 담당자들이죠." 마이야르 씨가 거만하게 몸을 일으키면서 내 말에 끼어들었다. "나의 매우 훌륭한 친구들이면서 조력자들이에요."

"뭐라고! 모두 다요?" 내가 물었다. "여자들까지 모두?"

"분명히," 그가 말했다. "여자들이 없었다면 우린 아무것도 못했을 겁니다. 여자들은 정신이상자를 간호하는 일에 관한 이 세상에서 최고예요. 알다시피 자신들만의 방식을 갖고 있죠. 그들의 빛나는 눈이 놀라운 효과를 가져옵니다. 그러니까 뱀의 매혹 같은 어떤 것 말이에요."

"분명히," 내가 말했다. "분명히! 그들의 행동은 좀 이상해요, 안 그래요? 좀 괴상하단 말입니다. 네? 그렇게 생각 안 하시나요?"

"이상하다니! 괴상하다니! 정말이지 왜 그렇게 생각하죠?

확실히, 우린 고상한 척을 하지 않아요. 여기 남부에선 말이죠. 거의 내키는 대로 합니다. 인생과 그런 모든 종류의 것들을 즐기죠, 알다시피."

"분명해요." 내가 말했다. "분명해."

"그리고 아마도, 이 클로 드 부조가 약간 취하게 하죠, 그러니까 좀 세요. 이해되나요? 네?"

"분명하게요." 내가 말했다. "분명하게. 그런데 선생님, 그 유명한 달래기 치료법을 대신하여 당신이 채택했던 치료법이 아주 엄격하고 혹독했다고 말한다면 제가 제대로 이해한 건가요?"

"결코 아닙니다. 우리의 감금 방식은 어쩔 수 없이 철저할 수밖에 없죠. 하지만 처치, 즉 의료적인 처치는 다른 것에 비해 환자에게 보다 적절합니다."

"그 새로운 치료법은 선생님이 직접 고안한 건가요?"

"결코 아닙니다. 일부는 당신이 분명 들어 봤을 타르 박사의 것이고, 다시 변경한 일부는 기쁜 마음으로 인정하지만 그 유명한 페더 교수의 것이죠. 제가 실수한 게 아니라면 당신은 페더 교수와 잘 아는 사이일 거라고 생각합니다."

"이렇게 고백하는 제가 매우 부끄럽군요." 내가 대답했다. "전 그 두 신사의 이름을 이전에 결코 들어본 적이 없습니다."

"맙소사!" 갑자기 의자를 뒤로 물리고 손을 들어 올리며 관리인이 말했다. "제가 잘못 들은 게 확실하군요! 그렇게 말한 게 아니겠지요, 네? 박식한 타르 박사와 유명한 페더 교수 두 분 다 들어본 적이 결코 없다고요?"

"어쩔 수 없이 저의 무지를 인정해야겠네요." 내가 대답했다. "진실은 그 무엇보다 존중되어야 하는 법이니까요. 그럼에도 의심할 바 없이 뛰어난 그분들의 연구를 모르다니 제가 초라하게만 느껴집니다. 당장이라도 그분들의 논문을 찾아보고 꼼꼼히 신경 써 가며 읽어야겠어요. 마이야르 씨, 고백할 수밖에 없네요, 당신은 정말이지 저를 부끄럽게 만들었습니다!"

그리고 이것은 사실이었다.

"더 이상 말씀하시지 않아도 됩니다, 훌륭한 젊은 친구여." 그가 내 손을 잡으며 친절하게 말했다. "같이 소테른* 한 잔 하시죠."

우린 마셨다. 함께 있던 사람들도 우리를 따라 아낌없이 마셨다. 그들은 수다를 떨었고, 농담을 했고, 웃었고, 어리석은 짓을 해댔고, 바이올린은 꽥 소리를 냈고, 드럼은 야단법석을 떨었으며, 트롬본은 팔라리스의 놋쇠 황소처럼 울부짖었다.** 와인이 지배력을 행사하게 되면서 상황은 계속 악화되어 식

---

* 백포도주의 일종.

** brazen bull of Phalaris. 고대 시칠리아에 존재했다고 하는 처형 도구로, 놋쇠로 만들어진 황소에 들어간 사람의 비명 소리가 관을 타고 흘러나와 마치 소 울음소리처럼 들렸다고 한다.

당의 모든 곳이 마침내 일종의 작은 아수라장으로 변했다. 그러는 동안 소테른과 부조 몇 병을 해치운 나와 마이야르 씨는 한껏 목소리를 높여 대화를 나눴다. 일반적인 높이로 하는 말은 나이아가라 폭포 바닥에 있는 물고기 소리처럼 들리지 않았다.

"그리고, 선생님," 그의 귀에 대고 내가 소리 지르며 말했다. "저녁 식사 전에 뭔가를 말씀하셨어요. 그러니까 이전의 달래기 치료법에서 초래되는 위험성 말입니다. 그건 뭐죠?"

"맞아요." 그가 대답했다. "가끔 아주 위험한 상황이 있었죠, 정말로. 광인들의 변덕은 설명하기 힘들어요. 그리고 타르 박사와 페더 교수의 견해도 그렇지만, 제 생각엔 돌보지 않은 채 그들이 활개 치고 돌아다니도록 놔두는 건 결코 안전하지 않습니다. 한동안은 광인들을 이른바 '달랠' 수는 있지만 결국에는 정신없이 날뛰게 될 경향이 매우 크죠. 그들의 교활함 역시 유명하고 대단합니다. 만약 그들이 뭔가를 의도하고 있다면 그 계획을 놀라울 정도의 현명함으로 숨기거든요. 지성을 연구하는 데 있어, 정신이 온전한 것처럼 위조하는 그들의 재능은 형이상학자들에게 가장 독특한 문제를 제기합니다. 어떤 미친 사람이 철저히 정상으로 보인다면, 정말이지 그때가 바로 구속복을 입힐 적기인 겁니다."

"하지만 친애하는 선생님, 말씀하신 그 위험성 말인데요.

선생님의 경험상, 혹은 이 병원을 통제하시는 동안, 광인들을 자유롭게 해주는 건 위험하다고 생각하시게 된 실제적인 이유가 있었나요?"

"여기서요? 제 경험상? 어, 아마도 그렇다고 해야겠군요. 예를 들면 결코 아주 오래되지 않은 이전에, 한 특이한 상황이 바로 이곳에서 일어났어요. 알다시피 당시엔 그 달래기 치료법이 시행되고 있었고 환자들은 자유로운 상태였죠. 그들은 매우 잘 행동했고 유난히 그랬어요. 현명한 사람이라면, 누구나 그들이 매우 잘 행동했다는 바로 그 특별한 사실로부터 사악한 계획이 태동하고 있었음을 알았을 겁니다. 아니나 다를까, 어느 화창한 아침, 담당자들은 그들의 손과 발이 묶인 채 감방에 내던져져 있음을 알게 됐죠. 그리고 그곳에서 담당자들은 자신들이 마치 광인인 것처럼 관리를 받았어요. 담당자들의 사무실을 습격했던 바로 그 광인들에 의해서 말입니다."

"그런 말씀 마세요! 그렇게 터무니없는 일은 평생 못 들어봤어요!"

"사실입니다. 모든 건 한 어리석은 자에 의해 일어났어요. 광인인 그는 어쩌다 전에 결코 들어본 적 없는 더 나은 통제 시스템을, 그러니까 광인 통제 시스템을 발명했다는 생각에 사로잡혔습니다. 자신의 발명을 실험해 보고 싶었고, 그래서 통제권을 가진 자들을 전복하려는 음모에 동참하도록 나머지 환자들을 설득했을 겁니다."

"실제로 성공했나요?"

"의심의 여지가 없죠. 통제하는 자와 통제받는 자들은 곧 서로 자리를 바꾸게 됐습니다. 정확히 그렇지는 않은데, 왜냐하면 전의 환자들은 자유로운 상태였었지만 담당자들은 당장 감방에 갇혔고, 이렇게 말해 유감이지만, 또 아주 야만적으로 다뤄졌죠."

"하지만 반혁명이 곧 일어났을 텐데요. 그런 상태는 오래 지속되지 못했을 겁니다. 근방에 사는 이웃들, 시설을 보러 오는 방문객들이 경보를 발했을 테니까요."

"그 점이 틀렸어요. 그러기엔 저항 세력의 수장이 너무 교활했죠. 그는 방문객을 전혀 허용하질 않았어요. 어느 날 수장이 두려워해야 할 이유가 전혀 없는 매우 어리석어 보이는 젊은 신사를 허락했던 경우만 빼면 말이죠. 그는 다양한 방식으로 시설을 볼 수 있게 해줬고 젊은 신사와 그런대로 즐거운 시간을 보냈습니다. 충분히 속이고 나선 당장 그를 내보냈죠. 내쫓았어요."

"그렇다면 얼마나 오랫동안 그 광인이 통치한 겁니까?"

"오, 아주 오랫동안이요. 정말로. 분명 한 달. 얼마나 오래 그랬는지는 정확히 모르겠네요. 그 사이에 광인들은 즐거운 시간을 보냈죠, 맹세할 수 있어요. 그들은 입고 있던 허름한 옷을 벗어 버리고 담당자들의 옷과 보석을 마구 걸쳤죠. 성채의 지하 저장고는 와인으로 잘 채워져 있었는데 이 광인들은 그 와인들을 마시는 법을 아는 악마 그 자체였어요. 그들은 잘 살았어요. 그랬어요."

"그럼 치료법, 역모의 지도자가 시행했던 그 특정한 종류의 치료법은 뭐였나요?"

"거기에 대해 말하자면, 그 광인은 제가 이미 말했던 대로 그렇게 바보는 아니었어요. 그의 치료법은 그것이 대체했던 것보다 훨씬 나았다는 게 저의 솔직한 의견이죠. 정말 뛰어난 치료법이었어요. 간단하고, 깔끔하고, 문제점이 전혀 없고, 실상 유쾌했어요. 그건—"

여기서 관리인의 말은 조금 전 우리를 당황하게 한 것과 똑같은 종류의 고함에 의해 끊겼다. 그러나 이번에는 급히 다가오는 사람들이 내는 소리로 보였다.

"야단났군!" 내가 외쳤다. "틀림없이 광인들이 탈출했나 봐요."

"그럴까 봐 심히 걱정되네요." 지나치게 창백해진 마이야르 씨가 대답했다. 그의 말이 채 끝나기도 전에 창문 아래에서 커다란 고함과 욕설이 들려왔다. 이어 외부에 있는 몇몇 사람들이 방 안으로 들어오려고 시도하고 있음이 곧 분명해졌다. 큰 망치 같은 것으로 문을 때렸고, 막대한 힘으로 덧문을 비틀고 흔들었다.

현장에서는 매우 끔찍한 혼란이 일어났다. 나로선 정말 놀랍게도, 마이야르 씨는 찬장 아래로 몸을 던졌다. 난 그가 더욱 단호한 조치를 취해 주길 기대했었다. 조금 전 15분 동안 연주가 힘들 만큼 너무 취한 듯 보였던 오케스트라 연주자들은 이제 일제히 자리에서 벌떡 일어나 각자의 악기로 가더니, 식탁 위로 기어 올라가 '양키 두들'을 동시에 연주하기 시작했고 비록 정확한 음은 아니었지만 대소동 내내 적어도 초인적인 에너지로 연주했다.

그러는 동안 중심 식탁에서는 전에 식탁에 뛰어오르지 않도록 제지를 당했던 그 신사가 매우 힘겹게 병들과 유리잔들 사이로 뛰어 올라갔다. 그런대로 안정적인 자세를 취할 수 있게 되자 곧 연설을 시작했는데, 들리기만 했다면 의심의 여지 없이 매우 훌륭했을 연설이었다. 동시에 사각 팽이를 좋아했던 남자는 몸과 직각이 되도록 팔을 뻗고 엄청난 힘으로 스스로 회전해 그 모습이 정말 팽이처럼 보였고, 가는 길에 있는 모든 사람을 쓰러뜨려 버렸다. 이어 믿기 힘들게도 샴페인이 펑 터지거나 쉬익 하는 소리가 들렸는데, 만찬 중에 맛있는 음료수병을 흉내 냈던 사람이 내는 소리임을 결국 알게 됐다. 또 개구리 사람은 마치 영혼의 구원은 그가 입 밖으로 내는 모든 노래에 달린 것처럼 꺽꺽 소리를 냈다. 이런 와중에 당나귀 울음소리가 곳곳에서 계속 울려 퍼졌다. 내 오랜 친구인 조유즈 부인은 몹시 어쩔 줄 몰라 해서 정말이지 난 그 가여운 부인을 위해 울 수도 있었을 것이다. 하지만 그녀가 했던 행동은 난롯가 근처의 한구석에 서서 이렇게 목청껏 끊임없이 노래하는 것이었다. "꼬끼오 꼬꼬, 꼬오!"

이제 이 재앙 같은 드라마는 절정에 도달했다. 밖에 있던 사람들이 침입했음에도 불구하고, 넘어지거나 고함치거나 꼬끼오 꼬꼬 하는 소리들 말고는 저항이 전혀 없었기 때문에 열 개의 창문들이 아주 빠르게, 그리고 동시에 부서졌다. 하지만 나는 난장판인 우리에게로 창문을 뛰어 넘어와 싸우고, 짓밟고, 할퀴고, 울부짖던 그것들을 보면서 느꼈던 놀라움과 공포의 감정을 절대로 잊지 못할 것이다. 우리를 습격했던 것은 내가 볼 때 침팬지, 오랑우탄, 혹은 희망봉에 서식하는 커다란 검은 개코원숭이로 구성된 완벽한 부대였던 것이다.

흠씬 두들겨 맞은 나는 소파 밑으로 굴러가 가만히 누워 있었다. 거기서 약 15분 정도 누워 있은 후 방에서 무슨 일이 일어나는지 귀를 쫑긋 세우며 듣고 있던 동안, 난 이 비극의 만족스러운 결말을 알게 됐다. 반란을 일으키도록 추종자들을 선동했던 광인 이야기를 했을 때 마이야르 씨는 그저 자신의 업적을 말했던 것 같다. 이 신사는 실제로 약 2, 3년 전에 병원의 관리자였지만 점차 미쳐 가서 환자가 되었다. 나를 소개해 줬던 여행 친구에게는 알려지지 않았던 사실이었다. 그는 열 명의 담당자들을 기습적으로 제압해 우선 타르*를 잘 바르고 이어 신중하게 깃털을 단 다음 지하 감방에 가뒀다. 담당자들은 한 달 이상 그렇게 감금돼 있었는데 그동안 마이야르 씨는 너그럽게도 (그의 '치료법'을 구성했던) 타르와 깃털뿐만 아니라 약간의 빵과 충분한 물을 허락했다. 물은 매일 펌프로 공급했다. 한참 후에 하수관을 통해 탈출한 한 명이 나머지 모두에게 자유를 선사했던 것이다.

중요한 수정을 거친 달래기 치료법은 성채에 다시 시행됐지만 난 자신의 '치료법'이 매우 뛰어난 종류라고 했던 마이야르 씨에게 동의할 수밖에 없다. 그가 정확하게 말한 대로 그것은 간단하고, 깔끔하고, 문제점이 전혀 없었다, 조금도.

비록 유럽의 모든 도서관에서 타르 박사와 페더 교수**의 저작물을 찾아봤지만 지금까지 저작물을 구하려는 나의 노력은 전적으로 실패했다는 점만 덧붙이고자 한다.

---

* tar. 목재, 석탄, 석유 따위의 유기물을 건류 또는 증류할 때 생기는 검고 끈끈한 액체.
** Professor Fether. 페더(fether)는 깃털이라는 뜻이다.

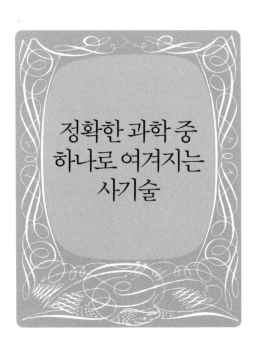

정확한 과학 중
하나로 여겨지는
사기술

❖❖❖

이런, 거짓말, 거짓말

고양이와 바이올린*

세상이 시작된 이후 두 명의 제레미가 있었다. 한 명은 고리대금업에 대해 한탄하는 글을 썼는데 제레미 벤담**이라고 불리었다. 그는 존 닐로부터 많은 존경을 받았고 나름 대단한 사람이었다. 또 다른 한 명***은 정밀과학의 가장 중요한 것에 이름을 붙였는데 대단히 대단한 사람이었고, 나는 이에 대해 정말이지 아주 대단한 방식으로 말을 해볼까 한다.

사기란 것, 혹은 '사기 치다'라는 동사를 통해 전달되는 추

---

* 영어권의 유아용 구전 동요인 '마더 구스'(Mother Goose)의 한 구절.

** Jeremy Bentham(1748-1832). 영국의 공리주의자.

*** 제레미 디들러(Jeremy Diddler)로 추정되며 영국 작가인 제임스 케니(1780-1849)가 1803년에 발표한 희극 「바람 불게 하기」(Raising the Wind)의 등장인물이다. 이 작품에서 디들러는 소액의 돈을 끊임없이 빌리지만 갚지 못하는 인물로 나온다.

에드거 앨런 포

상적인 개념은 충분히 잘 이해되고 있다. 그럼에도 그 행위인 '사기 치는 것'은 정의하기가 다소 어렵다. 하지만 그것 자체, 즉 사기 자체를 정의하는 것이 아니라, 인간을 사기 치는 동물로 정의함으로써 우리는 아마도 당면한 이 문제에 관해 꽤 분명한 개념을 얻을 수 있을 것이다. 만약 플라톤이 이 생각을 해냈다면 털이 뽑힌 닭 때문에 그가 모욕당하는 일은 없었을 것이다.*

매우 적절하게도, 플라톤 자신의 정의에 따르면 명백히 '깃털 없는 두 발 동물'인 털 뽑힌 닭이 어째서 사람이 아닌가 하는 문제가 플라톤에게 제기되기도 했다. 하지만 난 그 어떤 유사한 질문에도 괴롭힘을 당하지 않을 작정이다. 인간은 사기 치는 동물이며, 그리고 인간을 제외하고는 사기치는 동물은 없다. 이를 부인하려면 털 뽑힌 닭들이 들어 있는 닭장 전체가 필요할 것이다.

사기의 본질이나 본성, 원칙을 구성하는 것은 사실 코트와 바지를 입는 생명체 부류에 특유한 것이다. 까마귀는 훔치고, 여우는 속이고, 족제비는 선수를 치고, 사람은 사기를 친다. 사기 치는 것은 그의 운명이다. "사람은 슬퍼하도록 만들어졌

---

* 플라톤은 「정치가」(Statesman)에서 인간을 '깃털 없는 두 발 동물'로 정의했다. 이에 디오게네스는 털이 뽑힌 닭을 플라톤 학당에 내던지며 "여기 플라톤이 말한 사람을 가져왔다"라는 말로 이를 비판하기도 했다.

다"라고 그 시인은 말한다. 하지만 그렇지 않다. 사람은 사기 치도록 만들어졌다. 이것이 그의 목적, 목표, 결말이다. 이러한 이유로 어떤 사람이 사기를 당하면 "그는 끝났다"라고 우리는 말한다.

옳게 고려해 보자면 사기는 소규모, 이기심, 끈질김, 창의성, 대담성, 태연함, 독창성, 건방짐, 그리고 싱긋 웃음이란 성분들로 구성돼 있는 혼합물이다.

소규모

당신의 사기꾼은 규모가 작다. 그의 운영은 소규모로 이뤄진다. 비즈니스는 소매로 이뤄지고 현금이나 승인된 지폐로 즉석에서 거래된다. 혹시 그가 대규모 투자에 이끌린다면, 그렇다면 그는 즉각 뚜렷한 특징을 잃어 버리고 우리가 부르는 용어로 '금융업자'가 된다. 이 용어는 대량이라는 의미 외에는 모든 면에서 사기라는 개념을 전달한다. 그러므로 사기꾼은 (거인국에서는 금융 운영이라는 사기에 해당하는) 은밀한 은행가로 간주할 수도 있을 것이다. 이는 플라쿠스*에 대한 호메로스**, 쥐에 대한 마스토돈***, 돼지 꼬리에 대한 혜성 꼬리의 관

---

* Flaccus. 고대 로마 시인.
** Homeros. 「일리아스」와 「오디세이아」를 지은 고대 그리스 작가.
*** Mastodon. 마스토돈트과 마스토돈 속에 속하는 멸종된 코끼리의 총칭.

에드거 앨런 포

계라 하겠다.

이기심

당신의 사기꾼은 이기심에 따라 행동한다. 그는 사기 자체를 위한 사기를 경멸한다. 그는 계획 중인 목적이 있으며 그것은 바로 그의 주머니, 당신의 주머니다. 그는 항상 중요한 기회에 주의를 기울인다. 그에게는 자기 자신이 우선이고 당신은 그다음이니 반드시 당신 자신을 잘 챙겨야 한다.

끈질김

당신의 사기꾼은 끈질기다. 그는 쉽게 좌절하지 않는다. 은행이 파산해도 눈도 깜박하지 않는다. 그는 자신의 목표를 꾸준히 추구하며 개가 기름진 가죽을 결코 떠나지 않는 것처럼, 그의 게임을 놓치는 법이 결코 없다.

창의성

당신의 사기꾼은 창의적이다. 그는 매우 건설적이다. 그는 책략을 이해한다. 그는 고안하고 선수를 친다. 그가 알렉산더가 아니라면 디오게네스*가 되었을 것이다. 사기꾼이 아니었다

* 고대 그리스 키니코스 학파의 대표적인 철학자.

면 쥐덫 특허를 낸 제조업자나 송어 낚시꾼이 되었을 것이다.

대담성

당신의 사기꾼은 대담하다. 그는 당찬 사람이다. 그는 전쟁을 적지로 옮겨 간다. 그는 공격을 통해 모든 것을 정복한다. 그는 자유인의 단검*을 두려워하지 않을 것이다. 딕 터핀**이 약간의 신중함만 있었다면, 다니엘 오코넬***이 구슬리는 말을 조금만 덜 했다면, 찰스 12세가 조금만 더 똑똑했다면, 그들은 훌륭한 사기꾼이 되었을 것이다.

태연함

당신의 사기꾼은 냉정하다. 그는 전혀 흥분하지 않는다. 그는 절대로 과민해 본 적이 없다. 그는 결코 동요하지 않는다. 밖으로 쫓기지 않는 한, 그는 결코 안달복달하지 않는다. 그는 침착하다, 곤란한 상황에서도 침착하다. 그는 차분하다, 레이디 베리처럼**** 차분하다. 그는 편안하다, 오래된 장갑처럼,

---

* 프레이르의 검. 북유럽 신화에 등장하는 불을 자유롭게 다루는 검.

** Dick Turpin. 18세기 초 영국의 노상 강도.

*** Daniel O'Connell. 18세기 초 아일랜드의 민족 운동 지도자.

**** Lady Charlotte Bury. 영국 조지 왕조 시대 궁중 스캔들을 담은 소설을 쓴 스코틀랜드의 작가.

에드거 앨런 포

혹은 고대 바이아*에서의 여자처럼 편안하다.

독창성

당신의 사기꾼은 독창적이다, 양심적으로 그러하다. 그의 생각은 자기 자신의 것이다. 그는 다른 사람의 생각을 이용하는 것을 경멸할 것이다. 케케묵은 속임수는 그가 싫어하는 것이다. 독창적이지 못한 사기를 통해 지갑을 얻었다는 걸 아는 즉시, 그는 지갑을 돌려줄 것이라고 나는 확신한다.

건방짐

당신의 사기꾼은 건방지다. 그는 거드름을 피우며 걷는다. 그는 팔을 허리에 걸친다. 그는 자신의 주머니에 양손을 밀어 넣는다. 그는 면전에서 당신을 비웃는다. 그는 당신의 옥수수를 발로 밟는다. 그는 당신의 저녁을 먹고, 당신의 와인을 마시고, 당신의 돈을 빌리고, 당신의 코를 잡아당기고, 당신의 푸들을 발로 차고, 당신의 아내에게 키스를 한다.

싱긋 웃음

당신의 진정한 사기꾼은 싱긋 웃으며 모든 일을 마무리한

---

* Baiae, 유흥지로 유명했던 고대 로마 도시.

다. 하지만 그 웃음은 자신 말고는 아무도 볼 수 없다. 하루의 일과가 끝났을 때 (그에게 할당된 노동이 완수됐을 때), 밤에 자신의 작은 방에서, 오직 자신만의 사적인 즐거움을 위해, 그는 싱긋 웃는다. 그는 집으로 간다. 그는 문을 잠근다. 그는 옷을 벗어 던진다. 그는 촛불을 끈다. 그는 침대로 간다. 그는 베개에 머리를 뉜다. 이 모든 것이 끝나면, 당신의 사기꾼은 싱긋 웃는다. 이는 절대로 추측이 아니다. 이는 당연한 일이다. 나는 경험적으로 추론하며, 싱긋 웃지 않는 사기는 결코 사기가 아니다.

사기의 기원은 인류의 초창기로 거슬러 올라간다. 아마도 첫 번째 사기꾼은 아담이었을 것이다. 어쨌든 우리는 이 과학을 매우 먼 고대로까지 추적할 수 있다. 하지만 현대인들은 우둔했던 우리의 창시자들이 꿈에도 생각하지 못할 만큼 완벽한 사기를 보여 준다. 따라서 케케묵은 농담을 들려주는 건 그만두고, 보다 "현대적인 사례" 몇 가지에 대한 간결한 설명으로 만족하려 한다.

매우 훌륭한 사기는 이것이다. 예를 들어 소파를 원하는 주부가 가구점 몇 곳을 드나드는 것이 보인다. 마침내 그녀는 매우 다양한 제품을 제공하는 가구점에 도착한다. 문에서 공손하고 유창한 한 사람에게서 인사를 받고 안으로 들어오도

에드거 앨런 포

록 초대 받는다. 자신이 생각했던 것과 잘 맞는 소파를 발견하고 가격을 문의하니 예상했던 가격보다 최소 20% 저렴하다는 사실에 놀라고 기뻐한다. 그녀는 구매를 서두르고, 청구서와 영수증을 받고, 가능한 한 최대한 빨리 가구를 집으로 보내 달라고 요청하며 주소를 남기고, 상점 주인이 계속해서 절하며 인사하는 가운데 그곳을 떠난다. 밤이 왔지만 소파는 오지 않는다. 다음 날이 되었지만 여전히 아무것도 없다. 왜 지연되는지 문의하고자 하인을 보낸다. 모든 거래는 부정당했다. 팔린 소파는 없고 받은 돈도 전혀 없다. 임시로 가게 주인 행세를 했던 사기꾼을 제외하곤 말이다.

우리의 가구점은 전적으로 방치돼 있어서 이런 종류의 사기에 모든 편리함을 제공하고 있다. 아무도 주목하지 않고 아무도 보지 않는 상태에서 방문객이 들어오고, 가구를 보고, 떠난다. 만약 구매를 원하거나 어떤 물건의 가격을 문의하고 싶어 하는 사람이 있을 경우, 초인종이 가까이에 있다면 이것으로 충분하고 만족스러울 것이다.

매우 존경할 만한 또 다른 사기는 이것이다. 잘 차려입은 사람이 가게로 들어선 후 1달러어치의 물건을 사지만, 짜증 나게도 그는 지갑을 다른 코트에 두고 왔음을 알고 가게 주인에게 이렇게 말한다.

"선생님, 신경 쓰지 마세요! 저 꾸러미를 집으로 보내 주시지 않겠습니까? 하지만 잠깐만요! 그런데 집에도 5달러 미만 지폐는 정말이지 없을 겁니다. 그러니 저 꾸러미를 보내실 때 잔돈으로 4달러를 같이 보내 주세요."

"물론 좋습니다, 선생님." 고결한 심성을 지닌 고객의 당당한 의견을 즉시 반기며 가게 주인이 대답한다. 가게 주인은 이렇게 중얼거린다. "오후에 방문할 때 돈을 지불하겠다고 약속하면서 물건을 팔에 끼고 가져가 버리는 사람들도 있는데 말이야."

한 소년이 꾸러미와 잔돈을 가지고 출발한다. 가는 길에 아주 우연히도 그는 구매자를 만나게 되고 구매자는 이렇게 외친다.

"아, 내 물건이군. 맞아. 한참 전에 집으로 배달한 줄 알았는데. 자, 가던 길을 가려무나! 내 아내인 트로터 부인이 5달러를 줄 거다. 내가 떠날 때 그렇게 하라고 이야기해 놨거든. 잔돈은 내게 주는 게 좋겠다. 우체국에서 은화가 필요하니까. 좋아! 하나, 둘, 이거 진짜 맞지? 셋, 넷, 정확하군! 트로터 부인한테는 나를 만났다고 전해. 반드시 내 말대로 하고 가는 길에 늑장 부리지 마라."

소년은 전혀 늑장을 부리지 않지만 심부름을 마치는 데 매우 오랜 시간이 걸린다. 바로 트로터라는 이름을 가진 부인을 결코 찾을 수 없기 때문이다. 소년은 자신이 돈도 없이 물건을 놔두고 오는 그런 바보는 아니라고 스스로 위로하며 자기만족에 빠져 가게로 다시 돌아오지만, 주인이 잔돈은 어떻게 된 거냐고 묻자 매우 상처받고 또 분해한다.

진실로 매우 간명한 사기는 이것이다. 곧 항해를 떠날 예정인 한 배의 선장에게 공무원으로 보이는 사람이 나타나서는 이례적으로 낮은 액수의 세금 고지서를 내민다. 수월하게 출항하게 되어 기쁜 동시에 한꺼번에 그를 압박하는 수많은 의무들로 정신이 없어서 그는 즉시 청구서를 정산한다. 15분 안에 더 비싼 또 다른 청구서가 전달되는데, 청구서를 들고 온 사람에 의해 첫 번째로 돈을 가져간 사람이 분명 사기꾼이고 처음의 요금 징수는 사기임이 곧 명백해진다.

그리고 여기 역시 다소 유사한 경우가 있다. 증기선이 부두에서 떠나는 중이다. 여행 가방을 든 한 여행자가 부두를 향해 전력으로 달린다. 갑자기 그는 홱 멈춰 서더니 허리를 숙여 매우 흥분한 자세로 땅에서 뭔가를 집어 든다. 그것은 지갑이고, 그는 이렇게 외친다. "지갑을 잃어 버린 분이 계시나요?" 아무도 자신이 지갑을 잃어 버렸다고 말하지 않지만 그 귀중한 발견물이 매우 가치 있는 것으로 밝혀지자 사람들이 크게 술렁거린다. 하지만 배는 지체되어서는 안 된다.

"시간은 사람을 기다리지 않아요." 선장이 말한다.

"이런, 몇 분만 기다려줘요." 지갑을 발견한 사람이 말한다.

"진짜 주인이 곧 나타날 거라고요."

"기다릴 수 없어요!" 권한을 가진 자가 말한다. "거기에 둬요, 알아들었어요?"

"내가 어떻게 해야 하죠?" 큰 곤경에 처한 발견자가 묻는다. "난 이 나라를 몇 년간 떠나 있어야 합니다. 그리고 난 양심적으로 이런 큰 액수의 돈을 내 소유로 갖고 있을 수가 없어요. 죄송합니다, 선장." (여기서 그는 해안가에 있는 한 신사에게 말을 건다) "하지만 당신은 믿을 만한 사람 같군요. 이 지갑을 맡아주시는 호의를 베풀어 주실 수 있는지요? 당신은 믿을 수 있어요. 이걸 알려서 찾아 주시겠습니까? 아시겠지만 액수가 상당하군요. 의심의 여지 없이 주인은 당신의 수고에 사례하려고 들 겁니다."

"내가요! 아뇨, 당신이죠! 그 지갑을 발견한 사람은 당신이니까요."

"어, 정 그렇게 말씀하신다면 제가 작은 사례금을 받을게요. 당신이 양심의 가책을 받지 않도록 말이죠. 보자, 모두 100달러 지폐군요. 아이고! 100달러는 너무 커요. 분명 50달러면 충분한데—"

"거기에 둬요!" 선장이 말한다.

"그런데 난 100달러를 바꿀 잔돈이 없어요. 전반적으로 봐서 당신이—"

"거기 뭐요!" 선장이 말한다.

"신경 쓰지 마세요!" 마지막 시간이 닥칠 무렵 자신의 지갑을 확인하고 있던 해안가의 그 신사가 외친다. "신경 쓰지 마세요! 제가 해결하죠. 여기 북미 은행에서 발행한 50달러가 있어요. 지갑을 여기로 던져요."

과도하게 양심적인 발견자는 눈에 띄게 망설이며 50달러를 받은 다음 내키는 대로 그 신사에게 지갑을 던지고, 그동안 증기선은 연기를 내뿜고 쏴 하는 소리를 내며 떠난다. 배가 떠나고 30분 안에 "큰 금액"은 '위조지폐'임이 발견되고 그 모든 것은 훌륭한 사기로 밝혀진다.

대담한 사기는 다음과 같다. 전도 집회, 혹은 이와 비슷한 모임이 무료 다리를 통해서만 입장할 수 있는 장소에서 열리기로 돼 있다. 사기꾼이 이 다리 위에 자리를 잡고는, 모든 보행자들에게 사람은 1센트, 말과 당나귀는 2센트 등을 부과하는 새로운 법이 생겼다고 공손히 알린다. 몇몇은 투덜거리기도 하지만 모두 이에 따르고 사기꾼은 약 50에서 60달러를 잘 벌어들인 더 부유한 사람이 되어 집으로 간다. 이렇게 많은 사람들로부터 통행료를 징수하는 것은 매우 성가신 일이다.

깔끔한 사기는 다음과 같다. 붉은 잉크로 인쇄된 일반적인 서식에 정식으로 내용이 기입되고 서명된 대금지급계약서를 한 사기꾼의 친구가 갖고 있다. 사기꾼은 이런 서식을 10-20여개 구입해, 매일 그것들 중 하나를 수프에 적신 후 자신의 개로 하여금 서식을 향해 점프하게 하고 마침내는 서식을 맛있는 진미로 개에게 준다. 지급 계약서의 만기가 다가오고 사기꾼은 자신의 개와 함께 친구를 방문하는데, 지불해야 할 약속이 대화의 주제가 된다. 친구가 필사용 책상에서 그 계약서를 꺼내 이를 사기꾼에게 건네는 도중 사기꾼의 개가 점프하며 서식을 즉시 먹어 치워 버린다. 사기꾼은 개의 터무니없는 행동에 놀라는 동시에 짜증을 내고 몹시 화를 내면서, 계약의 증거가 준비되면 언제든 채무를 즉시 청산하겠다고 말한다.

가장 소규모인 사기는 다음과 같다. 한 숙녀가 거리에서 사기꾼의 공범에게 무례한 짓을 당한다. 사기꾼 본인이 그녀를 돕고자 즉시 나타나 친구에게 아프지 않은 구타를 선사하고는, 집까지 숙녀를 모시고 가겠다고 주장한다. 그는 가슴에 손을 얹고 가장 공손하게 안녕을 고한다. 그녀는 자신을 보호해 준 사람에게 안으로 들어와 큰오빠와 부친에게 소개할 수 있게 해달라고 간청한다. 사기꾼은 한숨을 쉬며 이를 거절한다. "그럼, 방법이 없는 건가요, 선생님." 그녀가 중얼거린다. "저의 감사를 표할 방법이요."

"어, 있죠. 숙녀분, 있어요. 저에게 2실링만 빌려주실 수 있나요?"

그 순간 숙녀는 처음엔 격앙하여 거의 기절할 것만 같다. 하지만 다시 생각한 뒤 돈주머니의 끈을 풀어 돈을 건넨다. 지금 나는 이것을 소규모인 사기라고 했는데, 그것은 빌린 돈의 총액 중 절반은 무례한 짓을 하느라 고생하고 이 때문에 가만히 서서 폭행 당해야 했던 사람에게 고스란히 지급되어야 하기 때문이다.

규모는 다소 작지만 여전히 과학적인 사기는 다음과 같다. 사기꾼이 선술집의 판매대로 가서는 트위스트 담배 두 개를 요구한다. 담배가 주어지고 사기꾼은 잠깐 훑어보더니 이렇게 말한다. "난 이 담배를 별로 안 좋아해. 도로 가져가고 대신 물 탄 브랜디를 한 잔 줘."

물 탄 브랜디가 제공되고 이를 마신 사기꾼은 문을 향해 걸어간다. 하지만 선술집 주인의 목소리가 그를 불러 세운다.

"선생님, 물 탄 브랜디 값을 깜박하셨습니다."

"물 탄 브랜디 값이라고! 물 탄 브랜디 값으로 담배를 주지 않았나? 뭘 더 원하지?"

"하지만, 선생님. 세상에, 담뱃값으로 제가 선생님께 받은 게 기억나지 않는데요?"

"그게 무슨 소리야, 이 나쁜 놈. 내가 자네 담배를 돌려주지 않았단 거야? 거기 있는 게 당신 담배 아닌가? 내가 가져가지도 않았는데 돈을 지불하라고?"

"하지만 선생님," 술집 주인은 이제 뭐라고 말해야 할지 다소 당황한다. "하지만, 선생님—"

"내게 이의 달지 마." 사기꾼이 분명 매우 화난 기색으로 말을 자르고는, 빠져나갈 때 등 뒤로 문을 쾅 하고 닫는다. "내게 이의 달지 마, 여행자한테 술수 쓰지 말라고."

여기서 또다시 매우 영리한 사기, 그중에서도 특히 단순함이 중요한 권장 사항이 되는 사기를 소개한다. 핸드백이나 지갑을 실제로 잃어 버린 사람이 대도시의 일간 신문 한 곳에 자세한 설명을 곁들여 광고를 낸다.

그것을 본 우리의 사기꾼은 광고에 난 사실들을 복사하는데, 일반적인 어법으로 제목과 주소를 바꾼다. 예를 들어 원래 광고가 길고 장황해서 제목이 "지갑 분실!"이고 이 귀중한 물건이 발견되면 톰가 1번지로 보내 달라는 내용이라고 가정하자. 복사본의 경우엔 "분실"로만 제목을 단 간단한 내용이 되고, 주인을 만날 수 있는 곳으로는 딕가 2번지, 혹은 해리가 3번지로 적어 놓는다. 나아가 이런 내용을 그날 대여섯 개의 일간지에 내며, 시점에 관해서는 원래 광고가 나온 후 불과 몇 시간 안에 내보낸다. 혹시 지갑을 분실한 사람이 이 글을 읽더라도 그것이 자신의 불행과 조금이라도 관련 있다고는 의심하지 않을 것이다. 물론 발견자가 정당한 소유주가 적은 주소가 아닌 사기꾼이 제시한 주소로 가게 될 가능성은 5대 1,

혹은 6대 1이다. 사기꾼은 사례금을 지불하고 귀중품을 착복하고는 얼른 도망친다.

이와 매우 유사한 사기가 있다. 상류 계층의 숙녀가 거리 어느 곳에서 매우 값비싼 다이아몬드 반지를 떨어뜨렸다. 이를 찾고자 그녀는 광고를 내어 40달러 내지 50달러를 주겠다고 제안하는데, 그 광고에는 보석과 보석이 끼워져 있는 틀에 대한 매우 자세한 설명이 있고 그것을 찾게 되면 어떤 거리의 몇 번지로 보내줘야 하며, 어떤 질문도 없이 즉석에서 보상금이 지급될 거라는 내용이 들어 있다. 하루나 이틀이 지난 후 그 숙녀가 집에 없는 사이에 어떤 거리의 몇 번지에서 초인종이 울리고 집에 있던 하인이 나온다. 그 집의 숙녀를 보고 싶다고 요청하지만 외출했다는 말을 들은 방문자는 깜짝 놀라며 매우 심각하게 후회한다. 그의 용무는 아주 중요하고 숙녀와 관련이 있다. 사실 그는 그녀의 다이아몬드 반지를 찾은 행운아인 것이다. 하지만 아마도 나중에 다시 방문하는 게 나을 것 같다고 말한다. "절대 안 돼요!" 하인이 말하고, 즉시 불려 온 숙녀의 언니와 올케도 "절대 안 돼요!"라고 말한다. 요란스럽게 반지가 확인되고 보상금이 지급되며, 발견자는 거의 돌진하듯 밖으로 나간다. 돌아온 숙녀는 언니와 올케에게 다소 불만족을 드러낸다. 왜냐하면 뜻하지 않게 그들이 자신의 다이아몬드 반지의 유사품에, 즉 말 그대로

구리와 아연으로 된 모조품임에 의심할 바 없는, 모조 보석 용 납유리로 된 가짜에 40, 혹은 50달러를 지급했기 때문이 다.

하지만 이 과학적 사기의 변형이나 변화의 절반만 말한다 해도 정말 끝이 없기에 더 이상은 여기서 예를 들지 않을 것 이다. 나는 이 글의 결론을 반드시 써야 하고, 이 결론을 내림 에 있어 매우 고상하면서 오히려 정교하다고 할 수 있는 사기 를 요약해 소개하는 것보다 더 나은 방법은 없다고 생각한다. 이는 오래되지 않은 얼마 전, 우리 도시에서도 벌어진 바 있 으며, 이후 이 나라의 보다 순진한 다른 지역에서도 여전히 성 공적으로 반복해 일어났었다.

한 중년 신사가 미지의 곳에서 마을에 도착한다. 주목을 끌 정도로 그의 태도는 꼼꼼하고, 신중하고, 침착하고, 사려 깊다. 그의 옷은 세심하게 깔끔하지만 평범하고 수수하다. 흰 색 넥타이를 매고 그저 편안해 보이는 넉넉한 조끼를 입었다. 굽이 두꺼운 쾌적한 신발을 신고 끈이 없는 바지를 입었다. 전 체적으로 볼 때 사실 부족함이 없어 보이고, 근엄하고 정확한 데다 존경할 만하고 탁월해 보이는 '사업가'의 분위기를 풍긴 다. 엄격하고 겉으로는 단단하나 내적으로는 부드러운, 일류 고급 희극에서 우리가 볼 수 있는 그런 종류의 사람들, 즉 이 들이 하는 말은 그토록 신뢰가 가며, 한 손으로는 자선 행위

에드거 앨런 포

로 몇 기니를 거저 주면서도 다른 한 손으로는 단지 거래 방법을 통해 정확히 최대한의 파딩까지 가져가는 것으로 유명한 그런 사람들 말이다.[*]

그는 마음에 드는 하숙집을 찾을 때까지 한바탕 난리 법석을 떤다. 그는 아이들을 싫어한다. 조용한 것에 익숙하다. 습관은 꼼꼼하다. 선호하는 하숙집은 조용하고 존경할 만하며 또 신앙심 깊은 가족이 있는 곳이다. 하지만 기간에는 상관이 없어서 그의 청구서를 매달 (요즘엔 둘째 날이다) 첫째 날에 정산할 수 있기만 하면 됐으며, 따라서 마침내 그의 마음에 드는 하숙집을 구했을 때 그는 하숙집 안주인에게 어떤 일이 있더라도 이에 관한 자신의 방침을 잊어서는 안 된다고 요청한다. 즉 매달 첫째 날 10시 정각에 청구서와 영수증을 보내야 하며, 어떤 상황에서도 이를 둘째 날로 연기해서는 안 된다고 말한다.

이렇게 정리를 끝내고 나면 우리의 사업가는 마을의 최신 지역보다는 평판 좋은 지역에 사무실을 임대한다. 가식보다 그가 더 경멸하는 것은 없다. 그는 말한다. "많이 뽐내는 곳은, 그 이면에 아주 확실한 것이 거의 없다." 이 말은 하숙집 안주인의 마음에 깊은 인상을 남겨 그녀는 이를 훌륭한 가족

---

[*] 1기니는 1파운드 1실링에 해당하는 금화이며, 1파딩은 1페니의 4분의 1이다.

성경인 솔로몬의 「잠언」의 넓은 여백에다 즉시 연필로 메모해 놓는다.

다음 단계는 6페니를 받는 그 도시의 주요 경제 신문에 아래와 같은 방식으로 광고를 내는 것이다. 1페니 신문에는 '고상'하지 않다는 이유로, 또 모든 광고들에 대한 사전 결제가 부담이 된다는 이유로 광고를 삼간다. 우리의 사업가가 가진 중요한 신념은 일이 끝날 때까지는 결코 그 대가가 지불되어서는 안 된다는 것이다.

〈공고〉

이 도시에서 사업을 광범위하게 운영할 예정인 광고주는 서너 명의 지적이고 유능한 직원들의 서비스를 필요로 하고 있으며 이 직원들에게는 충분한 급여가 지급될 것입니다. 최고의 추천 사항으로 능력보다는 성실함이 기대됩니다. 수행되어야 할 업무는 필히 높은 책임을 수반하고 많은 돈이 반드시 종사자들의 손을 거쳐야 하기 때문에, 고용된 각 직원에게 50달러의 보증금을 요구하는 것이 바람직하다고 생각됩니다. 그러므로 이 금액을 광고주의 소유에 맡길 준비가 되어 있지 않은 사람, 또 도덕성에 관한 가장 만족스러운 증명서를 제공할 수 없는 사람은 신청할 필요가 없습니다. 성실함을 갖춘 젊은 신사들이 선호될 것입니다. 신청은 오전 10시에서 11시 사이, 그리고

에드거 앨런 포

오후 4시에서 5시 사이에 해야 합니다.

습지들, 돼지들, 통나무들, 개구리들의 회사

개의 거리 110번가

광고를 내자 그달의 31일까지 약 열다섯에서 스무 명에 이르는 성실한 젊은 신사들이 "습지들, 돼지들, 통나무들, 개구리들의 회사" 사무실로 모여든다. 하지만 계약할 때 우리의 사업가는 누구에게도 결코 서두르지 않는다. (어떤 사업가도 결코 충동적이지 않다) 젊은 신사 각자의 신앙심을 확인하는 가장 엄격한 교리문답이 있은 뒤에만, 그리고 훌륭한 "습지들, 돼지들, 통나무들, 개구리들의 회사"와 고용 계약이 성사되고 단지 적절한 예방책으로 회사 측에 50달러를 납부한 후에만 계약을 맺는다. 다음 달의 첫째 날 아침이 오지만 하숙집 안주인은 약속한 청구서를 제시하지 않는다. 그리고 이는 그 집에 거주하는 '—들'자로 끝나는 회사의 부유한 사장이, 만약 그가 하숙비 지불을 위해 마을에 하루 이틀 정도 머물러야 한다는 이야기에 설득됐다면 당연히 심하게 꾸짖었을 태만 행위다.

지금 상황에서는 경찰들이 여기저기로 뛰어다니면서 처치 곤란한 시간을 보낸다. 그리고 그들이 할 수 있는 일이란 그 사업가를 '행방불명자'hen knee high라고 가장 단호하게 선언하는 것뿐인데 어떤 이들은 이를 실은 '행.불.자'n. e. i를 의미한다고 상상하고, 이는 다시 매우 고전적 문구인 '소재 불명'non est inventus으로 이해되기 마련이다.* 그러는 동안 모든 젊은 신사들의 신앙심은 이전보다 다소 퇴색하고, 하숙집 안주인은 1달러에 파는 고무지우개를 사서 어떤 바보가 그녀의 훌륭한 가족 성경인 솔로몬 잠언의 넓은 여백에 연필로 메모해 놓은 글을 매우 조심스럽게 지운다.

---

* "hen knee high"를 빠르게 발음하면 "n. e. i"로 들리며, 이는 "non est inventus"의 약자가 된다.

"네가 범인이다"

이제 나는 래틀버로의 수수께끼에 있어서 오이디푸스의 역할을 하고자 한다.* 나는 (오직 나만이 그럴 수 있으므로) 래틀버로의 기적에 영향을 미쳤던 장비의 비밀을 당신에게 설명할 것이다. 래틀버로 사람들 사이에 있었던 배신을 확실하게 끝장내고, 전에는 회의적이었던 속세에 물든 사람들을 할머니들이 믿는 정통적인 교리로 개종시켰던, 진실되고 사람들로부터 인정받았으며 또 명백하고 부정할 수 없는 바로 그 기적 말이다.

(어울리지 않는 경솔한 어조로 이야기하게 돼 유감이지만) 이번 사건은 1800년대 여름에 일어났다. 가장 부유하고 가장 존경받는 시민 중 한 명인 바르나바스 셔틀워디는 살해 의혹이 제기됐던 상황 속에서 며칠간 행방불명 상태였다. 토요일 오

---

* 스핑크스의 문제를 풀었던 오이디푸스처럼 수수께끼를 풀어 보겠다는 뜻.

에드거 앨런 포

전 일찍, 그는 그날 밤 돌아오겠다는 약속과 함께 말을 타고 래틀버로에서 약 15마일 떨어진 한 도시로 갔다. 하지만 그가 출발하고 두 시간 후, 그의 말이 주인은 물론 출발할 때 등에 찼던 안장주머니도 없이 돌아왔다. 그 동물 역시 부상을 당했고 진흙이 잔뜩 묻어 있었다. 이 상황은 당연히 실종자의 친구들을 크게 놀라게 해서 일요일 오전이 되어서도 그가 여전히 나타나지 않자 모든 시민들이 그의 시신을 찾고자 한 무리가 되어 일어섰다.

이 수색을 제안하는 데 가장 앞장서고 열심이었던 사람은 셔틀워디의 친한 친구인 찰스 굿펠로우로, 사람들은 그를 흔히 "찰리 굿펠로우" 혹은 "올드 찰리 굿펠로우"로 불렀다. 놀라운 우연의 일치인지 혹은 그 이름 자체가 성격에 미세한 영향을 끼치는 것인지 나로선 결코 확인할 수 없지만, 찰리라고 명명된 사람들은 하나같이 관대하고, 남자답고, 정직하고, 온후하고, 솔직했으며, 거기에 듣기 좋은 풍부하고 깨끗한 목소리와 마치 "난 스스로 양심에 거리낌이 없으며 누구도 두려워하지 않고, 전적으로 비열한 행동은 하지 않는다"라고 말하는 것처럼 상대방을 언제나 똑바로 쳐다보는 눈을 갖고 있었다. 따라서 무대에서 상냥하고 자연스러우며 풍채 좋은 모든 배우는 찰스란 이름으로 불릴 것임이 틀림없다.

비록 래틀버로에 머문 지 약 6개월도 되지 않았고 또 마을에 정착하기 전의 그에 대해 누구도 알지 못했지만 '올드 찰리 굿펠로우'는 시에서 존경받는 모든 사람들과 교류하는 데 어떤 어려움도 겪지 않았다. 남자들 모두가 그의 말이라면 증거가 없어도 문자 그대로 믿었다. 여자들로 말할 것 같으면 그에게 호의를 베풀기 위해 뭐든 기꺼이 하려 들었다. 이 모든 것이 그가 찰스라는 이름으로 세례받았기 때문이며 따라서 그 결과로서 속담에서 말하듯, 바로 '최고의 추천서'라 할 순진한 얼굴을 그가 가졌기 때문이다.

셔틀워디가 가장 존경할 만한 이들 중 한 명이고 의심의 여지 없이 래틀버로에서 가장 부유한 사람이며, '올드 찰리 굿펠로우'는 그런 셔틀워디와 마치 친형제처럼 친밀한 관계였다고 이미 말한 바 있다. 두 나이 든 신사는 옆집에 사는 이웃이었고, 비록 셔틀워디가 올드 찰리를 방문하는 경우는 있긴 해도 거의 드물었고 그의 집에서 식사하는 일도 결코 없다고 알려지긴 했으나, 그럼에도 방금 말했듯 두 사람은 매우 친밀한 사이로 발전했다. 올드 찰리가 그의 이웃이 어떻게 지내는지 보기 위해 서너 번 들르지 않고는 하루가 그냥 지나가지 않았고, 자주 아침 식사를 하거나 차를 마셨으며, 거의 항상 함께 저녁을 먹곤 했기 때문이다. 이 두 친구가 앉아서 퍼마신 와인의 양을 알아 내기는 매우 어려운 일이 될 것이다. 올드 찰리가 좋아했던 와인은 샤토 마고였는데 실제로 올드 찰리가 그랬듯이, 나이 든 친구가 연속해서 삼켜 대는 것을 보고 있으면 셔틀워디의 마음은 즐거워지는 듯했다. 그리하여 와인을 마시고 그 당연한 결과로 다소 취했을 때 그는 친구 등을 때리며 이렇게 말했다. "한마디 하지, 올드 찰리. 자네만큼 식욕이 왕성한 친구는 내 평생 처음이네. 와인을 그런 식으로 폭음하길 좋아하니, 내가 커다란 샤또 마고 한 상자를 선물하지 않는다면 욕을 들어도 쌀 거야, 빌어먹을." (비록 '빌어먹을', '젠장', '제기랄'에서 벗어나진 않았지만 셔틀워디에겐 욕을 하는 습관이 있었다) "빌어먹을." 셔틀워디가 말했다. "내가 살 수 있는 최고로 좋은 두 상자를 당장 오늘 오후에 주문하지 않는다 해도, 그걸 선물로 줄 생각이네. 그럴 거야! 아무 말 말게, 내 말하지만 그럴 거야, 그렇게 돼, 그러니 기대해 보라고. 와인은 이렇게 날씨가 좋은 날에 들어올 거네, 정확히 자네가 가장 기대하지 않을 때 말이지!" 난 그저 두 친구 사이에 존재했던 공감대가 얼마나 밀접했는지 보여 주려고 셔틀워디의 후한 인심 중 일부를 언급할 뿐이다.

문제의 그 일요일 오전, 셔틀워디가 살해 당했다고 꽤 믿을 만한 상황이 되자 올드 찰리 굿펠로우만큼 그토록 심하게 충격받은 사람은 아무도 없었다. 말이 주인과 주인의 안장주머니 없이, 그리고 그 가여운 동물을 완전히 죽이진 못했지만 가슴 부분을 깨끗이 통과한 총알로 온통 피투성이가 돼 돌아왔다는 소식을 처음 들었을 때, 그는 실종자가 마치 사랑하는 친형제나 아버지라도 되는 것처럼 창백하게 변했고 오한이라도 난 듯 몸을 흔들며 벌벌 떨었다.

처음에 그는 슬픔에 너무 압도당해 뭘 할 수도, 뭘 해야 할지 계획을 세울 수도 없었다. (예를 들어 1-2주 혹은 한두 달 동안) 무슨 일이 일어나진 않는지, 혹시 셔틀워디가 아무 일도 없다는 듯 돌아와 전에 말을 보낸 이유를 설명하진 않는지 살피며 잠시 기다리는 것이 최선이라고 생각한 그는 셔틀워디의 다른 친구들이 이 문제에 대해 소란을 피우지 않도록 오랫동안 애써 설득했다. 감히 말하지만, 당신은 매우 통렬한 슬픔을 겪는 사람들에게서 우물쭈물하거나 또는 일을 지연시키는 이런 기질을 종종 목격했을 것이다. 그들의 정신력은 무기력해져 행동과 같은 그 어떤 것에 공포를 갖게 되고, 노파들이 표현하듯 조용히 침대에 누워 "슬픔을 달래는 것", 즉 그들의 고뇌를 곱씹어 보는 것이 다행일 정도로 아무것도 하고 싶어 하지 않는다.

래틀버로 사람들은 올드 찰리의 지혜와 분별력을 진정 높이 평가했으므로 대다수가 그에게 동조하면서, 그 훌륭한 노신사가 말했듯이 "무슨 일이 일어날 때까지" 그 일에 관해 수선을 떨지 않으려 했다. 만약 매우 방탕한 습관이 있는, 혹은 성품이 다소 나쁜 젊은이인 셔틀워디의 조카가 수상쩍게 간

섭하지 않았다면 내 생각엔 결국 이것이 일반적인 결정이었을 것이다. 이름이 페니페더인 이 조카는 "가만히 누워 있는 것"에 대한 이유 따위는 들으려 하지도 않고 '살해된 사람의 시체'를 찾기 위해 즉시 수색에 나서야 한다고 주장했다. '살해된 사람의 시체', 이것이 페니페더의 표현이었으며 당시 굿펠로우는 이를 두고 예민하게 "더 이상 말할 필요도 없이 이상한 표현"이라고 언급했다. 올드 찰리의 이런 언급은 역시 사람들에게 큰 영향을 미쳐, 사람들 중 한 명은 매우 인상 깊게 이렇게 물었다고 한다. "젊은 페니페더가 부유한 삼촌의 실종과 관련된 모든 상황을 어떻게 그토록 깊숙이 잘 알기에 분명하고 명확하게 그의 삼촌이 '살해된 사람'이라고 정식으로 주장할 수 있는가?" 이어 여러 다양한 마을 사람들 사이에, 특히 올드 찰리와 페니페더 사이에 몇몇 사소한 싸움과 언쟁이 벌어졌다. 하지만 올드 찰리와 페니페더의 경우 지난 서너 달 동안 둘 사이에 선의라고는 거의 존재하지 않았으므로 결코 새삼스러운 일은 아니었다. 둘 사이의 대립은 심지어 자기 숙부 집에서 과도하게 거리낌 없이 굴었다는 혐의로 페니페더가 올드 찰리를 실제로 때려눕히는 지경까지 이를 정도였다. 조카인 그는 숙부 집에서 살고 있었던 것이다. 이 일을 당했을 때 올드 찰리는 모범적인 절제와 기독교인다운 자비를 보여 주었다고 한다. 주먹에 맞은 그는 자리에서 일어나 옷을 고쳐 입었고 앙갚음하려는 시도는 전혀 하지 않았다. 그저 "첫 번째 적절한 기회에 즉시 보복할 것"이라며 몇 마디만 웅얼거렸는데, 이는 자연스럽고 매우 정당한 분노의 폭발에 지나지 않아서 의심할 바 없이 화를 내고는 곧 잊어 버렸다.

비록 이런 문제들이 현재 사안과 아무 관련이 없다 해도, 마침내 래틀버로 사람들이 주로 페니페더의 설득에 의해 인근 지역들로 흩어져 실종된 셔틀워디를 찾자는 결정에 도달했다는 점은 분명하다. 나는 그들이 우선 이 결정에 도달했다고 말하고 있다. 수색이 이루어져야 한다는 사실이 완전히 결정된 후엔 수색자들이 흩어져야 한다는 것은 거의 당연한 일처럼 생각됐다. 다시 말해 인근 지역을 더욱 철저히 조사하기 위해 여러 무리로 나뉘어 흩어져야 한다는 것이다. 그러나 어떤 독창적인 이유를 (난 잊어 버렸다) 대면서 이런 시도가 가장 현명하지 않은 계획이라고 마침내 사람들을 설득했던 이는 바로 올드 찰리였다. 어쨌든 그는 페니페더를 제외한 모든 사람들을 설득했고, 마침내 매우 신중하고 철저하게 한 무리의 사람들로 수색대를 꾸려 올드 찰리 자신이 이를 이끌었다.

수색과 관련해 날카로운 눈을 가진 것으로 모두에게 잘 알려진 올드 찰리보다 더 나은 적임자는 찾을 수 없었다. 하지만 그가 동네에 존재하리라고 누구도 생각하지 못했던 경로를 통해 온갖 종류의 외진 구멍과 구석으로 사람들을 이끌어

에드거 앨런 포

도, 또 거의 일주일 동안 밤낮없이 수색을 계속해도 셔틀워디의 흔적은 여전히 발견되지 않았다. 아무런 흔적이 없다고 내가 말하긴 했지만 이를 문자 그대로 받아들여선 안 된다. 흔적으로 말할 것 같으면 분명 어느 정도는 있었다. 그 가여운 신사의 자취는 (특이했던) 그의 말의 편자에 의해 찾을 수 있었으며, 편자는 시에서 동쪽으로 약 3마일 떨어져 있는 마을로 통하는 간선도로 위에서 발견됐다. 여기서 말의 발자국은 숲 한 자락을 통과하는 샛길로 사라졌는데, 간선도로에 다시 나타난 샛길에서 발자국은 일정한 간격을 두고 반 마일 정도 이어지다가 끊어졌다. 편자의 흔적을 따라 길을 내려오던 일행은 마침내 물이 괴어 있는 웅덩이를 발견했는데 그 웅덩이의 절반은 길 오른쪽에 나 있는 관목으로 가려져 있었고, 모든 발자국 흔적들은 웅덩이 반대편 쪽으로 사라져 보이지 않았다. 특정한 종류의 싸움이 이곳에서 일어난 듯했고 사람보다 훨씬 크고 무거운 어떤 육중한 몸이 샛길에서 웅덩이로 끌려들어 간 것처럼 보였다. 조심스럽게 웅덩이를 두 번이나 훑었지만 아무것도 발견되지 않았으며 이에 아무 성과를 얻지 못해 낙심한 일행이 돌아가려던 그 순간, 신의 섭리를 받은 굿펠로우가 물을 완전히 퍼내는 방법을 제안했다. 이 제안은 환호와 함께 받아들여져서 많은 이들이 올드 찰리의 현명함과 제안을 칭송했다. 시체를 발굴해야 할 수도 있다는 생각에 일행 중 다수가 삽을 소지하고 있었으므로 배수 작업은 쉽고 빠르게 이뤄졌다. 바닥이 드러나자마자 남아 있는 진흙 한가운데의 오른쪽으로 검은색 실크 벨벳 조끼가 발견됐고 거의 모든 사람들이 페니페더의 것임을 알아챘다. 그 조끼는 많이 찢어졌고 피로 얼룩져 있었는데 일행 중 몇몇은 셔틀워디가 도시로 출발하던 바로 그날 오전에 페니페더가 그 옷을 입고 있었다고 분명히 기억했다. 어떤 사람들은 만약 필요하다면 기억할 만한 그날의 나머지 시간에 페니페더가 그 조끼를 입고 있지 않았다는 사실을 기꺼이 증언하겠다고 말했다. 또 셔틀워디가 실종된 날로부터 지금까지 페니페더가 그 옷을 입고 있는 모습을 본 적이 있다고 말하는 사람은 아무도 없었다.

이제 사태는 페니페더에게 매우 심각한 양상을 띠었으며, 그가 극도로 창백하게 변했다는 점과 본인을 변호하는 말을 해줘야만 한다는 이야기를 들었을 때 그가 한마디도 할 수 없었다는 점이 제기된 의혹들에 대한 의심할 수 없는 확증으로 받아들여졌다. 그리하여 페니페더의 방탕한 생활 방식으로 인해 얼마 안 되던 친구들마저 모두 그를 버렸으며, 심지어 이들은 그를 즉각 체포하라고 오래전부터 공인된 페니페더의 적들보다 더욱 목소리를 높였다. 반면에 굿펠로우의 관대함은 그 대비로 말미암아 더 밝은 광채로 빛날 뿐이었다. 굿펠로우는 열과 성을 다해 페니페더를 설득력 있게 변호했다. 분명 분노에 찬 페니페더가 굿펠로우에게 적절하다고 생각해 퍼부은 모욕에 대해서는 "훌륭한 셔틀워디의 후계자"인 그 거친 젊은 신사를 진심으로 용서한다고 페니페더를 변호하는 동안 두 번 이상 언급했다. "저는 이에 대해 그를 용서했습니다." 굿펠로우가 말했다. "진심으로 말이죠. 그리고 이렇게 말하게 돼 유감이지만, 페니페더에게 실제로 제기된 의심스러운 상황을 극단으로 몰고 가기보다는 상당히 곤혹스러운 이번 사태가 최악으로 가지 않도록 할 수 있는 데까지 성실히 저의 모든 힘을 다하고 또 미천하나마 저의 말재주 역시 이용할 것입니다."

굿펠로우는 자신의 지성과 감성 모두에 그토록 부합하는 이런 연설을 30분 넘게 계속했다. 하지만 따뜻한 마음을 가진 사람들은 서로 의견이 맞는 법이 거의 없다. 그들은 친구에게 봉사하려는 열정에 성급해진 나머지 온갖 종류의 실수와 언쟁과 욕설을 해대며, 자주 그렇듯 세상에서 가장 선한 의도를 갖고 있다 해도 결과적으로 친구의 목적을 진전시키기보다는 끝없이 손해만 끼친다.

올드 찰리의 모든 웅변에 있어서도 이와 같은 상황이 벌어졌다. 왜냐하면 비록 의심받는 자를 위해 진정으로 애썼음에도 불구하고, 웬일인지 솔직하지만 무심코 내뱉는 식의 그의 한 마디 한 마디는 자신의 말을 듣는 사람들의 선한 의견을 자극하는 것이 아니라 변호하려던 개인에게 이미 덧붙여진 의혹을 더욱 깊게 하면서 군중의 분노가 그 개인에게 향하도록 하는 결과를 낳았던 것이다.

연설자에 의해 저질러진 이해할 수 없는 가장 큰 실수 중 하나는 혐의자를 "훌륭한 노신사인 셔틀워디의 후계자"로 언급했다는 점이었다. 사람들은 이에 대해 전에는 결코 생각해 본 적이 없었다. 사람들이 기억하는 것은 오직 한두 해 전에 (조카 외에는 살아 있는 친척이 하나도 없는) 셔틀워디가 상속권을 박탈하겠다고 위협했다는 것뿐이었다. 그래서 천성이 외곬인 래틀버로 사람들은 이 상속권 박탈을 언제나 결정된 사안으로 간주해 왔었다. 하지만 올드 찰리의 발언은 사람들로 하여금 당장 이 문제로 관심을 옮겨 오게 했을 뿐 아니라 그럼으로써 그 위협은 그저 위협에 불과했을 가능성이 있다고 생각하게 만들었다. 그리고 이로부터 곧바로 쿠이 보노cui bono 라는 당연한 의문이 제기되었으며, 이 의문은 심지어 조끼보다도 더 단단히 이 젊은이에게 끔찍한 범죄를 매어 놓았다. 여기서 오해를 피하기 위해, 내가 인용한 매우 짧고 간단한 라틴어 구절이 예외 없이 잘못 번역되고 또 잘못 생각되고 있다는 점을 언급하고자 잠시 주제에서 벗어나는 것을 양해해 주기 바란다. 최고의 소설들과 그 밖의 다른 것들, 예를 들면 한

에드거 앨런 포

여자가 칼데아어*에서 치카소어**에 이르기까지 모든 언어들을 인용하고 벡포드가 세운 체계적인 계획 하에서 "필요에 따라" 학습에 도움을 받는다는 작품을 쓴 (『세실』의 작가) 고어***를 포함해 불워와 디킨스와 투르나페니와 애인즈워스의 모든 작품에서 "쿠이 보노"라는 두 개의 작은 라틴어 단어들은 "어떤 목적을 위해", 혹은 (quo bono처럼) "어떤 소용을 위해"라는 뜻으로 번역된다. 하지만 그럼에도 이것의 진정한 의미는 "누구의 이득을 위해서"이다. 쿠이는 '누구에게', 보노는 '이득이 되는가'에 해당한다. 이는 순전히 법률적인 용어로, 우리가 지금 고려 중인 사건에 정확히 적용할 수 있다. 즉 한 행위의 행위자가 될 가능성이 그 행위가 성취됐을 때 이런저런 개인에게 이익이 생길 가능성에 달려 있는 그런 사건 말이다. 이제 이번 사례에서 쿠이 보노의 문제가 페니페더를 범죄에 결정적으로 말려들게 했다. 그의 삼촌은 유언장을 페니페더에게 유리하게 만든 후에 상속권을 박탈하겠다고 위협했다. 하지만 위협은 실제로 지켜지지 않았다, 즉 원래의 유언은 바뀌지 않은 듯 보였다. 만약 유언이 바뀌었다면 용의자의 입장에서 가정할 수 있는 유일한 살인의 동기는 평범한 복수였을 것

---

* 바빌로니아의 옛 이름인 칼데아(Chaldaea)의 언어.

** Chickasaw. 인디언 부족의 일종.

*** Catherine Gore. 19세기 영국 여류 작가.

이며, 심지어 이조차도 삼촌이 다시 선량한 은총을 베풀지도 모른다는 희망에 의해 좌절됐을 것이다. 하지만 유언장이 바뀌지 않은 상태에서 이를 바꾸겠다는 위협이 조카를 안절부절못하게 하는 상황이라면 잔혹한 일을 저지르게 될 가능성이 당장 높아질 것이다. 래틀 시의 훌륭한 시민들은 아주 현명하게도 이렇게 결론지었다.

이에 따라 페니페더는 현장에서 체포되었고, 추가적인 수색을 벌인 후 사람들은 그를 구속한 채로 마을로 향했다. 그런데 제기됐던 혐의를 확증할 가능성이 큰 또 다른 상황이 돌아가던 길에 벌어졌다. 열정이 넘쳐 일행들보다 언제나 조금 더 앞서가던 굿펠로우가 갑자기 몇 걸음 앞으로 뛰어가더니 허리를 굽혀 어떤 작은 물체를 풀 속에서 집어 드는 듯한 모습이 분명히 목격됐다. 이를 재빨리 확인한 뒤 코트 주머니에 넣어 숨기려는 모습 역시 관찰됐다. 하지만 내가 말한 대로 이 행동은 사람들 눈에 띄었으므로 결과적으로 그는 저지당했다. 굿펠로우가 집어 든 물체는 스페인 칼이었으며 십여 명이 즉각 페니페더의 것임을 알아챘다. 더욱이 손잡이에는 그의 머리글자가 새겨져 있기까지 했다. 드러나 있던 칼의 날에는 피가 묻어 있었다.

조카의 유죄가 명백했으므로 래틀버로에 도착하자마자 페니페더는 조사를 위해 즉시 치안판사에게 넘겨졌다.

에드거 앨런 포

여기서 상황은 다시 가장 불리한 국면에 이르렀다. 셔틀워디가 실종된 오전에 어디 있었는지 묻는 질문에 죄수는 아주 대담하게도 바로 그날 오전에 사슴 사냥용 총을 들고, 굿펠로우의 현명함에 의해 피 묻은 조끼가 발견된 그 웅덩이와 매우 가까운 곳에 있었다고 인정했던 것이다.

눈에 눈물이 고인 채 앞으로 나온 굿펠로우는 자신이 조사받게 해달라고 간청했다. 그는 자신을 따르는 사람들 못지 않게 하느님에 대한 의무감이 강하므로 더 이상 침묵할 수 없다고 했다. 지금까지는 (젊은이가 자신에게 무례하게 굴었음에도 불구하고) 페니페더에게 그토록 불리해 보이는 상황에서 그 젊은이에 대한 진정한 애정 때문에 의심스러워 보이는 것도 설명하려 애쓰며 상상할 수 있는 모든 가설들을 세워 봤지만, 이제 상황들이 전적으로 설득력 있고 꼼짝할 수 없게 된 만큼, 비록 그렇게 하는 과정에서 자신(굿펠로우)의 가슴이 산산조각 날지라도 전혀 망설이지 않고 알고 있는 모든 것을 말하겠다고 했다. 말을 계속 이어간 그는 셔틀워디가 도시로 떠나기 전날 오후에 그 훌륭한 노신사가 조카에게 하는 말을 들었다면서, 셔틀워디는 자신이 다음 날 마을로 가는 목적은 이례적으로 큰 금액의 돈을 "농상農商 은행"에 예치하기 위해서라고 말했고, 또 원래 작성했던 유언장을 철회하여 한 푼도 주지 않기로 결정했다고 조카에게 분명히 말했다고 했다. 증인은 자신이 진술한 모든 중요한 내용들이 진실인지 아닌지 말해 보라고 피의자에게 엄숙히 요구했다. 페니페더는 굿펠로우의 말이 사실이라고 솔직히 인정함으로써 모든 참석자들을 깜짝 놀라게 했다.

치안판사는 자신의 의무에 따라 경관 몇 명을 삼촌 집에 있는 피고인의 방으로 보내 수색하게 했다. 이 수색에서 경관은 그 노신사가 수년간 습관적으로 들고 다녔던, 강철로 둘려져 있어 유명했던 황갈색 돈지갑을 들고 즉각 돌아왔다. 하지만 값비싼 내용물은 사라진 상태여서 치안판사는 구속된 페니페더에게 그것들을 어떤 용도로 썼는지, 어디에 숨겼는지 자백하라고 다그쳤지만 아무 소용이 없었다. 전혀 모른다며 페니페더가 완강히 부인했던 것이다. 경찰은 또 불행한 페니페더의 침대와 침구 사이에서 셔츠와 목을 둘러싸는 손수건을 발견했는데, 둘 모두에 젊은이의 머리글자가 새겨져 있었으며 끔찍하게도 희생자의 피로 더럽혀져 있었다.

이 중요한 때에, 살해된 남자의 말이 부상으로 인해 결국 마구간에서 방금 죽었다는 사실이 알려지자 굿펠로우는 총알을 발견하기 위해 만약 가능하다면 동물을 즉시 부검해야 한다고 제안했다. 이에 따라 부검이 바로 행해졌다. 그리고 피고인의 유죄를 확증이라도 하는 것처럼, 가슴 부근의 움푹 들어간 곳을 자세히 조사한 굿펠로우가 이례적인 크기의 총알

에드거 앨런 포

을 발견해 밖으로 빼낼 수 있었다. 실험 결과 해당 총알은 마을이나 인근 지역 어떤 사람의 총 구경에도 맞지 않을 만큼 너무 큰 반면, 페니페더의 총 구경에는 정확히 들어맞는 것으로 밝혀졌다. 하지만 더 확실한 증거가 또 있었다. 이 총알에는 일반적인 봉합선과 직각을 이룬 금 또는 홈이 나 있었는데 조사해 보니 이 홈은 피고인 스스로 자신의 소유라고 인정했던 한 쌍의 총기에 속한 융기 부분, 즉 높이와 정확히 일치했다. 조사 중이던 치안판사는 총알이 발견되자 더 이상의 증언을 듣길 거부하고 죄수를 즉시 재판에 회부했으며, 비록 굿펠로우가 가혹한 처사에 강하게 항의하면서 액수에 상관없이 자신이 보증을 서겠다고 제안했지만 판사는 이 사건에서 어떤 보석도 단호히 거부했다. 이러한 올드 찰리 측의 관대함은 그가 이 마을에서 체류하는 전 기간에 걸쳐 보여 준 온화하고 자비로운 행동의 전반적인 행로와 전적으로 일치했다. 젊은 친구에게 보증을 서겠다고 제안했을 때, 훌륭한 굿펠로우는 연민이 너무 과도했던 나머지 자신이 지구상에서 단 1달러도 소유하고 있지 않다는 사실을 까맣게 잊은 듯 보였다.

재판 결과는 쉽게 예상할 수 있었다. 페니페더는 래틀버로 사람들의 저주가 난무하는 가운데 다음 형사 회기 때에 재판에 넘겨졌고 (굿펠로우가 그의 민감한 양심 때문에 어쩔 수 없이 법원에 제출했으며 꼼짝달싹할 수 없는 추가적인 사실들로 인해

"네가 범인이다"

더욱 강화된) 일련의 정황 증거들은 그토록 흠이 없고 또 결정적이어서 배심원단은 자리도 뜨지 않은 채 즉각 "일급 살인으로 유죄"라는 평결을 내렸다. 이후 이 불운한 젊은이는 곧 사형을 선고받아 법의 가차 없는 복수를 기다리기 위해 지방 교도소로 보내졌다.

그러는 동안 올드 찰리 굿펠로우는 자신의 고귀한 행동으로 말미암아 정직한 시민들에게서 더 많은 사랑을 받았다. 어느 때보다 큰 사랑을 받았고 그렇게 대접받은 환대의 자연스러운 결과로, 말하자면 지금까지 가난 때문에 어쩔 수 없이 극단적으로 검약하던 습관이 자연스레 약해져 자신의 집에서 자주 작은 모임을 가졌으며, 그럴 때면 재치와 유쾌함이 흘러넘쳤다. 물론 애석하게 사망한 그 인심 좋던 친구의 조카 위에 드리운 불운하고 슬픈 운명이 가끔 떠올라 다소 낙담하곤 했지만 말이다.

어느 맑은 날, 이 관대한 노신사는 다음과 같은 내용의 편지에 놀라면서도 기분이 좋아졌다.

수신: 찰스 굿펠로우 귀하, 래틀버로

발신: 돼지들, 개구리들, 습지들의 회사

제품: 샤토 마고, A-No.1_6다스(72병)

에드거 앨런 포

찰스 굿펠로우 귀하,

선생님, 안녕하세요. 존경하는 바르나바스 셔틀워디 씨께서 두 달 전 저희 회사로 보내 주신 주문서에 따라, 오늘 오전에 귀하의 주소로 보라색으로 봉인된 앤텔로프 품종의 샤토 마고 두 상자를 보낼 예정입니다. 가장자리를 따라 번호가 찍혀 있는 상자입니다.

항상 최선을 다하겠습니다.

돼지들, 개구리들, 습지들의 회사

18__년, 6월 21일, __시

추신: 상자는 귀하께서 이 편지를 받으신 다음 날

마차로 배송됩니다. 셔틀워디 씨께 감사드립니다.

돼지들, 개구리들, 습지들의 회사

사실 셔틀워디의 죽음 이후 굿펠로우는 약속받은 샤토 마고를 얻을 수 있으리라고 전혀 기대하지 않았으므로, 이제 그것을 자신을 위한 일종의 특별한 신의 섭리로 간주했다. 당연히 그는 매우 기뻐했고, 이를 주체하지 못해 그 선량한 늙은 셔틀워디의 선물을 개봉하려는 목적으로 많은 친구들을 다음 날에 있을 작은 만찬에 초대했다. 초대장을 발송할 때 "그 선량한 늙은 셔틀워디"에 관련된 무엇도 그는 언급하지 않았다. 실상은 많이 고민한 끝에 일체 말하지 않기로 결심했다. 내가 옳게 기억하고 있다면, 그는 샤토 마고를 선물로 받았다고 누구에게도 말하지 않았다. 그저 그 도시에 두 달 전에 주문해 내일 받기로 돼 있는, 뛰어난 품질과 풍부한 향을 자랑하는 주목할 만한 약간의 와인을 와서 맛보라고 친구들에게 요청했을 뿐이다. 오랜 친구로부터 와인을 받았다는 사실에 대해 올드 찰리가 왜 아무 말도 하지 않기로 결심했는지를 생각하면 종종 어리둥절하다. 분명 훌륭하고 매우 관대한 어떤 이유가 있었겠지만, 침묵하기로 한 이유를 난 결코 정확히 이해할 수 없었다.

마침내 다음 날이 당도했고 그와 함께 매우 존경할 만한 많은 사람들도 굿펠로우의 집에 도착했다. 정말이지 (나도 그중 한 명이긴 했지만) 버로 마을 사람의 절반이 그곳에 모였으나 주인으로서는 괴롭게도, 손님들이 올드 찰리가 제공한 호화로운 저녁을 제대로 잘 대접받은 늦은 시간까지 샤토 마고가 도착하지 않았다. 그러나 마침내 그것이 왔고 (상자 역시 대단히 컸다) 모든 사람들은 기분이 아주 쾌활했기에 이를 식탁 위에 올려 내용물을 당장 끄집어내기로 만장일치로 결정했다.

결정이 내려지자 일은 일사천리로 진행됐다. 나도 도움의 손길을 내밀어 상자는 순식간에 탁자 위 모든 병과 유리잔들 사이의 한가운데에 올려졌고, 이 소동으로 적지 않은 병과 잔들이 엎어졌다. 많이 취하고 얼굴이 꽤 붉어진 올드 찰리는 이제 위엄 있는 표정을 지으며 식탁의 대장 자리에 앉아서는 디캔터로 탁자를 세게 내리치면서 "보물을 파내는 의식을 행하는 동안" 질서를 지키라고 사람들에게 요구했다.

어느 정도 고함이 있은 후 마침내 고요함이 찾아왔고 이와 비슷한 경우에 자주 그렇듯, 심오하고 주목할 만한 침묵이 뒤따랐다. 난 그때 뚜껑을 강제로 열어 달라는 요구를 받아서 물론 "매우 기쁜 마음으로" 요청에 따랐다. 끌을 꽂고 망치로 몇 번 가볍게 두드리자 상자의 윗부분이 갑자기 격렬하게 날아갔으며, 동시에 멍들고 피투성이에다 거의 부패해 버린 살해당한 셔틀워디의 시체가 주인을 마주 보며 앉은 자세로 벌떡 일어났다. 그것은 꼼짝하지 않고 슬픔에 잠긴 채 썩어 가는 흐릿한 눈으로 잠시 굿펠로우의 얼굴을 정면으로 응시하더니 천천히, 그러나 분명하고 인상 깊게 "네가 범인이다!"라는 말을 내뱉고는, 완전히 만족한 듯 떨리는 팔을 쭉 뻗으며 탁자 위에서 가슴 쪽으로 쓰러졌다.

그 후의 광경은 말로 표현할 수 없을 정도다. 사람들은 문과 창문을 향해 맹렬히 달려 나갔고, 방에 있던 가장 건장한 사람 중에도 많은 이들이 압도적인 공포로 기절했다. 하지만 공포 때문에 터져 나왔던 최초의 격렬한 비명이 끝나자 모든 시선이 굿펠로우에게 향했다. 좀 전까지 승리감과 와인에 취해 불그레했던 그의 얼굴은 창백하게 변했으며, 내가 천년을 산다고 해도 결코 잊히지 않을 통렬한 고뇌 이상의 것이 얼굴에 나타났다. 몇 분 동안 그는 대리석으로 만든 조각처럼 그대로 앉아 있었는데, 강렬한 공허를 내뿜으며 응시하는 눈은 마치 내부로 향하여 비참하고 흉악한 자신의 영혼을 생각하는 데 몰두해 있는 듯했다. 마침내 그의 시선이 갑자기 외부 세계를 향해 번쩍이는 듯하더니 의자에서 식탁 위로 벌떡 뛰어올라 머리와 어깨부터 둔탁하게 쓰러졌고, 이어 시체를 쳐다보며 당시 페니페더를 감옥에 보내고 죽을 운명에 놓이게 한 끔찍한 범죄에 대해 자세하고 빠르게, 또 격렬하게 고백했다.

그의 이야기를 요약하면 다음과 같다. 그는 웅덩이 근처까지 희생자를 따라갔고 거기서 권총으로 말을 쏜 다음, 총의 개머리판으로 셔틀워디를 죽였다. 돈지갑은 자신이 챙겼고, 말이 죽을 것으로 예상하고 연못 옆의 관목으로 힘들게 끌고 갔다. 이어 자신이 타고 간 말에 셔틀워디의 시체를 매달고 숲을 통과해 안전하게 숨길만 한 먼 곳으로 옮겼다.

조끼, 칼, 돈지갑과 총알은 페니페더에게 복수할 목적으로 그것들이 발견된 곳에다 자신이 직접 갖다 놓은 것이었다. 그는 또 피 묻은 손수건과 셔츠를 발견한 것처럼 꾀를 내기도

했다.

등골 오싹한 이야기가 끝을 향해 가는 동안 유죄인 그 비열한 자는 말을 더듬거렸고 또 점점 힘이 떨어졌다. 마침내 모든 말이 끝나자 일어나 식탁 뒤쪽으로 뒷걸음치더니 쓰러져서 죽었다.

이 적절한 순간에 나온 고백을 이끌어 낸 수단은 비록 효율적이긴 했지만 그야말로 단순했다. 굿펠로우의 과도한 솔직함이 나를 역겹게 해서 처음부터 내 의심을 불러일으켰다. 페니페더가 그를 때릴 때 나도 함께 있었는데, 비록 순간적이기는 했지만 당시 그의 얼굴에 나타났던 악마 같은 표정을 보고 만약 가능하기만 하다면 복수에 대한 그의 위협은 엄격히 실행될 것임을 확신했다. 따라서 선량한 래틀버로 시민들과는 달리 올드 찰리의 술책을 난 아주 다른 각도에서 바라볼 준비가 돼 있었다. 또 유죄를 증명할 발견들이 직접적이든 간접적이든 그를 통해 이뤄졌음을 즉시 알아차렸다. 하지만 이 사건의 진정한 상황을 분명히 볼 수 있게 해줬던 건 굿펠로우에 의해 말의 시체에서 발견된 총알이었다. 래틀버로 사람들은 잊어 버렸지만 난 그렇지 않았다. 즉 말에는 총알이 들어간 구멍과 함께 그것이 빠져나간 구멍도 있었다는 점을 말이다. 만약 동물에게서 총알이 발견됐다면 그것은 총알이 통과

된 이후이고, 그렇다면 총알은 그것을 발견한 사람에 의해 들어가 있었음에 틀림없다고 난 생각했다. 피 묻은 셔츠와 손수건은 총알로 촉발된 이 생각을 더욱 확고히 해줬는데, 조사해 보니 피는 훌륭한 적포도주였을 뿐 그 이상은 전혀 아니었다. 이런 생각에 이르자, 또 최근 있었던 굿펠로우의 후한 인심과 지출이 떠오르자, 전적으로 혼자만의 비밀로 간직하긴 했지만 내 의심은 강해졌다.

그동안 난 셔틀워디의 시체를 따로 열심히 찾았다. 그리고 그럴 만한 이유로 가능한 한 굿펠로우가 자신의 일행을 이끌었던 곳에서 벗어난 지역들을 수색했다. 그 결과 며칠 후 오래된 마른 우물을 지나치게 됐으며, 덤불로 입구가 가려져 있던 우물 바닥에서 내가 찾던 것을 발견했다.

이는 내가 두 친구 간의 대화를 엿듣게 되어 일어난 일로, 굿펠로우는 감언이설로 친구를 꾀어 샤토 마고 한 상자를 약속 받는 나쁜 짓을 저질렀다. 난 이에 힌트를 얻어 행동했다. 고래 뼈의 딱딱한 부분을 확보해서는 그것을 시체의 목 아래로 밀어 넣은 후 오래된 와인 상자에 넣었다. 고래 뼈를 구부릴 때 이에 맞추어 시체도 접어서 구부렸다. 못들로 뚜껑을 확실히 고정하는 동안 시체를 안에다 계속 가둬 놓기 위해 뚜껑을 강제로 누르고 있어야 했다. 물론 못들이 제거되자마자 상자 윗부분은 날아가 버리고 시체는 튀어 오를 거라고 난 예상했다.

이렇게 상자를 정리한 후 이미 언급한 대로 표시를 하고 번호와 주소를 썼다. 이어 셔틀워디가 거래했던 와인 상인들의 이름으로 편지를 썼으며, 하인으로 하여금 상자를 외바퀴 손수레에 실어 내 신호에 따라 굿펠로우의 집으로 가져가도록 했다. 시체 입에서 나오게 할 작정이었던 말에 대해서는 내가 자신 있어 하는 복화술 능력에 의존했고, 그 효과는 극악하고 비열한 자의 양심에 기대했다.

더 이상 설명할 것은 없다고 믿는다. 페니페더는 즉시 풀려나 삼촌의 재산을 물려받았고, 경험이 주는 교훈의 도움으로 새사람이 되어 이후 행복하게 살았다.

모르그가의
살인 사건

세이렌이 어떤 노래를 불렀는지, 또는 아킬레우스가 여자들 사이에 몸을 숨겼을 때 어떤 이름을 사용했는지, 비록 곤혹스러운 질문이긴 해도 전혀 추측할 수 없는 것은 아니다.

_토머스 브라운[*]

분석적이라고 논의되는 정신적 특징들은, 그러나 그 자체로는 분석의 여지가 거의 없다. 이는 오직 그것들이 내는 효과로만 인식할 수 있다. 무엇보다 그것들은 이를 과하게 소유하고 있는 주인에게 언제나 가장 생기 넘치는 즐거움의 원천임을 우린 알고 있다. 힘이 센 사람이 그의 근육들을 움직이는 활동에 기뻐하며 자신의 물리적 능력에 환호하듯이, 분석가들은 엉클어진 것을 풀어 내는 정신적 활동을 자랑으로 여

---

[*] Sir Thomas Browne(1605-1682). 17세기 영국의 의사이자 저술가. 해당 구절은 「Urn Burial」이라는 수필의 부분이다.

에드거 앨런 포

긴다. 그는 자신의 재능을 발휘할 수 있다면 가장 하찮은 활동에도 즐거워한다. 그는 수수께끼와 난제와 비밀 문자를 좋아하며, 이 각각을 해결함에 있어 평범한 생각을 지닌 이들에게는 기이하게 보일 정도의 영민함을 보여 준다. 체계적인 방식의 핵심과 정수精髓를 동원해 도출한 그의 결과들은, 실상은 전체적으로 직관의 분위기를 풍긴다.

해결 능력은 아마 수학적인 연구, 특히 그것의 고등 영역에 의해 활성화될 텐데 그것은 부당하게도 단지 그 역행적인 과정 때문에 마치 대단한 것처럼 불리는 분석학이라는 것이다. 그럼에도 계산은 그 자체로 분석이 아니다. 예를 들어 체스 선수는 분석하는 수고 없이 계산을 한다. 이에 따라 체스 게임은 정신적 특징에 끼치는 효과 면에서 크게 오해를 받고 있다. 나는 지금 논문을 쓰려는 것이 아니라 단지 매우 임의적인 관찰에 기반해 다소 독특한 이야기를 시작하고 있을 뿐이다. 그러므로 복잡하지만 경박한 체스보다는, 수수한 체커 게임이 성찰적인 지성의 강력한 힘을 보다 결정적이고 유용하게 수행한다고 주장하려는 것이다. 다양하고 가변적인 가치를 갖는 각각의 말들이 개별적이고 특이하게 움직이는 체스의 경우, 복잡하기만 하면 (드문 실수는 아니지만) 심오한 것으로 오해를 받는다. 여기서는 게임을 할 때 집중력이 강력히 요구된다. 만약 순간적으로 집중력이 약해지기라도 하면 실수를 하게 되고 손해나 패배를 초래한다. 가능한 수들은 다양할 뿐 아니라 복잡해서 그와 같은 실수가 일어날 가능성이 크게 증가하며, 열에 아홉은 보다 영민한 선수보다 보다 집중하는 선수가 승리한다. 그와는 반대로 말들의 움직임이 유일하고 다양성이 거의 없는 체커에서는 실수할 확률이 줄어들고 단순한 집중력은 상대적으로 이용되지 않는 가운데, 두 선수 중 보다 영민한 선수가 우위에 서게 된다. 좀 더 단순화해서, 말들이 네 개의 킹으로 제한되어 당연히 어떤 실수도 기대할 수 없는 형태의 체커 게임을 가정해 보자. (아무튼 선수는 동등하다고 할 때) 여기서는 승리가 오직 세련된 움직임, 즉 지성을 상당히 강력하게 발휘한 결과에 의해 결정된다는 것은 분명하다. 일반적인 자원들을 빼앗긴 상태에서 분석가는 상대 선수의 정신 속으로 자신을 던지고 이를 통해 자기 자신을 정의하며, 따라서 드물지 않게도 실수로 유도하거나 서둘러 오산하게 만들 수 있는 유일한 (가끔 정말로 터무니없이 단순한) 방법을 한눈에 알아챈다.

휘스트는 오랫동안 이른바 연산 능력에 영향을 끼쳐온 것으로 유명하다. 높은 수준의 지적 능력을 가진 사람들은 체스를 시시하다고 피하는 반면, 이 게임에는 명백하게 이루 말할 수 없는 기쁨을 누리는 것으로 알려져 있다. 분석이란 능력에 그토록 의존하는 이와 유사한 성격의 게임은 단연코 없

　　　　　　　　　　　에드거 앨런 포

다. 기독교 국가에서 최고의 체스 선수는 아마 체스에 있어 최고 선수라는 것에 불과하겠지만, 휘스트에서의 능숙함은 지성과 지성의 투쟁이라는 보다 중요한 모든 것에 성공하는 능력을 의미한다. 내가 의미하는 능숙이란, 게임에서의 완벽함으로 여기엔 정당한 이점을 끌어낼 수 있는 모든 자원들에 대한 이해를 포함한다. 이 자원들은 복합적인 것은 물론 다양한 형태를 띠며, 대개 평범한 이해력으로는 도저히 접근할 수 없는 사고의 우묵한 곳들에 위치한다. 주의 깊게 관찰한다는 것은 확실히 기억한다는 것이고, 어느 정도까지는 집중력 있는 체스 선수가 휘스트에서 매우 유리할 것이다. 반면 호일*의 규칙들은 (이 규칙들은 게임의 단순한 구조에 근거를 두고 있다) 충분히, 그리고 일반적으로 이해할 수 있다. 그러므로 좋은 수의 총합으로 흔히 여겨지는 요점을 들자면, 좋은 기억력을 갖는 것과 '그 놀이법 책'에 의한 게임 진행이다. 하지만 분석가의 기술이 뚜렷이 나타나는 것은 단순한 규칙의 한계를 벗어나는 문제들이 등장할 때다. 침묵 속에서 그는 다수의 관찰과 추론을 하기 시작한다. 아마 그의 동료들 역시 그렇게 할 것이다. 그리고 획득된 정보의 규모 차이는 추론의 타당성에 달려 있기보다는 관찰의 질에 달려 있다. 필요한 지식은 무

---

* Hoyle. 카드 놀이법.

엇을 관찰해야 하는가에 관한 것이다. 우리의 선수는 자기 자신을 전혀 제한하지 않으며, 따라서 게임이 목적이라고 해서 게임 외부에 있는 것에 대한 추론을 거부하지도 않는다. 그는 동료의 얼굴을 살피고 이를 상대편 선수 각자의 표정과 비교한다. 또 각각의 선수가 제공하는 시선을 통해 자주 으뜸 패와 최고의 패를 계산하면서, 각자의 손에 든 카드를 짜 맞추는 방식에 대해 고려한다. 확신, 놀람, 흐뭇함, 혹은 분함을 표현하는 차이로부터 많은 생각들을 한데 모아, 게임이 진행되는 동안 모든 다양한 얼굴들에 주목한다. 속임수를 쓰는 방식에 따라, 그 속임수를 쓴 사람이 카드에서 또 다른 속임수를 쓸 것인지 판단한다. 또한 테이블 위에서 속임수가 쓰일 때의 분위기를 파악하여 그 속임수를 통해 어떤 일이 벌어지는지 인지한다. 우연히 혹은 무심코 나온 말, 카드의 돌발적인 떨어뜨림이나 바꿈 및 이를 숨기고자 할 때 동반하기 마련인 불안과 경솔함, 배열 순서에 따른 속임수들의 계산, 당황, 망설임, 열망, 두려움, 이 모든 것들이 아마도 그의 직관적인 감각에게 게임의 진정한 상황을 알려준다. 초반 두세 번에 걸쳐 게임이 진행되면 그는 각자의 손에 든 내용물에 대한 완전한 소유권을 확보하여, 그때부터 마치 나머지 참가자들이 그들의 카드 앞면을 내보이기라도 한 것처럼 완전히 정확한 의도 아래 자신의 카드를 내려놓는다.

에드거 앨런 포

분석적인 힘은 단순한 재주와 혼동돼서는 안 된다. 분석가는 반드시 재주가 있지만, 재주 있는 사람은 분석 능력이 없는 경우가 두드러질 만큼 빈번하기 때문이다. 그와 달리 건설적이거나 짜 맞추는 힘은 (일반적으로 이를 통해 재주가 분명하게 드러나며, 나로선 오류라고 생각하지만 골상학자들은 이를 원래의 능력으로 가정하면서 어떤 독립된 기관이 해당 능력을 담당한다고 여겼다) 거의 바보에 가까운 지성을 가진 사람들에게서 너무나 자주 관찰돼, 윤리학자들의 일반적인 주목을 끌 정도였다. 진실로 재주와 분석적인 능력 사이에는 공상과 상상 사이보다 차이가 훨씬 더 크지만 그 성격은 매우 엄격히 유사하다. 사실 재주 있는 사람은 항상 공상적이고, 진정으로 상상력이 풍부한 사람은 다름 아닌 분석적이라는 사실이 밝혀질 것이다.

다음의 이야기는 방금 제기된 명제에 관해 독자들에게 어느 정도 해설의 관점으로 여겨질 수 있을 것이다.

파리에 거주하던 1800년대의 어느 봄과 초여름에 나는 오거스트 뒤팽과 안면을 트게 되었다. 훌륭하고 매우 유명한 가문 출신의 이 젊은 신사는 여러 가지 뜻하지 않은 일들 때문에 활달한 성향이 사그라들 정도로 가난해져, 분발하거나 재산을 다시 찾겠다는 생각을 그만둔 상태였다. 상속받은 재산 중 얼마 안 되는 나머지가 채권자들의 호의로 여전히 남아 있어, 여기서 나오는 수입으로 사치품은 고사하고 철저한 절약을 통해 필수품을 간신히 구할 수 있었다. 책은 그의 유일한 사치품이었는데 파리에서는 책들을 쉽게 얻을 수 있었다.

우리는 몽마르트르 거리의 한 평범한 도서관에서 처음 만났고 우연히도 둘 다 매우 희귀하고 진기한 똑같은 책을 찾고 있다는 사실 때문에 더 가까워졌다. 우린 계속해서 다시 만났다. 단지 자기 자신이 주제가 될 때면 늘 보여 주기 마련인 프랑스인의 솔직함으로 그가 자세히 들려줬던 사소한 가족 이야기에 나는 큰 흥미를 느꼈다. 또한 그의 독서 범위가 광범위하다는 점에 놀랐으며 무엇보다 그의 상상력이 지닌 거친 열정과 생생한 신선함에 의해 내 안의 영혼이 타오름을 느꼈다. 당시 파리에서 이런 목표를 찾고 있던 나는 그런 사람과의 교제가 가격을 매길 수 없는 보물이 될 것 같아 이를 그에게 솔직히 털어놓았다. 그리하여 우리는 내가 파리에 머무는 동안 함께 살기로 했으며 나의 경제 상황이 그보다는 약간 더 나았기에, 한 저택을 우리의 공통적 기질인 환상적인 우울함에 어울리는 방식으로 꾸미고, 집세는 내가 부담하기로 양해를 구했다. 그곳은 우리에겐 상관 없는 미신들 때문에 한동안 생 제르맹 교외의 외지고 적막한 곳에 버려진, 오래되고 기이하며 곧 무너질 것 같은 집이었다.

만약 여기서 보냈던 우리의 일상이 세상에 알려진다면, 비

에드거 앨런 포

록 그 본성이 해롭지 않다 해도 우리를 아마 미친 사람으로 여겼을 것이다. 우리의 은둔 생활은 완벽했다. 우린 방문객을 일절 받지 않았다. 정말이지 칩거 장소는 나의 이전 지인들로 부터 신중히 비밀로 지켜졌으며 뒤팽의 경우엔 파리 사람들을 알지도, 또 그들에게 알려지지도 않은 상태로 몇 년을 살았다. 우린 오직 우리 자신들 안에서만 존재했다.

친구에겐 밤 그 자체에 매혹되는 기이한 (그 밖에 달리 어떻게 표현해야 할까?) 환상이 있어서, 그의 다른 취향을 대할 때 그랬던 것처럼 나는 완벽한 방임의 태도로 친구의 자유분방한 변덕에 두 손을 든 채 그의 괴기스러운 취향에 조용히 빠져들어 갔다. 암흑이란 신성함이 언제나 우리와 함께할 순 없겠지만 우리는 밤의 존재를 위조할 순 있었다. 아침의 첫 여명이 밝아 오면 우린 낡은 건물의 지저분한 모든 덧문을 닫고는, 매우 강한 향에 오직 섬뜩하고 희미한 조명만 내는 가느다란 양초 두 개로 불을 밝혔다. 우리의 영혼은 이 초들의 도움을 받아 시계로부터 진정한 어둠이 도래했다는 경고를 받을 때까지 (독서나 작문, 혹은 대화 같은) 꿈속에 빠져 바삐 움직였다. 이어 사이좋게 힘차게 거리로 나가, 북적대는 도시의 요란한 불빛과 그림자를 배경 삼아 조용한 관찰이 제공할 수 있는 정신적인 즐거움의 무한함을 찾아 헤매면서 그날의 주제를 계속하거나 늦은 시간까지 멀리 돌아다녔다.

그럴 때 난 뒤팽이 지닌 특별한 분석적 능력에 (그의 풍부한 상상력으로부터 이를 예측하기는 했었다) 주목하고 감탄하지 않을 수 없었다. 친구 역시 (비록 정확히 드러내진 않더라도) 그것을 발휘하는 데에서 열렬한 기쁨을 얻는 것처럼 보였고, 여기서 나오는 기쁨을 고백하는 데 망설이지 않았다. 그는 낮게 킬킬거리며 자신이 볼 때 대부분의 사람은 마음속에 창문들을 달고 있다고 말했는데, 그가 나를 잘 알고 있다는 직접적이고 매우 놀라운 증거들을 통해 이런 주장을 입증하곤 했다. 이렇게 말하는 그의 태도는 냉정하고 의중을 읽기 힘든데다 눈에서는 표정을 찾아볼 수 없었으며, 평소 풍부한 테너였던 목소리는 신중하고 전적으로 명료한 발음만 제외하면 화가 난 듯 날카롭게 올라갔다. 이런 기분에 젖어 있는 그를 관찰하고 있을 때면 고대 철학에서 말하는 영혼 이분설이 자주 떠올라서 난 두 명의 뒤팽, 즉 창의적인 뒤팽과 분석하는 뒤팽을 상상하며 재미있어하기도 했다.

이렇게 이야기했다고 해서 내가 어떤 미스터리를 상세히 묘사하거나 소설을 쓸 것이라고 생각하진 말라. 내가 그 프랑스인을 두고 묘사한 것은 단지 흥분한, 혹은 아마도 병적인 지성의 결과일 뿐이었지만 당시에 그가 했던 말의 성격에 관해서는 다음 사례를 통해 잘 이해할 수 있을 것이다.

로열 궁전 부근의 길고 더러운 거리를 거닐던 어느 밤이었다. 분명 우리는 각자 생각에 빠져 적어도 15분 정도는 둘 다 한마디도 하지 않았다. 별안간 뒤팽이 다음과 같이 말했다.

"그는 매우 작아, 그건 사실이지. 그래서 바리에테 극장에서 더 잘할 거야."

"그건 의심의 여지가 없어." 내 명상과 일치하는 놀랄 만한 뒤팽의 말을 처음엔 알아채지도 못한 채 (그 정도로 난 생각에 몰두해 있었다), 부지불식간에 이렇게 대답한 나는 곧 정신을 차리고는 그야말로 대단히 놀랐다.

"뒤팽," 진지하게 내가 물었다. "이건 나의 이해력을 뛰어넘어. 내 감각을 거의 믿지 못할 만큼 놀랐다는 걸 숨기지 않겠네. 내가 생각하고 있던 걸 자네가 어떻게 알 수 있지? 그러니까 내가 생각하고 있던 건—" 말할 것도 없이 여기서 난 그가 내 생각을 정말로 알았는지 확인하려고 잠깐 말을 멈추었다.

"샹티였지," 그가 말했다. "왜 말을 멈췄지? 그의 왜소한 체구가 비극에는 맞지 않는다고 말하려던 참 아니었나?"

이는 정확히 내가 생각하고 있던 주제였다. 샹티는 예전엔 성 데니스가의 구두 수선공이었고, 연극에 미쳐 크레비용의 비극 작품에서 크세르크세스 역할에 도전했지만 그 수고의 대가로 악명 높은 풍자의 대상이 돼 버렸다.

"부디 말해 주게." 내가 소리쳤다. "만약 방법이란 게 있다면, 그러니까 어떤 방법으로 내가 이 문제를 생각하는 걸 자네가 헤아렸느냐 말이야." 서슴없이 이렇게 말하긴 했지만 솔직히 난 이것보다 훨씬 더 많이 놀란 상태였다.

"과일 장수였지." 친구가 대답했다. "자네로 하여금 그 구두 수선공이 크세르크세스나 그와 유사한 그 밖의 모든 역할에 키가 충분히 크지 않다는 결론에 이르게 한 사람 말이야."

"과일 장수라니! 날 놀라게 하는군. 난 어떤 과일 장수도 몰라."

"우리가 거리로 들어섰을 때 자넬 향해 뛰어 올라왔던 그 사람, 아마 15분 전일걸."

그제야 기억이 났다. 실제로 C 거리를 지나 우리가 서 있던 간선도로로 들어갈 때 사과가 담긴 커다란 바구니를 머리에 이고 있던 그 과일 장수는 하마터면 나를 쓰러뜨려 넘어지게 할 뻔했다. 하지만 이것이 샹티와 무슨 관계가 있다는 건지 도저히 이해할 수가 없었다.

뒤팽에게서는 속임수를 쓰는 어떤 기미도 보이지 않았다. "내가 설명하지." 그가 말했다. "그럼 아마 이 모두를 분명히 이해하게 될 거야. 우선 자네 생각의 경로를 되짚어 보세. 그러니까 내가 자네에게 말했던 순간부터, 문제가 되고 있는 과일 장수와의 우연한 만남까지 말이야. 대략적인 일련의 연결은 다음과 같네. 샹티, 오리온, 니콜스 박사[*], 에피쿠로스, 스테레오토미[*], 거리의 돌, 과일 장수."

삶의 어떤 시기에, 특정한 결론들에 도달할 수 있게끔 자신의 지성을 이끌었던 단계를 되짚어 보며 즐거워하지 않는 사람은 거의 없다. 그 작업은 종종 흥미로 가득 차고 이에 처음 도전하는 사람은 분명 출발점과 목표 사이의 그 광대한 거리와 불일치에 놀라곤 한다. 그 프랑스인이 방금 했던 말을 듣고 또 그의 말이 진실임을 인정하지 않을 수 없었을 때, 난 분명 놀라고 말았다. 그는 말을 계속했다.

"내가 올바르게 기억하고 있다면 C 거리를 떠나기 직전, 우린 말에 대해 이야기하는 중이었네. 우리가 마지막으로 대화했던 주제였지. 이 거리를 횡단하려 할 때 머리에 큰 바구니를 이고 스치듯 우릴 지나갔던 한 과일 장수가 수리 중인 둑길 한 곳에 쌓여 있던 포장용 돌무더기 위로 자네를 세게 밀쳤네. 자넨 널브러져 있던 파편 하나를 밟아서 발목을 약간 삐면서 미끄러졌는데 짜증이나 화가 난 듯했고, 뭐라고 중얼거리며 돌무더기를 보려고 몸을 돌리더니 이어 침묵에 빠지더군. 자네 행동에 특별히 주의하진 않았지만, 최근 들어 관찰은 내게 필연적인 그런 것이 됐거든.

자넨 심통 난 표정으로 인도의 구멍과 바퀴 자국들을 힐끗 보면서 눈을 땅에 고정하더군. (그래서 난 자네가 여전히 돌

* 포에게 영향을 미쳤던 스코틀랜드 천문학자 John Pringle Nichol(1804-1859)를 가리키는 것으로 보인다.
** Stereotomy. 돌 등의 고형 물질을 특정 모양으로 절단하는 기술.

들에 대해 생각하고 있다는 걸 알았네) 그러니까 겹쳐서 고정되도록 하는 방식으로 시험삼아 돌들을 포장해 놓은 라마르틴이란 작은 골목에 들어설 때까지 말이야. 여기서 자네의 안색이 밝아졌고, 자네 입술의 움직임을 보니 이런 종류의 포장도로에 즐겨 적용되는 '스테레오토미'란 용어를 중얼거렸다는 걸 확실히 알게 됐네. 난 자네가 원자*, 즉 에피쿠로스의 이론에 대해 생각하지 않고는 스스로 '스테레오토미'란 말을 중얼거릴 수 없다는 걸 알고 있었지. 왜냐하면 비록 거의 주목받진 못하지만 그 고귀한 그리스인의 애매한 추정들이 최근 성운 우주 생성론에서 입증된 것들과 얼마나 잘 일치하는지 내가 얼마 전 이 주제로 토론할 때 자네에게 언급했으며, 그 때문에 자넨 어쩔 수 없이 눈을 위로 들어 거대한 오리온성운을 볼 것이라 느꼈거든, 또 그렇게 하리라 확실히 예상했고 말이야. 자넨 정말 위를 쳐다보더군. 이제 내가 자네의 발걸음을 정확히 따라왔다는 생각이 들었어. 뿐만 아니라 어제 발간된「무제」에서 상티를 신랄하게 비판했던 풍자가는 비극적인 분위기를 띠는 이름으로 갈아탄 그 구두 수선공을 상당히 수치스럽게 언급하면서 우리가 자주 대화했던 라틴어의 한 구절을 인용했지. 그 구절은 다음과 같아.

---

* atomy. 포는 atomy와 stereotomy를 발음의 유사성으로 연관 짓고 있다.

에드거 앨런 포

첫 글자는 그것의 원래 소리를 잃어 버렸다.[*]

난 그게 이전엔 우리온Urion이라고 적었던 오리온과 관련이 있다고 말했고, 아주 예리한 표현을 동원해 설명했기에 자네가 이를 잊을 수 없었을 것을 알고 있었네. 따라서 자네가 오리온과 샹티라는 두 가지 생각들을 결합하는 데 실패하지 않을 것은 분명했지. 자네의 입술에 스쳐 지나가는 미소의 특성을 보고 그 둘을 정말로 연관 지었음을 알았네. 자넨 그 불쌍한 구두 수선공의 고통을 생각했던 거야. 그때까지 자넨 허리를 굽히고 걸었지만 그제야 몸을 꼿꼿이 세우더군. 그때 샹티의 왜소한 체구에 대해 생각하고 있음을 확신했어. 바로 그 지점에서 내가 자네 명상을 방해했던 거고. 그러니까 그는, 그 샹티는 실제로 매우 작은 친구이고 바리에테 극장에서 더 잘할 거란 말을 하려고 말이네."

이 일이 있고 얼마 지나지 않은 때에 우린 「가제트 데 트리뷔노」의 석간판을 훑어보고 있었는데 다음과 같은 내용이 우리의 주목을 끌었다.

"기이한 살인 사건. 오늘 새벽 3시 무렵, 로슈 지구 주민들은 모르그가에 있는 한 주택의 4층에서 들렸다고 생각되는

[*] Perdidit antiquum litera prima sonum. 출처는 오비디우스의 작품인 「파스티」로, 여기서는 우리온(Urion)이 첫 소리를 잃고 오리온(Orion)으로 발음됨을 가리키고 있다.

일련의 끔찍한 비명 소리에 잠에서 깼다. 그곳은 레스파나에 부인과 그녀의 딸인 카미유 레스파나에 둘만 살고 있는 것으로 알려졌다. 통상적인 방법으로 안에 들어가려 했지만 실패하여 어느 정도 지체된 후, 여덟 혹은 열 명의 이웃 주민들이 두 명의 경찰관과 함께 입구를 쇠 지렛대로 부수고 안으로 들어갔다. 이때쯤 비명은 멈췄지만 사람들이 1층 계단을 달려 올라가고 있을 때, 격하게 싸우는 둘 혹은 그 이상의 목소리들이 분명히 들렸고 그것은 집의 윗부분에서 벌어지고 있는 듯했다. 2층에 도달할 무렵 이 소리 역시 멈추었고 모든 것이 완전히 조용해졌다. 무리는 흩어져 방에서 방으로 서둘러 달려갔다. 4층에 있는 커다란 뒷방에 도착하자마자 (안에서 열쇠로 잠겨 있어 강제로 문을 열었다) 그곳에 벌어진 광경에 그곳에 있던 모든 사람들이 놀란 것은 물론 공포로 얼어붙었다.

방은 그야말로 혼란의 도가니로, 부서진 가구들이 사방에 내던져져 있었다. 그곳엔 침대 틀이 하나만 있었고 침대는 틀에서 뜯겨 바닥 한가운데로 내팽개쳐져 있었다. 의자엔 피로 얼룩진 면도칼이 놓여 있었다. 난로 위에는 회색의 길고 두꺼운 사람 머리카락 두세 가닥이 있었는데 역시 피투성이였으며 뿌리째 뽑힌 것처럼 보였다. 바닥 위에는 네 개의 20프랑 금화, 토파즈 귀걸이, 커다란 은제 숟가락 세 개와 그보다 작은 세 개의 싸구려 금속제 숟가락, 그리고 4천 프랑어치의 금화가 들어 있는 가방 두 개가 있었다. 한쪽 구석에 있던 책상에 딸린 서랍은 열려 있는 채였으며, 비록 많은 물품이 여전히 들어 있긴 했지만 누군가 샅샅이 뒤진 듯했다. 철로 된 작은 금고가 (침대 틀이 아니라) 침대 밑에서 발견되었다. 금고는 내부에 열쇠가 놓인 상태로 열려 있었다. 안에는 몇 개의 오래된 편지들과 별로 중요해 보이지 않는 다른 서류들이 있었다.

레스파나에 부인의 흔적은 여기서 발견되지 않았으나 이례적으로 많은 양의 검댕이가 난로에서 발견돼 굴뚝을 수색해 보니 (말하기조차 끔찍하다!) 머리를 아래쪽으로 향한 채 굴뚝 안에서 질질 끌린 딸의 시체가 있었다. 그 좁은 구멍을 통해 상당한 거리를 강제로 끌어올려진 상태였다. 시체는 매우 따뜻했다. 시체를 조사하자마자 많은 찰과상이 발견됐는데, 의심의 여지 없이 시체를 위로 밀어 올린 다음 놓아 버린 어떤 폭력적인 힘에 의해 생긴 상처였다. 얼굴 위엔 심하게 긁힌 자국이 많이 나 있었고, 목이 졸려 죽은 것처럼 검은색의 멍과 손톱에 깊게 패인 자국이 사망자의 목에 나 있었다.

집 안 구석구석을 철저히 수색했지만 추가로 발견된 사항이 없어서 그뒤에 사람들은 건물 뒤쪽의 포장돼 있는 작은 뜰로 들어갔고, 바로 그곳에 노부인의 시체가 있었으나 목이 거의 잘린 상태여서 그녀를 들어 올리려 하자 머리가 떨어졌다. 몸 역시 머리처럼 몹시 훼손돼 있어 사람과 유사한 형태를 찾아보기 거의 힘들 정도였다.

이 끔찍한 미스터리와 관련해 아직까지는 자그마한 단서조차 없는 듯하다."

다음 날짜의 신문엔 아래와 같은 상세한 사실이 추가로 실려 있었다.

"모르그가의 비극. 많은 사람들이 이 가장 기이하고 끔찍한 사건과 관련해 조사를 받았다. (아직까지 프랑스에서 '사건'이란 단어는 현재 우리 사이에 통용되는 것과 같은 가벼운 의미를 갖고 있지 않다) 하지만 사건에 빛을 던져 줄 만한 무엇도 드러나지 않았다. 아래는 증언을 통해 알아낸 내용의 전문이다.

세탁소 부인 폴린 뒤부르는 3년간 그들을 위해 세탁 일을 해 왔기에 사망한 두 사람 모두를 알고 있다고 증언했다. 노부인과 딸은 사이가 좋은 듯했고 서로 간에 애정이 깊었다. 보수는 두둑했다. 생계의 방식이나 방법에 관해서는 말할 수가 없었다. 노부인이 생계 수단으로 돈을 언급한 적이 있다는 생각이 든다고 했다. 저축한 돈이 있다고 했다. 세탁물을 가져가거나 그것들을 집으로 갖다주도록 부탁받았을 때 집에서 만난 사람은 아무도 없었다. 고용 중인 하인은 없다고 확신했다. 4층을 제외하고는 건물 어디에도 가구는 없는 것으로 보였다."

담뱃가게 주인인 피에르 모로는 거의 4년에 걸쳐 레스파나에 부인에게 소량의 일반 담배와 코담배를 꾸준히 팔아 왔다고 했다. 그 동네에서 태어나 계속 살았다고 했다. 노부인과 딸은 시체가 발견됐던 집에서 6년 이상 살고 있었다. 이전엔 한 보석 상인이 그 집에서 살았는데 여러 사람들에게 윗방들을 시세보다 싸게 세주었다고 한다. 그 집은 노부인의 소유였다. 노부인은 세입자들이 저택을 함부로 쓰는 것이 못마땅해 자신이 직접 이사해 들어갔으며 어떤 공간도 세를 놓지 않았다. 노부인에게는 어린애 같은 면이 있었다. 증인은 6년 동안 딸을 대여섯 번 정도 목격했다. 매우 조용히 살았던 둘에게 돈이 꽤 있다는 소문이 있었다. 이웃들에게서 노부인이 점을 친다는 이야기를 들었지만 믿지는 않았다. 노부인과 딸을 제외한 누구도 집에 들어가는 것을 보지 못했으며 짐꾼을 한두 번, 의사는 여덟 번에서 열 번 정도 봤다.

많은 다른 사람들과 이웃들이 같은 내용의 증언을 했다. 그들의 말에 따르면 그 집에 자주 가는 사람은 아무도 없었다. 노부인과 딸에게 살아 있는 친척이 한 명이라도 있는지는 알려지지 않았다. 앞쪽 창문에 있는 덧문은 열리는 적이 드물었다. 뒤쪽 덧문들은 4층의 커다란 뒷방만 제외하곤 항상 닫혀 있었다. 집은 그리 오래되지 않은 좋은 집이었다.

경찰관인 이시도어 무셋은 새벽 3시쯤에 그 집으로 오라는 연락을 받았으며, 입구에서 20명에서 30명의 사람들이 안으로 들어가려 애쓰는 모습을 발견했다. 마침내 (쇠 지렛대가 아니라) 총검으로 문을 강제로 열었다. 여는 데 별 어려움이 없었는데 이는 문이 겹문 그러니까 접이식 문이었고 또 바닥이나 위쪽에 빗장이 걸려 있지 않았기 때문이다. 문이 강제로 열릴 때까지 비명이 지속되다가 이어 갑자기 멈췄다. 그것은 어떤 사람이 (혹은 사람들이) 몹시 괴로워하며 내지르는 것처럼 보였으며 짧거나 빨리 멈추지 않는, 크고 길게 *끄는* 소리였다. 증인은 앞장서서 위층으로 올라갔다. 처음 도착하자마자 화가 나서 크게 싸우는 듯한 두 개의 목소리를 (하나는 거칠었고 다른 하나는 많이 날카로운 목소리) 들었는데 매우 이상한 목소리였다. 거친 목소리는 단어들을 구분할 수 있었으며 프랑스인의 목소리였다. 여자 목소리가 아닌 것은 명백하다고 했다. '빌어먹을', '제기랄'이란 단어를 분간할 수 있었다. 날카로운 목소리는 외국인의 것이라고 했다. 남자 목소리인지 여자 목소리인지는 확신할 수 없다고 했다. 무슨 말을 하는지 알아듣지 못했지만 스페인어로 생각된다고 했다. 이 증인은 어제 우리가 보도했던 것과 동일하게 방과 시체들의 상태를 묘사했다.

직업이 은세공인인 이웃 주민 앙리 뒤발은 그 집에 처음 들어갔던 무리 중 한 명이었다고 증언했다. 전반적으로 무셋의 증언을 확증해 줬다. 그들은 강제로 들어가자마자 문을 다시

에드거 앨런 포

닫았는데 늦은 시간임에도 불구하고 아주 빨리 몰려들었던 사람들을 차단하기 위해서라고 했다. 날카로운 목소리는 증인이 생각하기에 이탈리아 사람의 것이라고 한다. 프랑스인이 아닌 것은 확실하다고 했다. 그것이 남자의 목소리인지 확신할 수 없다고 했다. 여자의 목소리였을 수도 있다. 이탈리아어에는 익숙하지 않다. 그래서 단어를 분간할 순 없었지만 억양으로 보아 이탈리아 사람이라고 확신했다. 노부인과 딸을 알고 있었다. 둘 모두와 자주 대화했다. 날카로운 목소리는 사망한 두 사람의 것이 아니었다고 확신했다.

식당을 운영하는 오덴하이머씨. 이 증인은 자발적으로 증언했다. 프랑스어를 할 줄 몰라서 조사는 통역을 통해 이뤄졌다. 암스테르담 토박이라고 한다. 그는 비명이 들리던 시각에 그 집을 지나가던 중이었다. 비명 소리는 몇 분 동안 (약 10분간) 지속됐다. 길고 큰, 매우 끔찍하고 고통스러운 소리였다. 그는 건물에 들어갔던 사람 중 한 명이었다. 이전 증거들을 모든 면에서 입증해 줬지만 한 가지는 예외였다. 날카로운 목소리는 남자, 프랑스 남자의 것으로 확신한다고 했다. 발음하는 단어들을 분간할 수 없었다. 크고 재빠른 데다 동일하지 않았으며, 고통 때문만이 아니라 두려워서 외치는 소리 같았다고 한다. 날카롭기보다는 거슬리는 목소리였다. 그걸 날카롭다고 말할 순 없다고 했다. 거친 목소리는 '빌어먹을', '제기랄'

이란 말을 반복했고 한번은 '하느님 맙소사'라고 했다.

미그노 가문의 원로이자 델로레인가의 미그노 엣 필스 회사에 다니는 은행가인 줄 미그노. 그에 의하면 레스파나에 부인은 재산이 상당했다고 한다. (8년 전) 그해 봄에 그의 은행에 계좌를 만들었다고 했다. 적은 양의 금액을 자주 예치했다. 인출이 전혀 없다가 그녀가 죽기 사흘 전에 개인적으로 4천 프랑을 인출했다고 한다. 이 돈은 금으로 지급되었으며 직원이 돈을 들고 집으로 갔다.

미그노 엣 필스의 직원인 아돌프 르 봉은 의문의 그날 정오 무렵, 4천 프랑을 두 자루에 들고 레스파나에 부인과 동행했다고 증언했다. 문이 열리자마자 딸이 나타나서 그의 손에서 가방 하나를 가져갔으며, 노부인이 다른 하나를 가져갔다고 했다. 그는 인사를 하고 집을 떠났다. 그때 거리에서 아무도 보지 못했다고 한다. 그 길은 인적이 매우 드문 샛길이다.

재단사인 윌리엄 버드는 집으로 들어간 사람 중 한 명이었다. 영국인이다. 파리에서는 2년간 살았다. 처음으로 계단을 올라갔던 사람 중 한 명이었다. 싸우는 목소리를 들었다. 거친 목소리는 프랑스인의 목소리였다. 몇 단어를 알아들을 수 있었지만 지금은 전부 기억나진 않는다고 했다. '빌어먹을', '하느님 맙소사'는 뚜렷하게 들었다고 했다. 그 순간 몇 명이 싸우는 듯한, 긁거나 서로 난투극을 벌이는 소리가 났다고 했다. 날카로운 목소리는 아주 커서, 거친 목소리보다 더 큰 소리였다고 했다. 영국인의 목소리는 아니었다고 확신했다. 독일인의 목소리 같았다. 여자 목소리였을 수도 있다고 했다. 독일어는 알지 못했다.

증인들을 소환했을 때 위에 언급한 증인 중에 네 명은 딸의 시체가 발견된 방의 문이 사람들이 도착했을 때 안에서 잠겨 있었다고 했다. 사방이 적막해서 신음 소리나 어떤 종류의 소음도 없었다. 문을 강제로 열고 들어갔을 때 아무도 없었다. 뒷방과 앞방의 모든 창문은 내려져 있고 안에서 굳게 잠겨 있었다. 두 방 사이의 문은 닫혀 있었지만 잠겨 있진 않았다. 앞방에서 복도로 이어지는 문은 열쇠가 안에 있는 채로 잠겨 있었다. 집 앞면에 있는 4층 복도 머리 방향의 작은 방은 문이 약간 열려 있는 상태였다. 방은 낡은 침대들과 상자 등으로 가득 차 있었다. 이것들은 세심하게 치워지고 조사됐다. 집 어디든 신중히 조사되지 않은 곳은 한 군데도 없었다. 굴뚝은 위아래로 계속 빗질을 해댔다. 집은 지붕 밑에 다락방이 있는 4층 건물이었다. 치켜올리게 돼 있는 지붕의 문은 못으로 단단히 고정돼 있어 수년간 열린 적이 없는 듯했다. 싸우는 목소리를 들었던 때부터 방문을 부수고 들어가기까지의 시간은 증인에 따라 다양했다. 짧게는 3분, 길게는 5분이라고 했다. 문은 힘겹게 열 수 있었다.

장의사인 알폰소 가르시오는 모르그가에 산다고 했다. 스페인 태생이었다. 집에 들어갔던 사람 중 한 명이었다. 위층에는 올라가지 않았다고 했다. 신경이 예민한 편이어서 소동으로 무슨 일이 생길지 걱정됐기 때문이었다. 싸우는 소리를 들었다고 했다. 거친 목소리는 프랑스인이었다. 뭐라고 말했는지는 알아듣지 못했다. 날카로운 목소리는 영국인이었다고 했고 이를 확신했다. 영어를 알아듣진 못했지만 억양으로 판단했다.

제과점 주인인 알베르토 몬타니는 2층으로 올라갔던 사람 중 한 명이었다. 문제의 그 목소리들을 들었다. 거친 목소리는 프랑스 사람이었다. 몇 가지 단어들을 알아들었다. 훈계하는 것처럼 말했다. 날카로운 목소리에서 나오는 단어는 알아들을 수가 없었다. 재빨리 말했고 고르지 않았다. 러시아 사람이라고 생각한다. 일반적인 진술들을 뒷받침했다. 그는 이탈리아 사람이다. 러시아 태생의 사람과는 대화한 적이 없다.

소환된 몇 명의 증인들은 4층에 있는 모든 방의 굴뚝들이 사람이 통과하기에는 너무 좁았다고 했다. 굴뚝 청소부들이 쓰는 원통형의 빗자루로 청소해야 한다고 했다. 그러한 비로 집의 모든 연통들을 위아래로 쓸었다. 사람들이 2층으로 올라가는 동안 내려갈 수 있는 뒤쪽 통로는 전혀 없었다. 딸의 시체는 굴뚝에 단단히 끼워 넣어져 있어 무리 중 네댓 명의

에드거 앨런 포

사람들이 한데 힘을 합칠 때까지는 끌어내릴 수 없었다.

의사인 폴 뒤마는 동틀 녘에 시체를 보도록 요청을 받았다고 증언했다. 당시 두 시체 모두 딸이 발견된 방에 있는 침대틀의 천 위에 누워 있었다. 젊은 숙녀의 시체는 멍이 많이 들었고 찰과상을 입었다. 굴뚝에서 위로 밀쳐 올려졌다는 사실이 이 외관의 이유를 설명하기에 충분했다. 목은 심하게 쓸려 있는 상태였다. 턱 바로 아래쪽에는 분명 손가락 자국으로 보이는 일련의 검푸른 부위와 함께 깊게 긁힌 자국이 몇 개 나 있었다. 얼굴은 굉장히 변색됐고 눈동자는 돌출돼 있었다. 혀는 부분적으로 깨물어져 있는 상태였다. 커다란 타박상이 복부의 우묵한 곳에서 발견됐는데 분명 무릎에 눌려 생긴 듯했다. 뒤마 의사의 견해로는 딸은 미지의 어떤 사람, 혹은 사람들에 의해 목이 졸려 죽은 것 같다고 했다. 모친의 시체는 지독히 훼손되었다. 오른쪽 다리와 팔의 모든 뼈들이 사실상 산산조각이 났다. 왼쪽의 갈비뼈들을 비롯해 왼쪽 정강이뼈도 많이 부서졌다. 몸 전체가 끔찍하게 상처를 입고 변색됐다. 그 상처들이 어떻게 생겼는지 말하기란 불가능하다. 만약 매우 힘센 남자의 손으로 무거운 나무 몽둥이나 큰 쇠 막대기, 혹은 의자 같은 크고 무겁고 둔탁한 무기들을 휘둘렀다면 그런 결과를 만들어 냈을 것이다. 여자라면 어떤 무기를 이용하더라도 그런 타격을 입힐 수 없었을 거라고 했다. 증인이 목격했을 때 사망자의 머리는 몸에서 거의 분리돼 있어 역시 대단히 손상된 상태였다. 목은 분명 어떤 매우 날카로운 도구, 아마도 면도칼 같은 것에 의해 잘려져 있었다.

외과의인 알렉산드르 에티엔은 뒤마로부터 시체를 보도록 요청을 받았고, 뒤마의 증언과 견해를 입증했다.

다른 몇 명의 사람들이 조사받았지만 다른 중요한 추가 진술은 없었다. 세세한 모든 면에 그토록 기묘하고 당혹스러운 살인 사건은 파리에서는 이전에 일어난 적이 없었다. 그것이 정말 살인에 의한 것이라면 말이다. 경찰은 이런 매우 이례적인 사건에 완전히 당혹해하고 있다. 하지만 단서의 그림자조차 보이지 않는 듯하다."

석간신문에 따르면 로슈 지구에서는 여전히 엄청난 흥분이 지속되고 있으며, 사건이 일어난 곳에서 재수색이 신중히 벌어지고 증인들에 대한 새로운 조사가 시작됐으나 모두 헛수고였다고 한다. 그러나 추신에 의하면 아돌프 르 봉이 체포돼 투옥됐다. 비록 지금까지 열거된 사실들을 넘어 그를 유죄로 만들 만한 것이 전혀 없어 보였지만 말이다.

뒤팽은 이번 사건의 진행에 관심이 몹시 많은 듯했다. 적어도 그의 태도로 미뤄 이렇게 판단한 것으로, 그는 어떤 말도 하지 않았기 때문이다. 르 봉이 투옥됐다는 기사가 나온 직후에 그는 비로소 살인 사건에 대한 내 견해를 물어 왔다.

나로서는 그 사건이 풀 수 없는 미스터리라는 모든 파리 사람들의 의견에 동의할 수 있을 뿐이었다. 살인자를 추적할 수 있는 어떤 방법도 찾을 수 없었다.

뒤팽이 말했다. "조사의 겉만 보고 방법에 대해 판단해선 안 돼. 영민하다고 그토록 격찬받는 파리 경찰은 노련하긴 하지만 그 이상은 결코 아니지. 그들의 절차에는 현재를 넘어서는 방법이라는 게 전혀 없어. 광대한 방책들을 동원하지만 드물지 않게 그것들은 제시된 목표에 아주 부적합한 것들이지. 음악을 더 잘 듣기 위해 자신의 가운을 요청했던 주르당*을 떠올리게 할 정도로 말이야. 경찰에 의해 얻어진 결과는 자주 놀랍긴 하지만 대개는 그저 부지런함과 행동에 의한 것인데, 이런 특질들이 효과가 없을 때 그들의 계획은 실패하고 마는 거지. 예를 들어 비독**의 경우 추측에 능하고 끈질긴 사람이었네. 하지만 사고하는 훈련 없이, 다름 아닌 깊이 있는 수사 때문에 지속적으로 실수를 범해 왔어. 대상을 너무 가까이 붙잡아 두는 바람에 자신의 시력을 손상케 한 거야. 이례적으로 한두 개의 요점을 분명히 봤을지도 모르지만 그렇게 하는 동안 어쩔 수 없이 문제를 전반적으로 보는 데 실패한 거

---

* 몰리에르의 희극인 『부르주아 귀족』(Le Bourgeois gentilhomme)에 나오는 주인공 주르당은 가운을 입으면 음악을 더 잘 감상할 수 있을 거라고 생각한다.
** Vidocq(1775-1857). 나폴레옹 치하의 프랑스에서 활동했던 수사관.

지. 너무 심오하게 돼 버리는 면이 있다고나 할까? 진실이 언제나 우물 안에 있는 것은 아니네. 보다 중요한 지식과 관련해서 사실 난 그것은 변함없이 표면적이라고 믿어. 깊이는 우리가 진실을 찾는 계곡들에 있는 것이지, 그 진실이 발견되는 산꼭대기에 있지 않아. 이런 종류의 실수가 갖는 유형과 원천은 천체를 바라볼 때 그 특성이 잘 드러나네. 별을 얼핏 보아야, 즉 (안쪽보다 빛의 희미한 흔적에 보다 더 민감한) 망막의 바깥쪽 부분을 별 쪽으로 돌려 곁눈질로 보아야 별의 광채를 가장 잘 감상할 수 있는 법이거든. 별의 광채는 우리의 시야를 그것을 향해 완전히 돌리는 것에 정확히 비례하여 침침해져. 정면으로 바라볼 경우 실제로 대단한 양의 광선이 눈에 들어오긴 하지만 이해할 수 있는 정확한 능력이 더 커지는 건 얼핏 보게 될 때이네. 과도한 심오함 때문에 우린 사고를 혼란스럽게 만들고 약화시키는 거야. 너무 지속적으로, 너무 집중적으로, 혹은 너무 직접적으로 빤히 쳐다본다면, 심지어 금성 그 자체를 창공에서 사라지게 하는 것도 가능하네.

이 살인들에 관한 견해를 제시하기 전에 우리 스스로 몇 가지 조사를 해보도록 하세. 조사해 보면 즐거워질 거야. (난 '즐겁다'라는 용어가 이런 상황에서 쓰이는 것이 이상하다고 생각했지만 아무 말도 하지 않았다) 그 밖에도 르 봉은 한때 내가 어느 정도 감사히 여겨야 할 도움을 준 적이 있어. 현장으로 가서 우리 눈으로 직접 보자고. 경찰 대표인 G를 알고 있으니 필요한 허가를 얻는 데 전혀 어려움이 없을 거야."

허가가 떨어졌고 우린 즉각 모르그가로 향했다. 모르그가는 리슐리외가와 성 로슈가 사이를 지나가는 아주 작은 도로 중 하나다. 우리 거주지에서 아주 멀리 떨어져 있기에 도착했을 때는 늦은 오후였다. 길 반대편에서 여전히 많은 사람들이 목적 없는 호기심으로 닫힌 덧문을 쳐다보고 있어서 그 집은 쉽게 찾을 수 있었다. 파리에서 흔히 볼 수 있는 집으로 출입구 한쪽에 유리창이 달린 초소가 있었는데, 관리인의 숙소임을 알려 주듯 창문엔 옆으로 밀게 돼 있는 판이 설치돼 있었다. 우리는 안으로 들어가기 전에 거리를 걸어 올라갔다가 골목 아래쪽으로 방향을 바꾼 다음 다시 몸을 돌려 건물 뒤쪽 편을 통과했으며, 그러는 동안 뒤팽은 집 말고도 근방 전체를 세밀히 탐색했지만 나로선 무슨 목적으로 그렇게 하는지 알 수가 없었다.

갔던 길을 되짚어 주택 앞쪽으로 다시 와서는 벨을 울리고 자격증을 보여 준 후 담당 중이던 요원의 안내로 안으로 들어갔다. 2층으로 올라가 레스파나에 양의 시체가 발견된 방으로 들어갔는데 두 사람의 시체는 아직 안에 있었다. 어수선한 방은 평소처럼 그대로 보존돼 있었다. 나로선 「가제트 데 트리뷔노」에 실렸던 내용 이상의 것은 전혀 볼 수 없었다. 뒤팽은 모든 것을 꼼꼼히 둘러봤으며 희생자들의 몸도 예외는 아니었다. 이어 우린 다른 방으로 갔다가 뜰로 나갔고 그러는 동안 경찰이 내내 우리를 따라다녔다. 어두워질 때까지 조사하고 나서야 우린 그곳을 떠났다. 집으로 오는 길에 친구는 일간지 중 한 곳의 사무실을 잠깐 방문했다.

내 친구의 변덕이 다양하다고 언급한 바 있는데 그렇기에 난 조심하며 그의 비위를 맞췄다. 그의 기질대로 친구는 다음 날 정오가 되기 전까지 살인에 관한 모든 대화를 거부했다. 그러다 갑자기 그 잔혹한 현장에서 뭐든 특별한 것을 발견했는지 내게 물어 왔다.

이유는 모르겠지만 '특별한'이란 단어를 강조하는 그의 태도에는 몸을 떨게 만드는 무엇이 있었다.

"아니, 전혀." 내가 말했다. "최소한 신문에 나온 것 이상은 전혀 보질 못했네."

"「가제트」는," 그가 대답했다. "유감스럽게도 이 사건에서 특이한 공포를 눈치채지 못했어. 이 신문의 쓸모없는 의견은 무시하자고. 사건을 쉽게 해결할 수 있다고 여기게 하는 바로 그 이유 때문에 이 미스터리가 풀리지 않는다고 난 생각해. 내 말은 이 사건의 특징이 과격한 성향을 띠고 있다는 거지. 경찰은 외견상으로 동기가 없어 보이기 때문에 당황하고 있네. 살인 그 자체가 아니라 살인의 잔혹함 말이야. 또한 살해

에드거 앨런 포

당한 레스파나에 양 외에는 위층에서 아무도 발견되지 않았기 때문에 싸우는 것처럼 들렸다는 목소리들을 설명할 방법이 없어서 당황하고 있어. 올라오는 사람들에게 들키지 않고 빠져나갈 수 있는 수단이 전혀 없었으니까. 아주 난장판이 된 방. 머리가 아래쪽으로 향한 채 굴뚝에서 위로 끌어 올려진 시체, 끔찍하게 훼손된 노부인의 몸. 내가 방금 언급한 것과 언급할 필요가 없는 다른 것들과 함께, 이런 생각들이 그 영민함을 뽐내던 정부 요원들을 완전히 당황스럽게 만들고 마비시키는 데 충분했지. 그들은 평범하지 않은 것과 난해한 것을 혼동하는 총체적이지만 흔한 오류에 빠진 거야. 하지만 진리를 찾는 탐색에 있어, 가능하기만 하다면, 즉 이성이 더듬어 앞으로 나아가기 위해선 바로 이런 평범한 평면에서 벗어나야 해. 지금 우리가 실행 중인 수사 같은 경우엔 '무슨 일이 일어났는가'보다 '전에 결코 일어난 적 없던 무슨 일이 일어났는가'를 질문해야 하네. 사실 내가 도달하게 될, 혹은 이미 도달한 이 미스터리의 해결에 있어 그 해결 방식의 용이함은 경찰 눈으로 볼 때의 표면적인 불가해성에 정확히 비례한다고 할 수 있지."

놀란 내가 뒤팽을 말없이 쳐다봤다.

"난 기다리는 중이야." 방문을 향해 시선을 돌리며 그가 말을 이어갔다. "비록 이 학살의 가해자는 아닐 수 있지만 어느 정도는 분명 가해자와 연루돼 있음에 분명한 어떤 사람을 말이네. 발생한 범죄에서 가장 나쁜 부분은 그가 무죄일 가능성이 있다는 거야. 난 이 가정이 맞길 바라네. 수수께끼 전체를 푸는 데 있어 내 예측이 이 가정에 기반을 두고 있어서지. 난 여기 이 방에서 이제나저제나 그 남자를 찾고 있네. 오지 않을 수도 있지만 올 가능성도 있어. 만약 그가 오면 붙들어놓을 필요가 있네. 여기 권총이 있어. 써야 할 경우가 생길 경우 어떻게 사용해야 하는지 우린 둘 다 알고 있지."

뒤팽이 흡사 독백하듯 말을 이어갈 때 나는 내가 뭘 하는지도 거의 모르는 채, 혹은 무엇을 들었는지 생각도 하지 않고 권총을 손에 쥐었다. 이런 상황에서의 뒤팽의 난해한 태도에 대해 이미 말한 적 있다. 그의 말은 나를 향한 것이었으나, 비록 결코 크진 않아도 그 목소리는 흔히 아주 멀리 떨어진 누군가를 향해 말할 때 사용되는 억양이었다. 무표정한 그의 눈은 오직 벽만 응시했다.

"싸우는 듯했다던 목소리들," 그가 말했다. "2층에 올라갔던 사람들이 들었던 그 목소리들은 여자 자신들의 목소리가 아니었고 이는 증언에 의해 충분히 입증됐네. 이로써 노부인이 처음에 딸을 죽이고 이후에 자살한 것인가 하는 질문에 관한 모든 의문이 사라지지. 나는 주로 범행 수법 때문에 이점에 대해 말하는 거야. 왜냐하면 레스파나에 부인의 힘은 발견된 것처럼 딸의 시체를 굴뚝 위로 밀쳐 올리기에는 그야말로 적절하지 않거든. 그리고 그녀 자신이 지닌 상처의 특성상 자살 가능성은 전혀 없어. 그렇다면 살인은 제3자들에 의해 저질러진 것이고, 이 3자의 목소리들이 바로 싸우는 것으로 들렸던 목소리들이지. 그럼 이 목소리들에 대한 모든 증언들이 아니라 그 증언에서 특이했던 점이 무엇이었는지 언급해 보겠네. 이것과 관련해서 뭔가 특별한 점을 보지 못했나?"

나는 비록 모든 증인이 그 거친 목소리가 프랑스인의 목소리였다고 가정하는 데는 동의했지만 그 날카로운, 혹은 누군가 이름 붙였듯이 그 거슬리는 목소리에 대해선 의견 차이가 많았다는 점을 언급했다.

"그 자체가 증거였지." 뒤팽이 말했다. "하지만 그것이 증거의 특이함은 아니야. 자넨 어떤 특별한 것도 관찰하지 못했어. 그럼에도 관찰해야 할 뭔가가 있었네. 자네 말대로 증인들은 거친 목소리에 대해서는 일치했네, 만장일치였지. 하지만 날카로운 목소리와 관련해서 특이한 점은 증인들이 일치하지 않았다는 게 아니라 이탈리아인, 영국인, 스페인인, 네덜란드인, 그리고 프랑스인이 그것을 설명하려고 시도할 때 각자 모두 외국인의 목소리라고 했다는 데 있어. 각자는 그것이 자기와 같은 나라 사람의 소리가 아니었다는 걸 확신했지. 각자는 그것을 자신이 정통한 언어를 쓰는 어떤 나라의 개인 목소리에 비유하는 것이 아니라 그 반대로 비유했네. 프랑스인은 스페인 사람의 목소리라고 가정했는데 '만약 그가 스페인어에 익숙했다면 몇 단어들은 알아들었을지도 모른다'라고 했지. 독일인은 프랑스인의 목소리라고 주장했지만 우린 그가 프랑스어를 이해하지 못해서 조사가 통역을 통해 이뤄졌다는 사실을 알고 있어. 영국인은 독일인의 목소리라고 생각했지만 독일어를 이해하지 못했네. 스페인 사람은 영국인의 목소리라고 '확신'하지만 전적으로 억양에 의해 판단했지. 왜냐하면 영어에 대한 지식이 전혀 없기 때문이야. 이탈리아 사람은 러시아인의 목소리라고 했지만 러시아 태생의 사람과는 한 번도 대화한 적이 없어. 더욱이 두 번째 프랑스인은 첫 번째 프랑스인과 달라서 이탈리아인의 목소리라고 생각했지만, 스페인 사람처럼 그 언어에 대해 알지 못하기 때문에 '억양에 의해 확신한다'라고 했네. 자, 이와 같은 증언들을 끌어낼 수 있는 그 목소리는 정말이지 얼마나 이상할 정도로 독특한가! 심지어 유럽의 거대한 다섯개 지역에 사는 주민들조차 그 어조에서 익숙한 무엇도 분간해 내질 못하다니! 자네는 아시아인, 아프리카인의 목소리라고 말할지도 몰라. 아시아 사람이든 아프리카 사람이든 파리엔 많지 않으니까. 하지만 난 그 추론을 부인하지 않으면서 단지 자네가 세 가지 요점에 주목하길 요청하네. 한 증인이 그 목소리를 '날카롭기보다는 거슬렸다'라고

에드거 앨런 포

표현했다는 것. 다른 두 명이 '재빠르고 동일하지 않았다'라고 말했다는 것. 어떤 증인도 분간할 수 있는 단어였다고— 단어를 닮은 소리였다고— 증언하지는 않았다는 것."

뒤팽이 계속해서 말했다. "자네를 이해시키는 데 지금까지 내가 어떤 인상을 남겼는지 모르겠군. 하지만 자신 있게 말할 수 있는 건, 심지어 거칠고 날카로운 목소리에 관한 증언의 정당한 추론 그 자체만으로도 어떤 의혹을 불러일으키기에 충분하며, 이 의혹은 미스터리 수사를 계속 진행하는 데 있어 방향을 제시해 주고 있다는 거네. '정당한 추론'이라고 말하긴 했지만 내가 뜻하는 바는 이 정도로는 충분히 표현되지 않아. 이 추론이 유일하게 적절한 추론이고, 그 의혹은 적절한 추론의 유일한 결과물로서 불가피하게 제기될 수밖에 없음을 암시하고자 했네. 하지만 의혹이 무엇인지 당장은 말하지 않을 거야. 난 그저 내가 방과 관련해 품었던 질문에 대해 이 부분이 어떤 분명한 형태, 어떤 특정한 경향을 제시해 주기에 충분했음을 자네가 명심해 주길 바랄 뿐이네.

그럼 이제 이야기를 방으로 돌려 상상을 펼쳐 보기로 하세. 우선 우린 여기서 뭘 찾아야 할까? 살인자들이 선택한 도주 수단 말이네. 우리 둘 다 초자연적인 현상을 믿지 않는다고 말해도 지나치진 않겠지? 레스파나에 모녀는 유령에게 살해당한 게 아니야. 범인은 물질적인 존재이고 물질적인 방법으로 도망을 쳤지. 그렇다면 어떻게? 다행히도 이 점에 대해 추리할 때 오직 한 가지 방법만이 있고 그 방법은 반드시 우리를 정확한 결말로 이끌어야 하네. 도망칠 수 있는 가능한 수단을 하나하나 따져 보기로 하세. 사람들이 계단을 올라갈 때, 범인들이 레스파나에 양이 발견된 방 혹은 최소한 인접해 있는 방에 있었다는 건 확실해. 그렇다면 우리는 오직 이 두 방에서 문제점들을 찾아야 하네. 경찰은 바닥, 천장, 벽의 벽돌들을 사방으로 다 드러나게 했지. 그 어떤 비밀스러운 일도 경찰 눈을 벗어나지 못했을 거야. 하지만 난 그들의 눈을 믿지 않고 나 자신의 눈으로 조사했네. 그러고 나니 비밀스러운 일이란 전혀 없었어. 방에서 복도로 이어지는 두 개의 문모두 열쇠가 내부에 있는 채 안으로부터 단단히 잠겨 있었지. 그럼 굴뚝에 대해 이야기해 보기로 하세. 이 굴뚝들은 난로위에서 8피트 내지 10피트까지는 보통 넓이지만 전체에 걸쳐서는 커다란 고양이조차 통과시키지 못해. 따라서 도주가 불가능하다는 사실엔 의심의 여지가 없으니 이제 창문만 보면되네. 앞방 창문의 경우 거리에 있는 사람들에게 들키지 않고는 누구도 탈출할 수 없어. 그렇다면 살인자는 분명 뒷방 창문을 통해 나갔을 거야. 자, 지금 우리처럼 이토록 명백하게 이런 결론에 도달했다면, 외관상의 불가능함 때문에 이 결론을 거부하는 건 논리적인 사람들인 우리가 취할 바가 아니지.

에드거 앨런 포

이러한 외관상의 '불가능함'들이 실제로는 그렇지 않음을 증명하는 것만이 우리에게 남겨졌을 뿐이야.

방에는 두 개의 창문이 있어. 그중 하나는 가구에 가로막혀 있지 않고 완전히 눈에 보여. 다른 창문의 아래 부분은 벽 가까이에 붙은, 그 다루기 어려운 침대 틀의 머리 부분에 의해 시야에서 가려져 있지. 완전히 눈에 보이는 창문을 확인해 보니 안에서부터 단단히 잠겨 있었네. 그걸 애써 들어 올리려는 최대한의 힘도 견뎌 냈어. 창문틀 왼쪽에 커다란 나사 송곳용 구멍이 뚫려 있었고, 그 안에는 튼튼한 못이 거의 머리만 보이게 박혀 있는 것이 발견됐네. 다른 창문의 경우에도 유사한 못이 유사한 방식으로 박혀 있었는데 이 새시의 창을 들어 올리려고 무진 애를 써도 실패했어. 이제 경찰은 이 방향으로는 도주하지 않았다는 것에 전적으로 만족했네. 그렇기 때문에, 굳이 그 못을 빼고 창문을 열 필요까지는 없다고 생각했어.

내 조사 방식은 다소 꼼꼼했고 그건 내가 방금 제시했던 이유 때문이야. 왜냐하면 당시 난 모든 외관상의 불가능함들이 실제로는 그렇지 않음을 반드시 증명해야 한다는 걸 알고 있었거든.

나는 실제적인 관찰에 입각해 생각을 진행시켰네. 살인자는 이 창문 중 하나를 통해 빠져나갔음에 틀림없어. 조인 채 발견된 그대로 범인들은 새시 창을 안에서 다시 조일 수가 없었고, 이 지역 경찰은 이 명백한 사실을 고려해 면밀히 조사하지 않은 거야. 역시 그 새시 창은 조여져 있었네. 그렇다면 범인들은 자신들 스스로 조일 수 있는 힘을 가져야만 하지. 이 결론을 벗어날 수는 없어. 나는 가로막히지 않은 창문으로 가서 다소 힘들게 못을 빼낸 후 새시 창을 들어 올리려 했네. 갖은 애를 써도 열리지 않았지만 이는 예상했던 바였지. 못에 관해 여전히 의심스러운 구석이 있긴 했지만 숨겨진 스프링이 있는 게 틀림없다는 걸 알게 됐고, 내 생각을 확증해 주는 이 사실에 적어도 내 가정은 옳았다고 확신했어. 신중히 조사해 곧 숨겨진 스프링을 찾았네. 스프링을 누른 후 난 발견에 만족하고 구태여 새시 창은 들어 올리지 않았어.

못을 다시 제자리에 놓은 다음 난 못을 주의 깊게 바라봤지. 이 창문을 통해 나간 사람은 다시 닫을 수도 있었을 거야. 스프링이 창문을 잡아줬을 테니까. 하지만 못이 제자리로 돌아갈 수 있었을 리는 만무해. 결론은 명백했고 난 다시 내 조사의 범위를 좁혀 갔네. 살인범은 다른 창문을 통해 빠져나갔음에 틀림없어. 그렇다면 각 새시 창의 스프링이 똑같다는 충분히 타당한 가정 아래, 못 사이에 아니면 최소한 못의 고정 방식 간에 차이가 있어야만 하지. 난 침상 위로 올라가서 머리판 너머로 두 번째 창문을 자세히 넘겨다 봤네. 손을 머

에드거 앨런 포

리판 뒤쪽 아래로 내려보니 스프링을 쉽게 발견할 수 있어서 그걸 눌렀는데 예상대로 첫 번째 창문의 그것과 동일한 스프링이었지. 이제 못을 관찰했네. 다른 창문의 그것처럼 튼튼한 못이었고 외관상 똑같은 방식으로 거의 머리 부분까지 고정돼 있었어.

자넨 내가 당황했을 거라고 말하겠지만 만약 그렇게 생각한다면 자넨 귀납법의 본성을 오해한 것임이 틀림없어. 사냥 용어로 이야기하자면 난 한 번도 '냄새의 자취를 잃어 버린' 적이 없네. 그 냄새는 한순간도 잃어 버린 적이 없어. 사슬의 연결고리에 흠은 전혀 없었지. 난 궁극적인 결론을 향해 비밀을 추적했고 그 결과는 못이었네. 그 못은 모든 면에서 다른 창문에 있던 못과 같은 형태였지. (비록 결정적이라고 여겨질지 모르나) 하지만 이 사실은, 바로 여기서 못에 관한 단서를 풀어내 버린 고찰과 비교해 보면 그야말로 아무것도 아니었네.

난 생각했지. '이 못이 뭔가 잘못된 것임에 틀림없어.' 못을 건드렸더니 머리 부분이 약 4분의 1인치인 몸체와 함께 내 손가락에서 떨어져 나가더군. 나머지 부분은 나사송곳 구멍에 부러진 채로 남아 있었고. 오래전에 부러진 것이었고 (왜냐하면 부러진 곳 가장자리가 녹으로 덮여 있었거든) 망치의 타격으로 그렇게 된 것으로 보였는데, 그 망치가 못의 머리 부분을 새시 창 아래쪽 표면 위에 남겨 놓은 거야. 떼어 냈던 머리 부분을 원래 자리인 움푹한 곳에 조심스레 놓았더니 완벽한 못으로 보이더군. 금이 보이지 않았으니까. 스프링을 누르면서 새시 창을 몇 인치 정도 부드럽게 들어 올렸더니 못의 머리가 새시 창에 단단히 박힌 채 같이 따라 올라가더군. 창문을 닫자 전체 못의 외관은 다시 완전하게 됐고.

이제 수수께끼는 풀렸네. 살인범은 침대가 면해 있는 창문으로 도망간 거야. 범인이 나가자마자 (아마 고의로 닫았을지도 모르지만) 새시 창이 자동으로 떨어지면서 스프링에 의해 고정된 거지. 경찰은 스프링에 의해 고정된 것을 못에 의해 고정됐다고 잘못 안 거고 따라서 더 이상의 조사는 불필요하다고 생각했던 거네.

다음 질문은 어떻게 내려왔는가 하는 것이야. 이에 대해서는 자네와 건물 주변을 걷다가 의문을 풀게 됐네. 문제의 그 창문으로부터 약 5.5피트 정도 떨어진 곳에 피뢰침이 하나 뻗어 있더군. 창문 안으로 들어가는 건 말할 것도 없고 누구든 이 피뢰침에서 창문 자체에 도달하기가 불가능해. 하지만 관찰해 보니 4층에는 요즘엔 드물지만 리용이나 보르도의 오래된 저택에서 자주 볼 수 있는, 파리의 목수들이 페라데라고 부르는 특이한 종류의 덧문이 있더군. 이런 덧문은 (접히는 문이 아닌 하나로 된) 평범한 문처럼 생겼는데, 다만 절반 정도인 윗부분이 격자 형태 혹은 구멍 있는 격자로 만들어져 있어 손

에드거 앨런 포

으로 잡기에 딱 좋아. 지금 예로 들고 있는 덧문들은 완전히 열리면 그 폭이 3.5피트야. 우리가 집 뒤쪽에서 그것들을 봤을 때 두 개의 덧문 모두 약 반 정도가 열려 있더군. 다시 말해 벽에서 직각을 이루고 있었지. 나 말고 경찰 역시 아마 건물 뒤쪽을 조사했을 거야. 하지만 덧문의 폭을 쳐다봤다 하더라도 넓은 폭 그 자체를 알아차리지 못했거나 (분명 그랬을 거야) 아무튼 이를 제대로 고려하지 못했어. 사실 이곳으로 탈출하기란 불가능하다고 일단 스스로 납득하고 나면 자연스럽게 겉핥기식으로 조사하기 마련이거든. 하지만 침대 머리판이 있는 곳의 창문에 속한 덧문은 만약 벽 쪽으로 완전히 뒤로 젖혀지게 된다면 피뢰침으로부터 2피트 안쪽으로 들어오게 된다는 걸 난 분명히 알았네. 또 매우 범상치 않은 민첩성과 용기를 발휘한다면 피뢰침에서 창문으로의 진입이 가능할 수도 있다는 것 역시 분명했지. 2.5피트의 거리에 닿을 수 있다면 (지금 우리는 덧문이 완전히 열려 있다고 가정하고 있네) 강도는 격자로 된 곳을 단단히 잡을 수 있었을 거야. 그럼 이렇게 가정해 보세. 피뢰침을 붙잡고, 발을 단단히 벽에 붙이고 과감하게 뛰어오르는 거야. 그럼 아마 덧문을 닫을 수 있을 정도로 그것을 회전시킬 수 있었을 거고 만약 그때 창문이 열려 있었다고 한다면 심지어 자기 자신을 회전시켜 방 안으로 들어갈 수도 있었겠지.

그렇게 위험하고 어려운 묘기를 성공시키기 위해서는 매우 범상치 않은 민첩성이 필수라고 말했던 걸 특히 명심해 주길 바라네. 내 의도는 첫째, 이를 성공하는 것이 가능할지도 모른다는 점을 보여 주는 것, 그리고 더 중요하게는 둘째, 성취를 가능하게 하는 민첩성의 특이한, 그러니까 거의 초자연적인 성격을 자네가 이해할 수 있도록 강조하는 거야.

틀림없이 자네는 '내 의견을 진술하자면'이라는 식의 법률 언어를 사용하면서 이 문제에 요구되는 민첩성을 최대한으로 평가하기보다는 차라리 저평가 해야 한다고 말하겠지. 그것이 법의 관행일진 모르나 이성의 관례는 아니네. 나의 궁극적인 목적은 오직 진실이야. 나의 직접적인 목적은 방금 내가 말한 매우 범상치 않은 행위를 매우 특이한 날카로운 (혹은 거슬리는) 소리, 국적에 관해 누구도 의견이 같지 않고 발성에 있어서도 분절을 전혀 찾아내지 못하는 그 누구의 동일하지 않은 목소리와 연관시켜보도록 자네를 유도하는 거네."

이 말에 뒤팽이 의미하고자 하는 모호하고 어중간한 어떤 개념이 내 머리를 스치고 지나갔다. 나는 이해할 힘도 없으면서 곧 이해할 수 있을 듯한 느낌이 들었다. 마치 가끔 사람들이 결국엔 기억할 수도 없으면서 기억이 나려고 하는 상황에 처하는 것처럼. 친구는 이야기를 계속했다.

"알았을 거야." 그가 말했다. "내가 도주의 방법에서 진입의

에드거 앨런 포

방법으로 문제점을 옮겼다는 걸 말이네. 둘 모두 같은 방식으로, 같은 지점에서 이뤄졌다는 견해를 전달하려는 게 내 의도였네. 이제 방의 내부로 방향을 돌려 보세. 거기가 어떤 모습이었는지 살펴보자고. 비록 많은 옷들이 여전히 그 안에 있었지만 옷장의 서랍은 약탈 당했다고들 하네. 그 결론은 여기에선 불합리해. 그저 추측, 그것도 매우 어리석은 추측일 뿐 그 이상은 아니지. 서랍 안에서 발견된 것들이 원래 그 서랍이 담고 있던 전부가 아니라는 걸 우리가 어떻게 알지? 레스파나에 부인과 그녀의 딸은 매우 조용한 삶을 살았네. 사귀는 사람도 전혀 없고 외출도 거의 하지 않아서 갈아입을 옷이 많이 필요 없었지. 발견된 것들은 아무튼 이런 숙녀들이 소유할 법한 양질의 것들이었네. 만약 도둑이 무엇이라도 훔쳐 갔다면 왜 최고의 것을, 왜 전부를 가져가지 않았을까? 요컨대 왜 리넨으로 만든 몇 다발의 옷들로 자신을 귀찮게 하면서 4천 프랑어치의 금을 포기했을까? 금은 건드리지 않았네. 은행가인 미그노가 언급했던 거의 전체에 해당하는 금액이 바닥 위에 있던 가방 안에서 발견됐어. 따라서 나는 자네의 생각에서 동기라는 잘못된 생각을 제거하길 바라네. 그 집의 문으로 돈이 배달됐다고 말하는 증거 때문에 경찰의 머리 속에 생겨난 그 동기 말이야."

이것 (돈의 전달, 그리고 돈을 받은 측이 이로부터 사흘 안에 살해당하는 것) 보다 열 배나 주목할 만한 우연도 우리 모두에게 삶의 시간시간마다 찰나의 주목도 받지 못한 채 일어나고 있어. 일반적으로 우연이란 건 확률 이론에 대해 (가장 빛나는 설명력을 갖고 있어서 인류가 연구하는 가장 빛나는 대상들이 빛지고 있는 그 이론에 대해) 전혀 알지 못하도록 교육받은 계층의 사람들이 사고하는 방식에 엄청난 장애물로 작용하지. 지금의 예에서 만약 금이 사라졌다면 그 금이 사흘 전에 전달됐다는 사실은 우연 이상의 뭔가를 형성했을 거야. 동기라는 이런 생각을 확증해 주겠지. 하지만 지금과 같은 실제 상황에서, 만약 우리가 금을 이런 폭력의 동기로 가정한다면 우린 또한 가해자가 자신의 금과 동기를 함께 포기해 버린 우유부단한 멍청이라는 것 역시 가정해야만 해.

내가 자네의 주의를 끌었던 사항들, 즉 이처럼 두드러지게 잔혹한 사건에서의 특이한 목소리, 범상치 않은 민첩함, 그리고 당황스러운 동기의 부재를 단단히 염두에 두면서 살육 자체를 살펴보기로 하세. 여기 손의 힘에 의해 목 졸려 죽음에 이르게 됐으며 또 머리를 아래로 향한 채 굴뚝 위로 밀쳐 올려진 한 여자가 있네. 보통의 살인범이라면 이와 같은 살인 행태를 절대 선택하지 않아. 특히 살해된 사람을 이렇게 처리하지 않지. 시체를 굴뚝에서 위로 밀쳐 올린 방식에서 자네는 지나치게 과도한 무엇이 있었음을 인정할 거야. 범인을 가장 사악한 놈들이라고 가정한다 해도 인간 행동에 대한 우리의 일반적인 견해와 전적으로 양립하지 않는 뭔가를 말이야. 사람의 몸을 그런 구멍에 강제로 올릴 수 있으려면, 그래서 사람들 몇 명이 애써서 힘을 합쳐야만 간신히 끌어내릴 수 있을 정도라면 얼마나 대단한 힘이어야만 했는지 또한 생각해 봐!

이제는 가장 경이로운 힘이 사용된 다른 예시로 눈을 돌려 보세. 난로 위에는 회색의 두꺼운 사람 머리털, 아주 두꺼운 머리털이 있었지. 뿌리째 뽑힌 것들이었네. 스무 가닥 내지 서른 가닥의 머리털을 머리에서 한꺼번에 뽑아내는 데 실제로 얼마나 큰 힘이 필요한지 자넨 알 거야. 그 문제의 머리털을 나만 아니라 자네도 봤네. 그것들의 뿌리는 (참으로 끔찍한 광경이지만!) 두피의 살에서 나온 파편들로 응고돼 있었고, 이는 아마도 수많은 머리털을 한꺼번에 뽑아내는 데 드는 막강한 힘의 확실한 증거야. 노부인의 목은 그저 베인 것이 아니라 몸에서 완전히 분리돼 있었는데 도구는 그저 면도칼이었고 말이지. 난 자네가 이 행위에 나타난 짐승과 같은 포악함에도 주목하길 바라네. 레스파나에 부인의 몸에 있던 멍들에 대해선 말하지 않겠어. 뒤마와 그의 훌륭한 조수인 에티엔은 그것들이 어떤 둔기에 당한 것이라고 진술했고 지금까지 이 신사들은 매우 정확해. 침대 쪽 창문을 통해 희생자가 떨어졌던 그 뜰의 포장재용 돌이 분명히 둔기야. 아무리 단순해 보일지라도 이런 생각은 경찰을 비껴가고 말았네. 못의 상태 때문에 창문이 조금이라도 열려 있었을 가능성을 경찰이 완전히 놓쳐 버려 덧문의 폭이 그들을 비껴간 것과 똑같은 이유로 말이지.

이 모든 것들을 포함해 이제 자네가 그 방의 기괴한 무질서를 적절히 숙고해 본다면, 몹시 놀라운 민첩함, 초인간적인 힘, 짐승과 같은 포악함, 동기 없는 학살, 인간적인 것과는 절대적으로 유리된 기묘한 공포, 어조에 있어 여러 나라 사람의 귀에 외국어로 들리는 목소리, 그리고 명료하고 분명하게 음절 구분이 없었다는 것을 결합할 수 있는 지점에까지 우린 이르렀네. 그렇다면 어떤 결과가 예상되는가? 자네 생각에 내가 어떤 인상을 남겼나?"

뒤팽이 질문을 던졌을 때 난 몸이 떨려 옴을 느꼈다. "미친 사람," 내가 말했다. "미친 사람이 이 짓을 한 거야, 근처의 정신병원을 탈출한 제대로 미쳐 버린 사람이."

"어떤 면에서는," 그가 대답했다. "자네 생각이 타당하지 않다고 말할 순 없어. 하지만 심지어 최고도로 발작을 일으켰다 해도 미친 사람의 목소리는 계단에서 들렸던 그 특이한 목소리와 결코 부합하지 않아. 미친 사람도 어떤 나라에 소속돼 있고 그들의 언어는 아무리 앞뒤가 맞지 않다 해도 분절에 있어서는 항상 일관성이 있지. 그 밖에도 미친 사람의 머리털은 내가 지금 손에 들고 있는 이런 것들은 아니지. 난 레스파나에 부인의 꽉 움켜쥔 손가락에서 이 작은 머리카락 다발을 빼내 왔네. 어떤 생각이 드는지 말해 주겠나?"

"뒤팽!" 그야말로 당황한 내가 말했다. "정말 이상한데, 이건 결코 사람의 머리카락이 아냐."

"사람의 것이라고 단정하진 않았네." 그가 말했다. "하지만 이 점을 결정하기에 앞서, 내가 여기 이 신문에서 베낀 작은 그림을 봐 줘. 이건 레스파나에 양의 목에 대해 '검은색의 멍과 손톱으로 깊게 팬 자국'이라고 진술된 증언의 일부분과 (뒤마와 에티엔에 의한) 또 다른 증언인 '분명 손가락의 자국으로 보이는 일련의 검푸른 부위'에 관한 내용을 실제 크기로 본뜬 그림이야."

친구가 우리 앞의 테이블 위에 그 종이를 펼치며 말했다. "이 그림을 보면 손으로 단단하게 꽉 쥐었음을 알 수 있어. 미끄러진 자국은 전혀 없지. 각 손가락은 처음 누를 때의 그 무시무시한 악력을 아마도 희생자가 죽음에 이를 때까지 계속 지니고 있었네. 이제 자네의 모든 손가락을 보이는 각각의 자국에 동시에 갖다 대 봐."

시도해 봤지만 허사였다.

"아마 제대로 된 실험이 아닐 수도 있어." 그가 말했다. "종이는 평평한 표면 위에 펼쳐져 있지만 인간의 목은 원통형이지. 여기 나무로 된 토막이 있는데 원주가 목의 그것과 비슷해. 그림을 원통형 주변으로 감싸고 다시 실험해 봐."

다시 해봤지만 분명 전보다 더 어려웠다. "이건," 내가 말했다. "결코 사람의 손자국이 아냐."

"읽어 봐." 뒤팽이 대답했다. "키비에*의 글에 나오는 구절이네."

그것은 동인도 섬에 사는 커다란 황갈색 오랑우탄에 대해 해부학적으로, 또 일반적으로 서술한 짧은 설명이었다. 이 포유동물의 거인과 같은 키, 막대한 힘과 민첩성, 야생의 잔혹성, 그리고 모방 성향은 모든 이들에게 아주 잘 알려져 있다. 난 그 살인 사건의 완전한 공포를 단번에 이해했다.

"손가락에 관한 설명은," 다 읽고 난 후 내가 말했다. "이 그림과 정확히 일치해. 자네가 베낀 그림과 같은 자국을 찍을 수 있는 건, 여기 언급된 오랑우탄을 제외하곤 어떤 동물도 없을 거야. 이 황갈색의 털들도 키비에에 나오는 야수의 그것과 특성이 동일하고. 하지만 이 끔찍한 미스터리의 세부적인 내용들은 도저히 이해가 안 돼. 게다가 싸우는 듯한 두 개의 목소리가 있었고 그중 하나는 분명히 프랑스인의 목소리였지."

"사실이야. 그리고 자넨 거의 만장일치로 그 목소리에서 나

* Georges Cuvier(1769-1832). 프랑스의 박물학자.

왔다고 증거가 거론했던 표현을 기억할 거야. '하느님 맙소사!'라는 표현 말이네. 이런 사정을 고려해 볼 때 증인 중 한 명이 (제과점 주인인 몬타니) 이를 타이르거나 훈계하는 표현이라고 그 정확한 특징을 드러내 줬지. 따라서 난 수수께끼를 완전히 해결하겠다는 희망을 주로 이 두 단어에 걸었네. 프랑스인은 살인을 알고 있었던 거야. 아마도, 아니 진정 그 이상으로 훨씬, 그 잔인한 사건과 관계된 모든 것에 무죄였을 거야. 오랑우탄이 그에게서 탈출했을지도 모르지. 그는 방까지 오랑우탄을 추적했겠지만 뒤이어 벌어진 엄청난 상황 때문에 결코 다시 잡을 수 없었을 거고. 오랑우탄은 여전히 도망 중이고 말이네. 난 이런 추측들에 (그 이상으로 간주할 정당함이 내게 전혀 없기에 추측이라고 하겠네) 깊이 빠져들지 않을 거야. 왜냐하면 추측들에 깔린 논리가 내 지성이 인정할 만큼 충분히 깊지 않기 때문이고, 또한 다른 사람에게 분명히 이해시킬 수 없었기 때문이야. 우린 이를 추측이라고 부를 것이니 그렇게 말하도록 하세. 만약 문제의 프랑스인이 내가 가정한 대로 이 잔인한 사건에서 정말 무죄라면, 지난밤 집으로 돌아오는 길에 (해운업자의 이해관계를 많이 다루고 선원들이 많이 읽는) 「르몽드」지 사무실에 내가 남겼던 이 광고를 보고 우리가 사는 곳으로 올 거야."

그는 다음과 같이 적힌 종이 한 장을 내밀었다.

포획, 보 데 볼로 지역에서 모월 모시에 (살인이 일어났던 오전) 포획함. 매우 큰 황갈색의 오랑우탄으로 보르네오 종임. 충분히 확인한 후 포획과 유치에 따른 약간의 비용을 지불하기만 하면 (몰타 선박 소속의 선원으로 확인되는) 소유주는 이 동물을 다시 갖게 될 것임. 전화번호: ×××-××××, ○○가, 포보생 제르망, 3층.

내가 물었다. "아니 그자가 선원이고 또 몰타 선박에 소속돼 있다는 걸 자네가 어떻게 알 수 있나?"

"난 정말 몰라," 뒤팽이 말했다. "그걸 확신하지 않아. 하지만 여기 작은 리본이 하나 있네. 형태나 기름기 있는 외관으로 보아 분명 선원들이 좋아하는 길게 땋은 머리 중 하나를 묶는 데 사용된 거야. 더욱이 이 매듭은 선원들 외에는 거의 매지 않는 매듭이고 몰타인들에게 특별한 것이네. 난 이 리본을 피뢰침 받침대에서 주웠지. 사망한 두 사람의 것일 리는 없어. 만약 이 리본으로부터 유도한 내 생각, 즉 그 프랑스인이 몰타 선박에 소속된 선원이라는 생각이 결국엔 틀렸다 해도 그 광고에서 내가 했던 말이 해가 될 리는 전혀 없네. 하지만 만약 내가 옳다면 아주 중요한 사실을 얻게 되지. 비록 살인 사건에서 무죄임을 알고 있다 해도 그 프랑스인은 광고에 회신을 해야 하는지 당연히 망설일 거야. 오랑우탄을 요구하는

에드거 앨런 포

것 말이네. 그리고 이렇게 결론 내릴 거야. '난 무죄다. 난 가난하다. 내 오랑우탄은 큰 가치가 있다. 나 같은 처지의 사람에겐 자체로 큰 재산이다. 왜 내가 한가하게 위험에 대한 걱정 때문에 오랑우탄을 잃어 버려야 하지? 그것이 여기 있다, 내 손아귀에. 그것은 살육의 현장에서 아주 멀리 떨어져 있는 보데 볼로에서 발견됐다. 야만적인 짐승이 그런 짓을 했다고 어떻게 의심받을 수 있겠는가? 경찰은 어찌할 바를 모르고 사소한 단서도 잡는 데 실패했다. 혹시 그들이 동물을 추적한다고 해도 내가 살인을 알고 있다고 증명하거나, 혹은 그 인지를 이유로 나를 유죄에 연관시키는 것은 불가능하다. 무엇보다 나는 알려져 있다. 광고를 낸 사람은 나를 그 짐승의 소유주로 지목하고 있다. 그가 어디까지 알고 있는지 난 확신하지 못한다. 만약 내가 소유하고 있는 것으로 알려져 있는 그토록 가치 있는 재산에 대한 권리를 주장하지 않는다면, 최소한 그 동물을 의심하게 만드는 셈이다. 대상이 나 자신이든 그 짐승이든, 관심을 끌게 하는 것은 내가 취할 바가 아니다. 광고에 회신하고, 오랑우탄을 회수하고, 이 문제가 사그라질 때까지 비밀에 부칠 거야.'"

이때 계단에서 발자국 소리가 들려왔다.

"준비하게." 뒤팽이 말했다. "권총 말이야. 하지만 내가 신호를 줄 때까지는 사용하거나 보여 주지 말게."

집의 앞문은 열린 상태였고 방문객은 초인종을 울리지도 않고 들어와서 계단 쪽으로 몇 걸음 걸어왔다. 하지만 이제 그는 망설이는 듯했다. 곧 내려가는 소리가 들렸다. 뒤팽이 재빨리 문 쪽으로 이동했을 때 다시 올라오는 소리가 났다. 그는 두 번 돌아가진 않았고 단호히 계단을 걸어 올라와 방문을 가볍게 두드렸다.

"들어오세요." 활기차고 다정한 어조로 뒤팽이 말했다.

한 남자가 들어왔다. 얼굴에 나타나는 분명한 저돌성과 전적으로 나쁘지만은 않은 인상에 큰 키와 건장함과 근육질로 보이는 몸, 그는 분명 선원이었다. 햇볕에 몹시 그을린 얼굴은 구레나룻과 콧수염으로 반 이상이 가려져 있었다. 오크나무로 만든 커다란 곤봉을 갖고 있긴 했지만 달리 무장하진 않은 듯했다. 그는 어색하게 고개를 숙이고는 "안녕하십니까." 하고 프랑스 억양으로 인사를 건넸는데 다소 부드럽긴 했지만 그럼에도 파리 태생임을 충분히 드러내고 있었다.

"앉으세요, 친구여." 뒤팽이 말했다. "오랑우탄 때문에 오셨죠? 정말이지 그런 동물의 소유주라니 부럽군요. 대단히 멋지고 의심할 것 없이 아주 귀중한 동물이죠. 몇 살이나 됐죠?"

견딜 수 없는 부담을 덜어 낸 사람의 분위기를 풍기며 선원이 긴 숨을 내쉬고는 보다 자신 있는 어조로 이렇게 대답했다.

"잘 모르지만 많다 해도 네댓 살이죠. 여기에 있습니까?"

　　　　　　　　에드거 앨런 포

"아뇨, 여긴 오랑우탄을 가둘 만한 시설이 없어요. 그놈은 근처인 드부르가의 쾌적한 마구간에 있죠. 오전이면 만날 수 있어요. 물론 알아볼 순 있겠죠?"

"물론 그렇습니다, 선생님."

"녀석과 헤어져야 하다니 유감이군요." 뒤팽이 말했다.

"이렇게 고생하셨는데 아무 대가도 없어서는 안 되겠죠." 그 남자가 말했다. "그럴 순 없습니다. 동물을 찾아 주신 대가로 기꺼이 보상해 드릴 생각입니다. 그러니까 적절한 보상 말입니다."

"어," 친구가 대답했다. "물론 그래야 아주 공정하겠죠. 가만 보자! 제가 뭘 받으면 좋을까요? 그래! 말씀드리죠. 제가 받을 보상은 이거면 돼요. 모르그가의 살인 사건에 대해 당신이 알고 있는 모든 정보를 저에게 주셨으면 합니다."

뒤팽은 모르그가란 단어를 아주 낮은 톤으로, 그리고 아주 조용히 말했다. 또 역시 아주 조용히 문을 향해 걸어가서는 문을 잠그고 열쇠를 주머니에 넣었다. 이어 가슴속 품에서 권총을 꺼내 조금의 동요도 없이 테이블 위에 내려놓았다.

선원의 얼굴이 마치 질식하지 않으려고 버둥거리는 사람처럼 확 붉어졌다. 그는 발치를 쳐다보다가 곤봉을 꽉 움켜쥐었으나, 다음 순간 죽음 그 자체 같은 낯빛을 하고 몸을 격렬히 떨면서 자리에 다시 주저앉았다. 그는 한 마디도 하지 않았다.

난 진심으로 그가 불쌍했다.

"친구여," 부드러운 어조로 뒤팽이 말했다. "불필요하게 겁먹고 있군요. 정말 그래요. 우린 해를 끼칠 생각이 조금도 없습니다. 신사와 프랑스인의 명예를 걸고 당신에게 손해를 끼칠 의도가 없음을 맹세합니다. 당신이 모르그가에서 일어난 학살에 죄가 없음을 아주 잘 알고 있어요. 하지만 그렇다고 당신이 그 사건과 어느 정도 연루돼 있음을 부인하는 건 아닙니다. 제가 이미 말한 것들로 미루어 당신은 제가 이 문제와 관련된 정보를 갖고 있음을, 당신은 꿈에도 생각 못할 수단을 갖고 있음을 알아야만 합니다. 자, 상황은 이렇습니다. 당신은 회피할 만한 아무 것도 하지 않았어요. 분명 당신을 유죄로 만들 수 있는 그 무엇도 하지 않았죠. 심지어 강도질도 안 했어요. 처벌받지 않고 훔칠 수 있었는데 말이죠. 숨길 건 아무 것도 없습니다. 숨겨야 할 이유가 전혀 없죠. 반면 당신은 당신이 알고 있는 전부를 고백해야 할 모든 명예로운 원칙에 구속됩니다. 죄 없는 사람이 당신이 가해자를 밝힐 수 있는 범죄로 기소되어 지금 감옥에 있으니까요."

뒤팽이 이렇게 말하는 동안 선원은 침착성을 상당히 되찾았지만 처음 보였던 대담함은 완전히 사라지고 없었다.

"신이여, 저를 도와주소서!" 짧은 침묵 후에 그가 말했다. "이 사건에 대해 알고 있는 모든 걸 말할 겁니다. 하지만 당신

에드거 앨런 포

이 내 말을 절반이라도 믿어줄 거라 기대하진 않아요. 정말 기대한다면 제가 바보일 겁니다. 그럼에도 불구하고 저는 무죄이며, 비록 그 대가로 죽게 된다 해도 깨끗이 자백하겠습니다."

그가 말했던 실질적인 내용은 다음과 같다. 그는 최근 인도 군도로 항해를 떠났다. 일행은 보르네오에 도착했고 재미삼아 내부 지역으로 탐험을 떠났다. 그리고 동료 한 명과 함께 그 오랑우탄을 포획하게 됐다. 동료는 세상을 떠나서 오랑우탄은 선원의 독차지가 되었다. 포로로 잡은 다루기 힘든 포악한 짐승 때문에 큰 고생을 하면서, 선원은 마침내 오랑우탄을 자신이 사는 파리의 거주지로 무사히 데려가는 데 성공했다. 그곳에서 자신을 향한 이웃의 불쾌한 호기심을 끌지 않기 위해, 화물선에서 가시로 발에 입은 상처가 아물 때까지 오랑우탄을 주의 깊게 분리했다. 선원의 최종적인 목표는 오랑우탄을 파는 것이었다.

살인 사건이 일어났던 그 밤 혹은 새벽에, 선원들과 술을 마신 후 돌아온 그는 인접한 별실에 안전하게 가뒀다고 생각했던 오랑우탄이 자신의 침대에 난입해 이를 차지하고 있는 모습을 목격하게 됐다. 오랑우탄은 비누 거품을 잔뜩 묻힌 채 면도칼을 손에 들고는 면도하려는 것처럼 거울 앞에 앉아 있었는데, 의심할 바 없이 그전에 별실의 열쇠 구멍을 통해 주인을 지켜봤던 것이다. 그토록 위험한 무기가 그토록 포악한 동물의 손에 들어가 있고 이를 잘 쓰고 있는 광경에 경악한 그는 어찌해야 할지 몰라 잠시 당황했다. 하지만 아주 사나울 때조차 채찍을 사용해 동물을 진정시키는 데 익숙했기에 이번에도 그렇게 하기로 했다. 채찍을 본 오랑우탄은 즉시 방의 문을 통과해 계단을 내려가서는, 불행히도 마침 열려 있던 창문을 통해 껑충 뛰쳐나갔다.

프랑스인은 절망한 채 오랑우탄의 뒤를 따랐다. 여전히 면도칼을 손에 쥔 오랑우탄은 선원이 거의 따라잡을 때까지 가끔 멈춰 서서 선원을 뒤돌아보고 몸짓을 해댔다. 이어 오랑우탄은 다시 다급히 도망쳤다. 이런 식으로 추격전은 오랫동안 이어졌다. 새벽 3시였기에 거리는 무척이나 조용했다. 모르그가의 뒤쪽 골목을 지나치던 오랑우탄은 레스파나에 부인 집 4층 방의 열린 창문에서 흘러나오는 빛에 관심이 쏠렸다. 그 건물을 향해 달리다가 피뢰침을 발견하고는 상상도 할 수 없는 민첩함으로 피뢰침을 기어 올라가서 벽 쪽으로 한껏 젖혀져 있던 덧문을 움켜쥐고 그것의 회전을 이용해 침대 머리판 위로 곧장 건너갔다. 이 모든 일에 1분도 채 걸리지 않았다. 덧문은 방으로 들어가던 오랑우탄의 발길질에 의해 다시 열렸다.

그러는 동안 선원은 기쁘기도 하고 당황하기도 했다. 피뢰침을 제외하면 오랑우탄은 자신이 뛰어든 함정에서 탈출하기가 거의 힘들었으므로, 피뢰침을 통해 내려오는 오랑우탄을 붙잡을 수도 있겠다는 강한 희망이 생겼다. 반면 그 집에서 무슨 짓을 할지 대단히 걱정스러웠다. 이런 걱정 때문에 선원은 도망자를 조용히 뒤쫓았다. 선원이었기에 피뢰침을 오르기는 그리 어렵지 않았지만 그의 왼쪽으로 멀리 떨어져 있던 창문의 높이에 도달하자 거기서 멈춰야 했다. 기껏 할 수 있었던 일은 방의 내부를 엿볼 수 있는 곳까지 도달하는 것뿐이었다. 방을 엿보던 그는 너무 무서워서 잡고 있던 피뢰침에서 거의 떨어질 뻔했다. 모르그가의 주민들을 잠에서 깨게 만들었던 소름 끼치는 비명이 울려 퍼졌던 것은 바로 이때였다. 잠옷을 입은 레스파나에 부인과 그녀의 딸은 앞서 언급했던 금속으로 된 금고를 바퀴를 이용해 방 한가운데로 이동시켜 안에 있던 몇몇 서류들을 정리하느라 바빴던 것으로 보였다. 금고는 열려 있었고 안에 들어 있던 것들은 금고 옆 바닥 위에 놓여 있었다. 희생자들은 벽을 등진 채 앉아 있었음에 틀림없었고, 동물이 방으로 들어간 때부터 비명 소리까지 걸렸던 시간을 고려할 때 동물을 즉각 감지하지 못했을 가능성이 있다. 덧문이 펄럭거렸던 것은 당연히 바람 때문이었다.

선원이 안을 들여다봤을 때 거대한 동물은 레스파나에 부인의 머리털을(빗질을 했기 때문에 풀려 있는 상태였다) 꽉 붙잡고는 이발사의 동작을 흉내 내며 그녀의 얼굴 주변으로 면도칼을 휘둘렀다. 딸은 엎드린 채 움직이지 않았는데 까무러쳤기 때문이다. 노부인의 비명과 반발은 (그러는 동안 노부인의 머리카락이 머리에서 뜯겼다) 아마도 평화로운 오랑우탄의 목적을 분노로 바뀌게 하는 효과를 냈을 것이다. 근육질의 한쪽 팔을 단호히 휘둘러 동물은 노부인의 머리를 몸에서 거의 분리시켰다. 피를 보게 되자 오랑우탄의 분노는 광란으로 타올랐다. 이를 뿌드득 갈고 눈에 불꽃을 튀기면서, 오랑우탄은 딸의 몸 위로 훌쩍 날아가서는 그 무서운 발톱을 목에 꽂아 잡고 그녀가 숨을 거둘 때까지 놓지 않았다. 정처없이 여기저기로 헤매던 오랑우탄의 시선이 그 순간 침대의 머리판으로 향했고, 공포로 얼어붙은 주인의 얼굴이 그 머리판 위쪽으로 얼핏 보였다. 의심의 여지 없이 무서운 채찍을 기억하고 있는 오랑우탄은 즉시 분노가 아닌 공포에 사로잡혔다. 마땅히 벌을 받을 것 같다는 생각이 들자 잔인한 짓을 숨기고 싶어 하는 듯, 가구를 내치거나 박살내고 침대를 침대 틀에서 뜯어버리는 등 잔뜩 겁먹어 괴로워하며 방에서 뛰어다녔다. 마지막으로, 오랑우탄은 먼저 딸의 시체를 붙잡아 (발견된 모습 그대로) 굴뚝에 처박아 위로 밀쳐 올렸으며, 이어 노부인의 시체는 즉각 창문을 통해 거꾸로 내던져 버렸다.

오랑우탄이 훼손된 시체를 들고 창틀로 다가올 때 선원은 혼비백산하여 피뢰침에 납작 붙어 있다가 기어 내려온다기보다는 미끄러지다시피 내려와 황급히 집으로 갔다. 학살의 결과에 몸을 떨면서, 그리고 오랑우탄의 운명에 대한 걱정 따위는 공포에 질려 기꺼이 내팽개친 채로. 계단에 있던 사람들이 들었던 소리는 악마 같은 야수의 꺅꺅거리는 소리와 한데 뒤섞인, 두려움과 공포에서 나오는 프랑스인의 절규였던 것이다.

내가 덧붙일 것은 거의 없다. 오랑우탄은 문을 부수기 바로 직전에 피뢰침을 타고 방에서 탈출했음에 틀림없다. 창문을 통과할 때 이를 닫았음이 분명하다. 오랑우탄은 이후 자신을 판 대가로 파리 식물원으로부터 큰 돈을 벌게 된 주인에게 붙잡혔다. (뒤팽의 몇 가지 설명을 곁들여) 우리가 파리 경찰 대표의 사무실에서 상황에 대해 설명하자 르 봉은 즉각 풀려났다. 아무리 내 친구에게 호의를 갖고 있다 해도 경찰 대표는 사건 전모에 원통함을 완전히 감출 수 없어, 사람들은 모름지기 자기 일에나 신경 써야 하는 법이라면서 한두 마디 빈정거렸다.

"말하게 내버려 둬." 대답할 필요가 없다고 생각한 뒤팽이 말했다. "이야기하게 그냥 둬, 그래야 양심이 편할 테니까. 난 그의 성에서 그를 물리친 것에 만족해. 어쨌든 그가 이 미스터리를 해결하는 데 실패했다는 건, 그가 이를 결코 기이한 사건으로 여기지 않았다는 뜻이거든. 왜냐하면 정말이지 우리의 친구인 그자는 심오하다기엔 너무 노련하니까 말이네.

매우 중요한 것이 그의 지혜에는 없어. 머리만 있고 몸은 없는 거지. 라베르나* 여신의 그림처럼 말이야. 아니면 기껏해야 머리와 어깨만 있는 거야. 대구처럼. 하지만 그는 결국 훌륭한 피조물이네. 난 그가 재주 있다는 명성을 얻게 된, 위선적인 말을 절묘하게 하는 솜씨 때문에 특히 그를 좋아해. 그러니까 '존재하는 것을 부인하고 존재하지 않는 것을 설명하는' (루소의 소설인 『신엘로이즈La Nouvelle Heloise』에 나오는 구절: 작가의 주) 그의 방식 말이네."

---

* Laverna. 도둑과 부정직한 자들의 여신인 라베르나는 대개 몸통 없이 머리로만 묘사된다.

도둑맞은 편지

너무 날카로운 예리함보다

진정한 지혜가 더 혐오하는 것은 없다.

_세네카

1800년대 파리에서의 어느 가을, 바람이 거셌던 어두운 저녁이 지난 후 나는 친구인 C. 오거스트 뒤팽과 함께 생제르맹 구역의 두노가 33번지에 있는 그의 작고 오래된 서재, 혹은 작은 책방에서 명상과 담배 파이프라는 두 개의 호사를 누리는 중이었다. 우린 최소 1시간 동안 심오한 침묵에 빠져 있어서, 누군가 무심코 우릴 쳐다봤다면 방의 대기를 짓누르면서 소용돌이치며 올라가는 담배 연기에 전적으로 열중해 있는 것처럼 보였을지도 모른다. 하지만 내 경우엔 이른 저녁에 둘이 나눴던 대화에서 떠올랐던 어떤 주제들을 마음속으로 열심히 검토 중이었다. 바로 모르그가에서 있었던 사건, 그리고 마리 로제 살인과 관련된 미스터리였다. 따라서 문이 열리고 오랜 지인이자 파리 경찰의 대표인 G가 들어왔을 때, 나는 이를 어떤 우연의 일치로 여겼다.

우린 진심으로 그를 환영했는데 그를 경멸하는 것만큼이나 그에게서 상당한 즐거움을 느꼈기 때문이며, 게다가 몇 년 동안 보지 못한 터였다. 어둠 속에 앉아 있었으므로 뒤팽이 램프에 불을 붙이려고 일어났다가, 큰 어려움을 겪고 있는 공식적인 용무를 우리와 상의하고자, 더 적절히 말하자면 내 친구의 의견을 듣고자 방문했다는 G의 말을 듣고는 그냥 자리에 앉았다.

"심사숙고해야 할 문제라면," 심지에 불을 붙이려던 동작을 멈추며 뒤팽이 말했다. "어둠 속에서 검토하는 게 더 효율적이죠."

"자네의 또 다른 이상한 생각이군." 국장이 말했다. 그는 자신이 이해하지 못하는 모든 것들을 "이상하다"라고 부르는 경향이 있었고 따라서 참으로 많은 "이상한 것들" 한가운데에서 살았다.

"정말 그래요." 방문객에게 파이프를 건네주고 안락의자를 밀어주면서 뒤팽이 말했다.

"어떤 어려운 일인가요?" 내가 물었다. "더 이상 살인 같은 것이 아니면 좋겠네요."

"오, 아뇨. 그런 사건은 전혀 아닙니다. 사실 이 건은 정말이지 아주 단순해요. 그리고 난 우리 경찰이 스스로 충분히 잘 해결할 수 있다고 확신했습니다. 하지만 이후 뒤팽 씨가 사건에 대해 자세히 듣고 싶어할 거라 생각했죠. 그토록 매우 이상한 사건이니까요."

"단순한데 이상하다?" 뒤팽이 말했다.

"어, 그렇습니다. 정확히는 둘 다 아니네요. 사실 우리 모두는 너무 단순해서 참으로 당황했습니다만, 그럼에도 이 사건은 우릴 완전히 곤혹스럽게 하고 있어요."

"아마도 당신을 당황하게 하는 건 사물의 지극한 단순성이죠." 내 친구가 말했다.

"무슨 터무니없는 말씀이신지!" 국장이 호쾌하게 웃었다.

"그 미스터리는 좀 과하게 평범할지도 모르죠." 뒤팽이 말했다.

"오, 맙소사! 누가 그렇게 생각하겠습니까?"

"너무 자명해서 말입니다."

"하하하! 하하하! 허허허!" 아주 재밌어하며 방문객이 크게 웃었다. "오, 뒤팽. 역시 당신 때문에 내가 죽을 지경이네요!

"어쨌든, 지금 문제가 되는 사건은 뭔가요?"

"어, 말씀드리죠." 이렇게 대답한 국장은 생각에 잠기듯 담배 한 모금을 차분히 길게 빨면서 의자에 자리를 잡고 앉았다. "간단히 말씀드리죠. 하지만 말을 시작하기 전에 극도의 보안을 필요로 하는 사건이라고 주의를 줘야만 하겠군요. 그게 누구든 만약 내가 이를 털어놨다는 사실이 알려지기라도 하면 저의 현 직위를 잃어 버릴 가능성이 매우 큽니다."

"어서 말하세요." 내가 말했다.

"아님 말든지." 뒤팽이 말했다.

"어, 그럼 말씀드리죠. 아주 믿을 만한 소식통으로부터 극히 중요한 어떤 서류가 왕실 저택에서 도둑맞았다는 사적인 정보를 입수했습니다. 그걸 훔친 사람은 알려져 있죠. 이건 의심의 여지가 없어요. 훔치는 걸 들켰으니까. 또한 그것이 여전히 그의 수중에 있다는 사실 역시 알고 있고요."

"어떻게 알 수 있나요?" 뒤팽이 물었다.

"그건," 국장이 대답했다. "그 서류의 성격으로부터, 그리고 그것이 도둑의 소유로부터 빠져나가는 순간 즉시 생기게 될 특정한 결과가 아직 일어나지 않았다는 점으로부터 분명히 추론할 수 있어요. 다시 말해 결국 그가 그것을 사용하기로 의도해야 할 때 그 사용에서 생기게 될 결과 말입니다."

"좀 더 분명히 말씀해 주시죠." 내가 말했다.

"어, 그 서류는 그것을 가진 사람으로 하여금 특정 구성원에 대해 어떤 힘을 갖게 해준다고 감히 말할 수 있습니다. 그러한 힘이 굉장히 가치 있는 어떤 사람에 대해 말입니다." 국장은 외교적인 용어를 쓰길 좋아했다.

"여전히 잘 이해가 안 되네요." 뒤팽이 말했다.

"그래요? 음, 그 서류를 익명의 제 3자에게 폭로하게 되면 매우 높은 신분인 한 유력자의 명예에 문제가 생길 수 있습니다. 이러한 사실이 서류를 가진 자로 하여금 명예와 평안이 아주 위태로워지게 된 유력자에 대해 지배력을 갖게 만들죠."

"하지만 이 지배력은," 내가 끼어들었다. "편지를 잃어 버린 자가 도둑을 알고 있다는 사실을 그 도둑이 인지하고 있어야 가능합니다. 누가 감히—"

"도둑은," G가 말했다. "D 장관입니다. 사람으로서 적합한 행동은 물론 온당치 않은 짓까지 뻔뻔하게 다 할 수 있는 사람이죠. 절도 방법은 대담하기보다는 교묘했어요. 문제의 그 서류는, 사실은 편지입니다만, 도둑맞은 저명인사가 궁정 내실에 홀로 있는 동안 수령하게 됐어요. 편지를 정독 중이던 그녀는 또 다른 지위 높은 인사가 갑자기 들어오는 바람에 읽기를 멈춰야 했는데, 그 고위 인사는 그녀가 편지를 특히 숨기고 싶어 했던 사람이었기 때문이죠. 황급히 서랍에 밀어 넣으려 했지만 여의치 않아 어쩔 수 없이 개봉된 채로 테이블 위에 놓아둬야 했습니다. 하지만 주소가 맨 위에 올라와 있어서 내용물은 노출되지 않았고 따라서 편지는 주목을 피할 수 있었죠. 이 시점에 D 장관이 들어옵니다. 그의 날카로운 눈빛

에드거 앨런 포

은 즉시 그 편지를 인지했고 주소의 필체를 알아봤으며, 수신인의 당황한 표정에 주목하고는 그녀의 비밀을 추측한 겁니다. 평소처럼 서둘러 몇 개의 업무를 수행한 후, 장관은 문제의 그 편지와 다소 유사한 편지를 마련해 봉투를 열어 읽는 척을 하고는, 이어 다른 편지와 가깝게 나란히 놓은 거죠. 다시 약 15분 동안 공무에 관해 대화를 나눴어요. 마침내 그곳을 떠나면서 장관은 자신의 것이 아닌 편지를 탁자 위에서 집어 들고 떠났습니다. 물론 편지의 정당한 소유주는 감히 그 행동에 대해 주의를 줄 수가 없었죠. 제3자가 바로 가까이에서 있었으니까요. 장관은 전혀 중요하지 않은 자신의 편지는 탁자 위에 놓아둔 채 급히 떠났어요."

"그러니까 요약하면," 뒤팽이 말했다. "장관은 지배권을 완벽히 하기 위해 필요한 것을 정확히 갖고 있다는 거군요, 그러니까 편지를 잃어 버린 자가 도둑을 알고 있다는 사실을 그 도둑이 알고 있다는 점 말이죠."

"네." 국장이 대답했다. "그리고 그렇게 얻어진 힘은, 지난 몇 달 동안에 매우 위험한 수준까지 정치적인 목적으로 이용됐습니다. 도둑맞은 저명인사는 자신의 편지를 되찾아야 할 필요성을 매일 더욱 철저히 확신하고 있죠. 하지만 물론 공개적으로 찾을 수는 없습니다. 결국엔 절망에 내몰린 그녀가 저에게 이 문제를 위임했죠."

"제가 볼 때," 담배 연기가 소용돌이치며 올라가는 와중에 뒤팽이 말했다. "당신보다 더 똑똑한 요원은 바랄 수도, 상상 조차 할 수 없겠네요."

"과찬입니다." 국장이 말했다. "하지만 그렇게 생각해 볼 여 지도 있겠군요."

"당신이 말했듯이," 내가 말했다. "편지가 여전히 장관의 수 중에 있다는 건 확실하군요. 힘을 발휘할 수 있는 건 편지를 갖고 있을 때이지 사용할 때가 아니니까요. 사용과 함께 권력 은 사라지니까."

"맞습니다." G가 말했다. "바로 이런 확신 하에 일을 진행했 죠. 저의 첫 번째 관심사는 그 장관의 저택을 철저히 수색하 는 것이었습니다. 그리고 이에 있어 주된 골칫거리는 장관이 모르게 수색할 필요가 있다는 것이었죠. 무엇보다도, 우리의 의도를 의심하게 할 만한 이유를 그자에게 주게 됨으로써 초 래할 위험에 대해 제가 경고받았다는 겁니다."

"하지만," 내가 말했다. "당신은 이런 수사에 매우 익숙합니 다. 파리 경찰은 유사한 수사를 전에도 자주 했지요."

"오, 그래요. 그런 이유로 전 실망하지 않았습니다. 장관의 습관도 저에게 역시 큰 이점을 주었죠. 그는 자주 밤새 집에 없습니다. 수행원들도 결코 많지 않죠. 그들은 주인의 숙소에 서 좀 떨어진 곳에서 잠을 자고 주로 나폴리 출신들이어서 쉽게 술에 취해요. 아시겠지만, 전 파리의 어떤 방이나 캐비닛도 열 수 있는 열쇠들을 갖고 있습니다. 3개월에 걸쳐 매일 밤 시간의 대부분을 제가 직접 D 장관의 저택을 샅샅이 뒤졌어요. 내 명예가 걸린 일이기도 하고, 거기에 매우 중요한 비밀을 말하자면 보수도 어마어마하죠. 그래서 난 도둑이 나보다 더 영리하다는 걸 완전히 납득할 때까지 수색을 포기하지 않았습니다. 나는 편지가 숨겨져 있을 가능성이 있는 구역의 구석구석을 조사했다고 생각합니다."

"비록 편지가 의심할 바 없이 장관 수중에 있다고 해도, 자신의 집이 아닌 다른 어떤 곳에 숨겼을 가능성도 있지 않을까요?" 내가 말했다.

"그건 거의 가능하지 않아." 뒤팽이 말했다. "궁정 일과 관련된 현재의 특별한 상황과, 특히 D와 연루된 것으로 알려진 음모들을 고려하면 서류를 즉시 이용할 수 있는 것, 즉 언제든 손에 넣을 수 있어야 한다는 점이 그걸 소유하고 있는 것과 거의 같은 중요성을 갖게 돼."

"언제든 손에 넣을 수 있어야 한다?" 내가 물었다.

"다시 말해, 훼손시켜 버릴 수 있어야 한다는 거지." 뒤팽이 말했다.

"맞아." 내가 말했다. "그렇다면 편지는 분명히 그 저택에 있어. 장관 부하의 수중에 있을 가능성은 논외로 간주할 수 있겠군."

"전적으로 그래요." 국장이 말했다. "그는 노상강도에게 당한 것처럼 해서 두 번 수사를 당했고 부하들은 내가 직접 철저히 조사했죠."

"그런 수고를 하지 않아도 됐을 텐데요." 뒤팽이 말했다. "제가 추정하기론 D는 아주 바보가 아니기 때문이고, 그렇다면 그와 같은 잠복 수사를 당연히 예상했을 겁니다."

"전적으로 바보는 아니죠." G가 말했다. "하지만 그렇다면 그는 시인입니다. 저는 시인을 바보와 거의 차이가 없다고 생각하거든요."

"맞아요." 생각에 잠겨 담배 파이프에서 한 모금을 길게 내뿜은 뒤 뒤팽이 말했다. "비록 나부터가 어느 정도 엉터리 시인이라는 죄가 있긴 하지만요."

"구체적으로." 내가 말했다. "당신의 수사 방식을 말씀해 주시죠."

"어, 사실을 말하자면 우린 시간을 들여서 모든 곳을 뒤졌습니다. 저는 이런 사건들에 대한 경험이 풍부해요. 건물 전체와 각 방들, 이 각각에 일주일 밤 전체를 할애했죠. 먼저 우린 각 방의 가구들을 조사했어요. 서랍이라고 생각되는 모든 것들을 열었죠. 적합한 훈련을 받은 경찰 요원에게 '은밀한' 서랍은 불가능하다는 걸 당신은 알고 있으리라 생각합니다. 이

런 종류의 수색에서 그런 경찰을 피하기 위해 '은밀한' 서랍을
준비하는 사람은 누구든 바보예요. 수색은 매우 간단합니다.
모든 캐비닛마다 차지하고 있는 특정한 양의 부피가 있죠. 게
다가 우린 정확한 자를 갖고 있어요. 50분의 1도 놓칠 가능성
이 없죠. 캐비닛 다음엔 의자를 수색했습니다. 내가 사용하
는 걸 당신도 본 적 있는 길고 가느다란 침으로 쿠션을 조사
했죠. 테이블에서는 상판을 제거했고요."

"왜 그렇게 하죠?"

"물건을 숨기고 싶어 하는 사람들은 가끔 테이블, 혹은 이
와 유사한 구조로 돼 있는 다른 종류의 가구들의 상판을 제
거합니다. 이어 다리를 파내 그 빈틈 안에 물건을 넣고는 상
판을 덮는 겁니다. 침대 기둥의 바닥과 위쪽도 같은 방식으로
하죠."

"그 틈은 소리만으로는 수색할 수 없는 건가요?" 내가 물었
다.

"결코 그렇게 할 순 없죠. 만약 물건을 숨긴다면 그 주위로
충분한 솜뭉치를 두르거든요. 게다가 우리의 경우엔 소음 없
이 일을 진행해야 했습니다."

"하지만 제거할 수가, 그러니까 당신이 말한 방식대로 물건
을 숨기는 게 가능한 모든 종류의 가구들을 분해할 수 없었
을 걸요. 편지는 얇고 뾰족하게 말린 형태로, 즉 형태나 부피

에 있어 커다란 뜨개질바늘과 크게 다르지 않은 형태로 압축할 수 있고, 이런 형태로 예를 들어 의자의 가로대에 끼워 넣을 수도 있어요. 모든 의자들을 분해하진 않았겠죠?"

"물론 그렇습니다. 하지만 더 나은 방법을 썼죠. 가장 강력한 돋보기를 이용해 저택에 있는 모든 의자의 가로대들을 조사했어요. 모든 종류의 가구들에 있는 연결 부분 말입니다. 만약 최근에 훼손된 어떤 흔적이라도 있었다면 즉시 알아차릴 수 있었을 겁니다. 예를 들어 나사송곳에 묻은 단 한 알의 먼지라도 사과처럼 분명하게 보였을 거예요. 접착 부분에 있어서의 이상, 연결부의 예외적인 틈새도 당연히 탐지했을 거고요."

"거울, 그러니까 판과 유리 사이도 조사하셨겠죠? 침대와 침대보, 커튼과 카펫은 물론이고요."

"물론이죠. 이런 식으로 가구들의 먼지들까지 철저히 수색한 후엔 집 자체를 조사했습니다. 우린 전체 표면을 구획으로 나누고 숫자를 붙여 어떤 곳도 놓치지 않도록 한 뒤, 저택 전체에 걸쳐 개별적인 평방 인치를 면밀히 조사했죠. 전과 같이 돋보기를 이용해 바로 인접한 두 채의 집을 포함해서요."

"인접한 두 채의 집이라니!" 내가 외쳤다. "정말 고생이 많으셨겠군요."

"그랬죠. 하지만 보상이 아주 막대하니까요."

"그 집들의 지면도 조사했나요?"

"모든 지표면은 벽돌로 포장돼 있어요. 그래서 상대적으로 어려움이 거의 없었죠. 벽돌 사이의 이끼도 조사했는데 건드린 흔적이 없었어요."

"D의 서류들, 물론 서재의 책들도 조사했겠죠?"

"물론이죠. 우린 모든 꾸러미와 소포를 열어 봤어요. 모든 책을 열어 봤을 뿐만 아니라 각 책의 낱장도 조사했죠. 단지 흔드는 데 그치지 않고 경찰 중 일부가 하는 방식에 따라서요. 또한 가장 정확한 치수로 모든 책 표지의 두께를 쟀고 돋보기를 이용해 방심하지 않고 각각을 면밀히 조사했어요. 만약 누군가 최근에 제본을 만지작거렸다면 그걸 보지 못하고 지나치기는 완전히 불가능했을 겁니다. 그중 대여섯 권은 침을 이용해 제본의 바로 양쪽 끝에서부터 수직으로 신중히 조사했어요."

"카펫 아래의 바닥도 살펴보셨나요?"

"당연하죠. 모든 카펫을 치워서 돋보기로 조사했어요."

"벽의 벽지도?"

"네."

"천장도 보셨나요?"

"네."

"그렇다면," 내가 말했다. "계산에 착오가 있었군요. 제 생각에 편지는 당신 생각과 달리 그 구역에 있지 않습니다."

"당신 말이 맞을까 봐 겁이 나네요." 국장이 말했다. "뒤팽 씨, 내가 어떡해야 좋을까요?"

"그 구역을 철저하게 조사하는 것—"

"그건 정말이지 불필요합니다." G가 대답했다. "그 저택에 편지가 없다는 것보다 내가 숨 쉬는 것을 더 확신하지 못할 정도로요."

"당신에게 해 줄 더 나은 조언은 없군요." 뒤팽이 말했다. "물론 편지에 대해 자세히 묘사해 줄 수 있으시겠죠?"

"오, 네!" 국장은 이때 공책 하나를 꺼내더니 실종된 편지의 내부 및 특히 바깥쪽 외관에 대한 자세한 설명을 큰 소리로 읽었다. 설명글을 다 읽자마자 그는, 그 선한 신사에게서 이전엔 결코 볼 수 없었던 완전히 실의에 빠진 모습으로 떠나갔다.

약 한 달이 지난 후 전과 비슷한 상황에 있던 우리를 그가 다시 방문했다. 그는 파이프를 꺼내고 의자에 앉은 뒤 평범한 대화를 시작했다. 마침내 내가 말했다.

"어, G 국장님, 그 도둑맞은 편지는 어떻게 됐나요? 결코 장관을 능가할 순 없다는 결론에 마침내 도달하셨을 것 같은데?"

"그를 무찌르는 거 말인가요? 그건, 그래요. 뒤팽 씨가 제안한 대로 다시 조사해 봤지만 모두 헛수고였죠. 그럴 줄 알긴 했지만."

에드거 앨런 포

"제시받은 보수가 얼마였다고 했죠?" 뒤팽이 물었다.

"어, 아주 크죠. 아주 후한 보수예요. 정확히 얼마인지 말하고 싶진 않지만 한 가지만 말씀드린다면, 그 편지를 얻을 수 있게 해주는 사람에겐 누구든지 기꺼이 5만 프랑을 내 개인 수표로 줄 겁니다. 사실을 말하자면 매일 매일이 점점 더 중요해지고 있어요. 그리고 보수는 최근에 두 배로 올랐죠. 하지만 세 배가 된다 해도 내가 했던 것 이상으로 할 순 없을 겁니다."

"아, 알겠습니다." 파이프에서 담배를 빠는 중간에 뒤팽이 느릿느릿하게 말했다. "정말로 제 생각엔, G 국장, 당신은 이 문제에 대해 최고 한도까지 노력하지 않았어요. 아마 좀 더 애를 쓸 수 있었을 텐데요, 네?"

"어떻게? 무슨 방법으로 말이죠?"

"어, (훅훅) 당신은 아마, (훅훅) 이 문제에 대해 조언자를 고용할 수도 있겠죠? (훅훅훅) 혹시 애버네디*에 관한 이야기를 기억하나요?"

"아뇨, 빌어먹을. 애버네디라니요!"

"맞아요! 빌어먹을 놈이지만 환영하도록 하죠. 옛날에 어떤 부자 구두쇠가 이 애버네디에게서 의학적인 의견을 우려낼

---

* John Abernethy(1764-1831). 해부학과 생리학 분야에서 유명했던 영국의 외과의사.

계획을 세웠죠. 이 목적을 위해 한 사적인 모임에서 평범한 대화를 나누며 그 의사에게 자신의 경우를 넌지시 말했어요. 그러니까 마치 다른 사람의 경우인 것처럼 말입니다."

"'가정해 봅시다,' 그 구두쇠는 이렇게 말했죠. '그의 증상은 이러이러해요. 이제 의사 양반, 당신이라면 뭘 하라고 가르쳐 줄 건가요?'"

"'조언을!' 애버네디가 말했죠. '물론, 조언을 받아들이세요, 당연히.'"

"하지만," 국장이 약간 심란한 표정으로 말했다. "저는 정말 기꺼이 조언을 구할 거고, 그에 대한 대가를 지불할 겁니다. 이 문제에 대해 나를 도와주는 사람이라면 누가 됐든 5만 프랑을 정말로 줄 거예요."

"그렇다면," 서랍을 열어 수표장을 꺼내며 뒤팽이 말했다. "지금 말씀하신 금액을 저에게 써 주시는 게 좋겠네요. 서명하시고 나면 당신에게 그 편지를 건네 드리죠."

나는 대경실색했다. 국장은 그야말로 벼락을 맞은 것처럼 보였다. 몇 분 동안 말도 없고 움직임도 없더니 입을 벌린 채 의심하듯 친구를 쳐다봤고, 눈은 튀어나올 듯이 보였다. 이어 어느 정도 침착함을 되찾고는 펜을 잡은 뒤 몇 번 동작을 멈추고 멍하니 응시하더니, 마침내 5만 프랑에 관한 수표를 쓰고 서명한 다음 탁자 위로 뒤팽에게 건넸다. 뒤팽은 수표를 신

에드거 앨런 포

중히 확인한 후 지갑에 넣고 에스크리트와*의 자물쇠를 열어 거기서 한 편지를 꺼내 국장에게 넘겼다. 공무원은 그야말로 기쁨에 겨워 하며 편지를 꽉 잡고 떨리는 손으로 이를 열어 내용물을 재빨리 훑어봤다. 뒤팽이 수표에 서명할 것을 요구한 후부터 한마디 말도 하지 않고 있던 그는 허우적대며 문쪽으로 다가가더니 결국 인사고 뭐고 없이 방과 집에서 서둘러 뛰쳐나갔다.

국장이 가 버리자 친구가 상세히 설명하기 시작했다.

"파리 경찰은," 친구가 말했다. "그들의 방식으로는 아주 유능하지. 끈질기고, 정교하고, 노련하고, 해야 할 일에 필요한 지식은 완전히 능통해. G가 D의 저택 수사 방식을 자세히 말해 줬을 때, 난 그가 만족스럽게 조사했음을 전적으로 신뢰했네. 그의 노력이 미치는 한에서는."

"그의 노력이 미치는 한에서는?" 내가 말했다.

"그래." 뒤팽이 말했다. "채택된 방법들은 그런 종류로는 최선일 뿐 아니라 매우 완벽히 수행됐지. 편지가 경찰의 수색 범위에 있었다면 이 친구들은 의심의 여지 없이 찾아 냈을 거야."

난 그저 웃었지만 친구는 자신이 말한 모든 것에 매우 진지

* escritoire. 서류 분류함과 서랍이 달린 접는 책상.

한 듯 보였다.

"당시 썼던 방법은," 친구가 말을 계속했다. "그런 종류로는 무방했고 잘 수행됐네. 결함이라면 이 사건과 그 남자에게 적당하지 않았다는 거야. 국장에게 있어 고도로 정교한 자원들의 어떤 조합은 그의 의도에 맞게 강제적으로 적용하려는 일종의 프로크루스테스의 침대*야. 하지만 그는 당면한 문제에 너무 깊거나 혹은 너무 얕게 대응함으로써 계속 실수를 범하고 있는데, 많은 남학생들이 그보다는 더 논리적이지. 모두가 좋아하는 '홀짝 게임'에서 추측을 아주 잘해서 모두에게 칭찬받는 8살 정도 되는 한 아이가 있어. 이 게임은 간단해, 구슬로 하는 게임이지. 한 명이 여러 개의 구슬들을 손에 쥐고 다른 사람에게 그 숫자가 짝수인지 홀수인지 묻는 거야. 만약 추측이 맞으면 추측한 사람이 구슬을 하나 따고, 틀리면 하나를 잃어. 내가 언급했던 소년은 학교의 모든 구슬을 땄지. 물론 그 애는 추측에 있어 몇 가지 원칙을 갖고 있었는데 그것은 상대방의 영민함에 대한 단순한 관찰과 측정이야. 예를 들어 상대방이 완전히 단순한 애라면 그 애가 구슬을 손에 쥐고 '짝수일까 홀수일까?'라고 물었을 때 '홀수' 하고 답하고는 구슬을 하나 잃지. 하지만 두 번째에선 이 애가 이기는데

---

* 그리스 신화에 나오는 이야기로 지나가는 사람을 침대에 눕혀 침대보다 키가 크면 잘라내고 짧으면 늘려 죽였다는 이야기.

에드거 앨런 포

그건 속으로 이렇게 생각하기 때문이야. '저 단순한 애는 처음에 짝수를 쥐었다. 그리고 저 애의 영민함의 정도는 두 번째에는 홀수를 쥘 정도밖에 되지 않는다. 그러니 홀수라고 추측하겠다.' 이렇게 말이네. 그 애는 홀수로 추측하고 게임에서 이겨. 이제, 첫 번째 애보다 한 단계 높은 단순한 애라면 이렇게 추론할 거야. '이 녀석은 첫 번째 게임에서 내가 홀수라고 추측한 걸 알았으니 두 번째 게임에선 처음엔 단순히 짝수에서 홀수로 변화를 주려는 충동이 일어날 거야. 아까 그 단순한 애처럼. 하지만 다시 생각해 보니 그건 너무 단순한 변화라는 생각이 들어 결국엔 전과 같이 짝수를 내기로 결정할 거야. 그러니 난 짝수라고 추측할 테야.' 그 애는 짝수라고 추측하고 게임에서 이기지. 자, 이 남학생의 추론 형태, 그 애의 친구들이 '행운'이라고 불렀던 이것은 최종적으로 분석해 보면 무엇일까?"

"그건 단순히," 내가 말했다. "추론자의 지적 능력을 상대방의 그것과 동일시하는 것이지."

"그렇지." 뒤팽이 말했다. "그 애에게 어떻게 게임에서 이길 수 있는 완전한 동일시가 가능하냐고 물어 보니 이렇게 대답하더군. '누가 얼마나 영리하고 우둔한지, 얼마나 선하고 나쁜지, 혹은 현재 무슨 생각을 하고 있는지 알고 싶을 때 알고 싶어 하는 그 사람의 표정에 맞춰 내 얼굴 표정을 최대한 정확히 따라해 봐요. 그런 후에 마치 그 표정에 어울리게 하거나 일치시키려는 것처럼, 내 마음이나 감정에 어떤 생각들이나 감정들이 떠오르는지 기다리죠.' 이 남학생의 대답은 로쉐푸코, 라 부기, 마키아벨리, 캄파넬라에 기인하는 모든 위조된 깊이의 바탕에 깔려 있는 거라네."

"그리고 그 동일시는," 내가 말했다. "그러니까 추론자의 지적 능력과 상대방의 지적 능력을 동일시하는 것은, 내가 자네 말을 제대로 이해했다면 상대방의 지적 능력을 얼마만큼 정확히 측정할 수 있는가에 달려 있군."

"실제적인 유용성은 그것에 달려 있지." 뒤팽이 대답했다. "국장과 그의 부하들이 그토록 자주 실패하는 것은, 첫째로 이 동일시를 하지 않았다는 것이고, 둘째로 측정을 잘못하거나 혹은 그들이 상대하는 지적 능력에 대해 아예 측정을 하지 않았다는 거야. 그들은 오직 그들 자신들만의 창의적인 생각만 고려하고, 또 숨겨진 무엇을 수색하는 데 있어 오직 자신들이 숨긴다면 따랐을 그런 방법에만 신경을 쓰지. 대부분은 그들이 옳아, 그들 자신의 창의력이 일반 대중의 그것과 거의 흡사하니까. 하지만 개별적인 범죄자의 교활함이 경찰과 매우 다르다면 당연히 범죄자가 경찰을 이겨. 이런 현상은 범죄자의 수준이 경찰보다 높을 때는 항상 일어나고, 낮을 때도 매우 일반적으로 일어나. 경찰은 수색에 있어 원칙을 결코 변

에드거 앨런 포

화시키지 않네. 기껏해야 매우 이례적인 긴급 상황일 때나 특이할 정도의 보상이 걸려 있을 때, 원칙은 건드리지 않은 채 습관적인 그들의 구식 방법을 더 늘리거나 과장할 뿐이지. 예를 들어 D 사건의 경우, 수사 원칙을 다양하게 하기 위해 무엇을 했나? 구멍 뚫기, 찔러 보기, 소리 내기, 돋보기로 조사하기, 건물 표면을 제곱인치로 기록하기 등이 다 무엇인가? 인간의 창의력에 관해서 한 가지 조합에만 근거해 있고, 오랫동안 정해진 순서로 일해 온 국장에게 익숙하며, 수색에 관한 한 가지 원칙 혹은 원칙들의 조합을 과장해서 적용한 것일 뿐이지, 그 밖에 무어란 말인가? 편지를 숨길 때 모든 사람이 그걸 꼭 의자 다리의 나사 구멍에 숨기는 것은 아니지만, 당연히 그렇게 숨기라고 다그치는 생각과 같은 성향에 이끌려, 적어도 상당히 예상하기 어려운 구멍이나 구석에 숨길 거라고 여기는 것을 자넨 보지 못했나? 또 숨길 때 이용되는 그런 외진 곳은 오직 일반적인 경우에만 적용된다는 걸, 오직 일반적인 지적 능력을 가진 사람들에 의해서만 채택된다는 걸 모르겠나? 왜냐하면 은닉이라는 모든 경우에 있어 숨기는 물건의 배치, 즉 이렇게 외진 곳에 숨기는 식의 배치는 정말 무엇보다도 그럴듯하고 당연한 것으로 생각되거든. 따라서 그것을 발견하는 건 결코 통찰력에 달려 있지 않고 전적으로 수색하는 사람의 단순한 관심과 인내심과 결정에 달려 있어. 사건이 중요하거나 혹은 경찰이 볼 때 그와 똑같은 수준이라면, 또 보수가 막대한 사건이라면 이런 방식의 특징이 어김없이 드러나는 것으로 알려져 있지. 이제 자네는 내 말의 의미를 이해했을 거야. 즉 만약 도둑맞은 편지가 국장의 조사 범위 내 어디든 있었다면, 다시 말해 은닉의 원칙이 국장의 원칙 내에서 이해되었다면 편지가 발견되는 건 전적으로 의심의 여지가 없었을 거야. 하지만 국장은 완전히 속고 말았고 국장이 실패했던 간접적인 원인은 장관이 바보라는 가정에 있지. 장관은 시인으로서 명성이 있는 자거든. 모든 바보는 시인이라고 국장은 생각하네. 국장은 단지 부주연의 오류*를 범하고 있기 때문에 모든 시인은 바보라고 추정하는 거야."

"하지만 정말 시인인가?" 내가 물었다. "형제가 둘이라는 건 나도 알아. 그리고 둘 다 문학에서 명성을 얻었지. 장관은 내가 알기로 박학하게도 미분학에 관한 글을 썼네. 그는 수학자이지 결코 시인은 아냐."

"자네가 잘못 알고 있어. 난 그를 잘 알아. 그는 둘 다야. 시인이자 수학자로서 추론에 능해. 단순히 수학자였다면 추론을 전혀 잘하지 못했을 거고, 그랬다면 국장의 처분에 달린 신세가 됐겠지."

---

* 부주연(不周延)의 오류. '1은 숫자이고 2도 숫자이므로 1은 2다'와 같은 오류.

"이거 놀랍군." 내가 말했다. "세상 사람들의 생각과 모순되는 그 의견 말이야. 수 세기 동안 널리 받아들여진 견해를 무시하는 건 아니겠지? 수학적인 추론은 오랫동안 탁월한 것으로 간주돼 왔네."

　뒤팽이 샹보르*의 말을 인용하며 대답했다. "'모든 공적인 사상이나 일반적으로 인정되는 모든 관습은, 그것이 대다수에게 편리하기 때문에 어리석다는 데에 내기를 걸어도 좋다.' 자네가 언급한 대중적 오류를 널리 보급하는 데 수학자들이 최선을 다했다는 건 인정해. 하지만 진실이라고 공포했음에도 불구하고 이는 오류야. 예를 들면 더 나은 대의에 어울리는 기교를 부리며 그들은 '분석'이라는 용어를 대수학代數學에 적용하도록 교묘히 부추겼네. 프랑스인들이 다름 아닌 이 속임수의 창안자들이지. 하지만 만약 한 용어가 어떤 중요성이라도 지닌다면, 만약 단어들이 적용 가능성 측면에서 어떤 가치라도 끌어낸다고 한다면 그 경우 라틴어의 '허영심'ambitus이 '야망'ambition을, '성실함'religio이 '종교'religion를, 또는 '순수한 사람들'homines honesti이 '존경할 만한 사람들'honorable men이란 뜻을 함축하지 않는 것만큼이나 '분석'analysis은 '대수학'algebra이라는 의미를 전달하는 것이 아니라네."

* Nicolas Chamfort(1741-1794), 프랑스의 작가.

내가 말했다. "자넨 말싸움을 벌일지도 모르겠군, 파리의 몇몇 대수학자들과 말이야. 아무튼 계속 말해 보게."

"나는 추상적인 논리 형태가 아닌 어떤 특별한 형태에서 개발된 추론의 유용성에, 즉 그 가치에 이의를 제기하네. 수학적인 연구에 의해 도출된 추론이라면 특히 그래. 수학은 형태와 양에 관한 학문이네. 수학적인 추론은 그저 형태와 양에 관한 관찰에 적용되는 논리일 뿐이지. 커다란 오류는 이른바 순수 대수학이라 불리는 것들의 진실들조차 추상적인 혹은 일반적인 진실이라고 가정하는 데 기인해. 그리고 이런 오류는 하도 어처구니가 없어서 그것이 인정받고 있는 보편성에 당황스러울 지경이야. 수학적인 공리는 일반적인 진리의 공리가 아니네. 관계의 진리는, 그러니까 형태와 양의 관계에 대한 진리는 예를 들어 도덕에 관해서는 자주 대단히 옳지 않아. 도덕에서 한데 모인 부분이 전체와 같다는 것은 매우 일반적으로 진실이 아니지. 화학에서도 그 공리는 실패야. 동기를 고려함에 있어서도 그것은 실패이지. 왜냐하면 각각의 가치를 지닌 두 동기가 합쳐졌을 때, 그 가치가 분리된 가치들의 합계와 반드시 같을 필요는 없거든. 관계라는 한계 내에서만 진리인 다른 수학적 진리들은 수도 없이 많아. 하지만 수학자는 습관적으로 그의 유한한 진리들이 마치 완전히 일반적인 적용 가능성을 가진 것처럼 주장하지. 세상 사람들이 정말 그 진리들이 그렇다고 상상하는 것처럼. 브라이언트는 매우 조예 깊은 '신화'라는 자신의 책에서 '이교도들의 우화들은 믿어지고 있지 않으나, 우린 우리 자신을 지속해서 잊고 있으며, 마치 그 우화들이 존재하는 사실이라도 되는 것처럼 그것들에 기반하여 추론한다'라고 말함으로써 오류의 유사한 근원에 대해 언급하고 있어. 하지만 그들 자신이 이교도들인 대수학자들은 이교도들의 우화들을 믿고 있으며, 그 추론은 기억의 실패를 통해서보다는 이해할 수 없는 두뇌의 혼동을 통해 만들어지고 있네. 간단히 말해서, 나는 중근*이 아닌 문제에서도 신뢰할 수 있는 단순한 수학자를, 혹은 x^2+px가 절대적으로 그리고 무조건 q와 같다는 사실을 자기 신념의 요점으로 은밀히 갖고 있지 않은 수학자를 아직 한 번도 만나지 못했어. 혹시 내킨다면 실험 삼아 이런 사람들 중 한 명에게 x^2+px가 전적으로 q와 같지 않은 경우가 있을 수 있음을 믿는다고 말한 다음, 자네 생각을 그에게 이해시키는 동시에 가능한 한 신속히 그가 닿을 수 없는 곳으로 도망치게나. 왜냐하면 그자는 의심의 여지 없이 자넬 쓰러뜨리려고 애쓸 테니까."

그의 마지막 말에 내가 그저 웃는 동안 뒤팽이 말을 계속했다. "내가 말하고자 하는 바는, 만약 장관이 그저 수학자에

---

* 2차 방정식의 두 근이 중복되어 서로 같을 때의 근.

불과했다면 국장은 이 수표를 내게 줄 필요가 결코 없었을 거야. 하지만 난 그를 수학자이자 시인으로 알고 있고 그래서 그가 처한 상황을 고려해 나의 측정을 그의 능력에 맞게 조절했지. 또 나는 장관이 궁정의 조신이며 대담한 책략가라는 것도 알고 있었네. 난 생각했지. 그런 사람이라면 일반적인 경찰의 행동 방식을 모를 리 없다고. 그는 자신이 당했던 불심검문을 예측하는 데도 실패하지 않았는데, 예측에 실패하지 않았음은 일어났던 일들이 증명해 주고 있어. 자신의 집에 대한 비밀 수색도 예측했음에 틀림없다고 생각했네. 장관은 자주 밤에 자리를 비웠고 국장은 이를 자신이 성공하는 데 확실히 도움이 됐다며 좋아했지만, 난 그저 계략으로 봐. 그러니까 경찰로 하여금 철저히 수색할 기회를 주고 따라서 보다 빨리 편지가 그 저택에 없다는 확신을 경찰에게 주려는 거였지. 실제로 국장은 결국 그 확신에 도달했지 않은가. 장관의 머리 속에서는 내가 지금 자네에게 자세히 설명하려 애쓰고 있는 것, 즉 숨겨진 물건을 수색함에 있어 변함없는 경찰 행동의 원칙들이 필연적으로 스쳐 지나갔을 거야. 그래서 그는 숨길 만 한 모든 평범한 구석진 곳들을 단호히 무시했어. 난 장관이 가장 평범한 자신의 방들 만큼이나 자기 집의 가장 복잡하고 외진 으슥한 곳들이 경찰 눈에, 탐침에, 나사송곳에, 그리고 국장의 돋보기에 무방비가 될 것임을 모를 만큼 약할 리

에드거 앨런 포

없다고 생각했네. 결국 그는 당연히 단순함에 끌릴 것이고, 그렇지 않다고 해도 단순함을 선택의 문제로 신중하게 고려했을 거야. 자네 기억나나? 국장이 처음 방문했을 때, 이 미스터리가 그토록 자명하기 때문에 그를 몹시 괴롭힐 거라고 내가 말하자 그가 얼마나 웃어 댔는지 말이야."

"맞아." 내가 말했다. "아주 왁자지껄하게 웃었지. 발작을 일으키는 건 아닐까 생각했다니까."

"물질적 세계는," 뒤팽이 말했다. "비물질적 세계와 매우 엄격한 유사성으로 가득 차 있어. 따라서 진리의 어떤 특색은 곧잘 수사적인 방식으로 쓰이기도 해서, 은유 또는 직유는 표현을 장식하는 데 쓰일 뿐 아니라 논거를 강화하는 데에도 쓰이지. 예를 들어 타성惰性의 원칙은 물리학과 형이상학에서 동일한 것으로 보여. 활기를 띠게 함에 있어 큰 덩치가 작은 덩치보다 더 어렵고 이후 운동량은 이 어려움에 비례한다는 것이 물리학에서 진리인 것처럼, 보다 대단한 능력을 가진 지성 역시 그 움직임에 있어 열등한 지성보다 강력하고 부단하고 또 중대하며, 여전히 처음 몇 발짝을 나아가는 데 있어 더 어렵게 움직이고 더 부끄러워하고 또 망설임으로 가득 차 있는 법이네. 하던 이야기로 돌아가서, 자네는 상점 문 위의 어떤 도로명 게시판이 가장 주목을 끄는지 한 번이라도 알아차린 적이 있나?"

"그런 문제는 전혀 생각해 본 적이 없네." 내가 말했다.

그가 말을 계속했다. "지도 위에서 하는 퍼즐 게임이 있어. 한 사람이 상대방에게 주어진 단어를 찾으라고 요구하지. 그러니까 마을이나 강이나 주, 혹은 제국의 이름 말이네. 간단히 말해, 뒤죽박죽이고 복잡한 지도 위에서 어떤 단어를 찾으라고 하는 거야. 이 게임의 초보자는 보통 가장 작은 문자로 된 이름을 문제로 내서 상대방을 당황하게 만들려 하지만 노련한 사람들은 커다란 문자로 지도의 한쪽 끝에서 다른 한쪽까지 뻗어 있는 단어를 고르네. 거리의 너무 큰 간판이나 벽보의 글자들처럼, 이런 단어들은 너무나 분명해서 찾는 사람의 관찰에서 벗어나거든. 여기서 물리적으로 간과하게 되는 현상은, 지성이 그 자체로 너무 두드러지고 명백한 고려 사항들을 주목하지 못하고 지나치게 하는 원인인 정신적인 몰이해와 정확하게 유사해. 하지만 바로 이 지점이 국장의 이해력보다 다소 높거나 혹은 낮은 지점이라고 할 수 있지. 세상 사람들이 알아차릴 어떤 가능성도 차단하기 위해 장관이 편지를 세상 사람들의 바로 코 밑에 놓아 두었다는 사실을, 국장은 그럴듯하거나 가능하다고 생각한 적이 한 번도 없으니까.

하지만 만약 장관이 편지를 적절한 목적에 사용하기로 작정한다면 반드시 항상 가까이에 있어야 한다는 점과, 국장에 의해 얻어진 결정적인 증거 즉 편지가 전문가의 일상적인 수

에드거 앨런 포

색 범위 내에 숨겨져 있지 않았다는 사실에 비춰 봤을 때, 또 D의 대담하고 기세 좋고 명민한 창의력을 고려하면 할수록, 나는 장관이 편지를 숨기기 위해 오히려 전혀 숨기려고 시도하지 않는 포괄적이고 현명한 방책에 의존했음을 점점 더 납득하게 됐지.

이런 생각으로 가득 찬 채 난 녹색 안경을 하나 준비해서 어느 화창한 아침에 아주 우연히 그 장관의 집을 방문했네. 그는 집에 있었는데 평소처럼 하품을 하거나 비스듬히 누워 빈둥거리면서 아주 지루한 척하고 있었지. 아마 그는 지금 살아 있는 사람 중 정말이지 가장 활동적인 사람이지만 그건 아무도 그를 보지 않을 때야.

그자와 터놓고 이야기하기 위해 나는 내 약한 눈을 불평하고 안경이 필요한 상황을 한탄하면서, 몰래 안경 너머로 방 전체를 신중히 둘러봤네. 겉으로는 그저 주인과의 대화에 열중하는 척하면서 말이야.

특히 그가 앉아 있는 곳 근처의 서랍이 달린 커다란 책상에 주목했는데 거기엔 몇몇 잡다한 편지와 다른 서류들이 악기 한두 개, 책 몇 권과 함께 널려 있었네. 하지만 오랫동안 아주 주의 깊게 조사한 결과 특별히 의심을 불러일으킬 만한 건 전혀 없음을 알았어.

방 안을 두루 살펴보던 내 눈에 마침내 카드 꽂이대가 보이더군. 판지로 만든 싸구려 모조품인데, 벽난로 가운데 선반 바로 아래쪽 작은 놋쇠 손잡이에 더러운 파란색 리본으로 매달려 있었어. 서너 개의 칸으로 구분된 카드 꽂이대에는 대여섯 개의 명함과 편지 하나가 있었네. 그 편지는 많이 더럽혀지고 구겨져 있더군. 중간 부분 이상으로 거의 두 부분으로 찢긴 모습이, 마치 애초에는 쓸모없게끔 완전히 찢으려고 했지만 중간에 생각이 바뀌었거나 혹은 그만둔 것처럼 보였네. 그 편지엔 매우 눈에 띄는 D라는 도안 문자가 들어간 검은 색의 큰 봉인이 있었고, 작은 여자 손으로 쓴 듯한 주소의 수신인은 장관 자신의 이름인 D로 시작되고 있었지. 편지는 무관심하게, 심지어는 내팽개쳐진 듯이 카드 꽂이대의 제일 위 칸 한쪽에 찔러 넣어져 있었고 말이야.

그 편지를 쳐다보자마자 내가 찾던 것이라고 결론 내렸네. 확실히 그것은 모든 면에서 국장이 우리에게 자세하게 묘사하며 읽어 줬던 것과는 달랐네. 국장은 S라는 가문의 공작 문장이 들어간 작고 붉은 봉인이었다고 했지만 그 편지에 있는 건 D로 시작되는 도안 문자가 들어간 크고 검은색의 인장이었거든. 또 국장은 수취인 명이 어떤 왕족 인사였고 눈에 띄는 굵고 단호한 필체라고 했지만 그 편지의 주소는 여성 필체로 쓴 작은 글씨였네. 오직 봉투의 크기만이 일치했지. 하지만 정말이지 가장 큰 차이는 그것이 더러웠다는 거야. 종이

에드거 앨런 포

는 더럽히고 찢긴 상태였는데 이건 본래 꼼꼼한 습관을 지닌 D와 아주 모순됐지. 그것은 보는 사람으로 하여금 가치 없는 서류라고 생각하게 만들려는 의도를 나타내고 있었네. 모든 방문객들이 다 볼 수 있을 만큼 편지가 몹시 두드러지게 보이는 상황과 더불어 이런 점들은 내가 전에 도달했던 결론과 정확히 일치했네. 말하자면 이는 의심할 작정을 하고 들어온 사람에게 그 의심을 강하게 확증해 주는 셈이지.

나는 방문 시간을 가능한 한 오래 끌면서, 내가 너무 잘 알아서 틀림없이 그의 관심을 끌고 자극할 만한 화제로 계속 활발히 토론하는 동안 그 편지에 주의를 기울였네. 이를 통해 편지의 외관과 카드 꽂이대의 배치를 기억했지. 그러다 마침내 내 안에 있었을지도 모를 사소한 의심도 해소해 주는 어떤 걸 발견했어. 종이의 모서리를 자세히 보니 필요 이상으로 더 많이 닳아 있음을 알았지. 그것들은 빳빳한 종이가 한 번 접히고 집게로 눌렸다가, 원래 접힐 때 만들어진 동일한 주름들이나 모서리들을 따라 반대 방향으로 다시 접혔을 때 생기는 부러진 형태를 하고 있었네. 그 발견으로 충분했지. 편지는 마치 장갑처럼 안쪽이 밖으로 나오도록 뒤집어졌다가 다시 반대로 접힌 다음 재차 봉인된 것임에 틀림없었네. 난 금색 코담배 갑을 탁자 위에 남겨 놓고는 장관에게 인사한 후 당장 떠났어.

다음 날 아침 그 담배 상자를 찾으러 다시 방문했고 우린 전날에 나눴던 대화를 재개해서 아주 열정적으로 대화했네. 그렇게 이야기하는 동안 총을 쏜 것처럼 큰 소리가 저택 창문 바로 아래쪽에서 나더니 이어 일련의 소름 끼치는 비명과 공포에 질린 사람들의 외침이 들려오더군. D는 창가로 달려가 창문을 열고 밖을 쳐다봤네. 그동안 나는 카드 꽂이대로 다가가 편지를 꺼내 내 주머니에 넣고는 빈 곳을 (외관상으로 볼 때는) 유사한 것으로 채웠지. 그 D라는 도안을 내가 집에서 위조해 신중히 준비한 편지로. 봉인은 빵으로 아주 쉽게 만들었네.

거리의 소동은 머스킷 총을 든 한 사람의 미친 행동 때문에 일어났어. 그는 여자와 아이들이 있는 군중 속에서 총을 발사했지. 하지만 총알은 없는 것으로 밝혀졌고 그자는 미친 사람이나 술 취한 사람으로 취급돼 끌려 갔네. 난 가짜 편지를 눈에 띄도록 확실히 해 놓은 후 즉시 D에게로 갔는데 D는 그자가 끌려가고 나자 창문에서 돌아왔지. 난 곧 작별을 고했네. 미친 척했던 남자는 내가 돈을 주고 고용했던 사람이야."

"하지만 왜 그랬나?" 내가 물었다. "비슷한 걸로 편지를 바꿔치기하다니. 처음 방문했을 때 공개적으로 빼앗아 떠나는 게 더 낫지 않았을까?"

"D는," 뒤팽이 대답했다. "지독하고 뻔뻔한 사람이야. 장관의 집에는 그자의 이익을 지키기 위해 헌신하는 부하들이 있네. 만약 자네 말대로 거칠게 시도했다면 난 아마 장관의 면전에서 살아서 떠나지 못했을 거야. 파리의 선량한 시민들은 더 이상 내 소식을 듣지 못했겠지. 하지만 이런 고려 사항을 떠나 또 다른 목적이 있었네. 자넨 나의 정치적인 편애를 알 거야. 이 문제에 있어 난 관련된 숙녀분의 동지 역할을 한 거지. 18개월 동안 장관은 그녀를 자신의 권력 아래에 뒀네. 지금은 그녀가 장관을 자신의 권력 하에 놓게 됐지. 왜냐하면 편지가 자신의 수중에 없다는 걸 모르면 장관은 편지가 자신에게 있기라도 한 듯이 강요를 계속할 테니까. 그럼 필연적으로 즉각 그의 정치적 파멸을 초래할 거야. 장관의 몰락 역시 급박하기보다는 위험하다고 할 수 있어. '아베르누스*로 내려가기는 쉽다'라고 흔히들 말하지만 카탈라니**가 노래로 이야기했듯이, 모든 종류의 등산에서 내려오는 것보다 올라가는 것이 훨씬 쉬운 법이네. 현 사건에서 나는 내려가는 그에게 (최소한 동정은 물론) 연민을 전혀 느끼지 않아. 장관은 무서운 괴물이고 부도덕한 천재거든. 하지만 솔직히 말하면 국장이 '어떤 유명 인사'라고 불렀던 그녀로부터 거부당하고 어쩔 수 없이 내가 카드 꽂이대에 남겨 둔 편지를 개봉해야 하는 상황

---

* Averni. 지옥.

** Alfredo Catalani(1854-1893). 이탈리아의 오페라 작곡가.

이 되면, 장관이 정확히 무슨 생각을 하게 될지 정말 궁금하네."

"왜? 그 안에 뭔가 특별한 거라도 넣어 뒀단 말인가?"

"흠, 그 안을 비워 놓는 것은 전적으로 옳지 않고 또 모욕을 주는 거라는 생각이 들었거든. D는 한때 빈에 있을 때 내게 몹쓸 짓을 했고 그때 나는 아주 상냥하게 이를 기억해 둘 거라고 말해 줬네. 장관이 자신보다 한 수 위인 사람의 정체를 상당히 궁금해할 걸 알고 있는데 단서를 주지 않으면 애석한 일이지. 그는 내 필체를 잘 알고 있으므로 이런 글을 백지 한 장 가운데에 베껴 써넣었네.

'이런 악의에 찬 계략은 아트레우스에게는 가치가 없지만, 티에스테스에게는 가치가 있다.'*

크레비용의 아트레우스에 나오는 글이라네."

---

* 그리스 신화에 나오는 인물로 미케네의 왕 펠롭스의 두 아들인 아트레우스와 티에스테스는 왕위를 차지하기 위해 잔인한 짓을 서슴지 않는다. 아트레우스는 자신의 아내와 간통한 티에스테스에게 복수하고자 티에스테스의 자식을 죽여 요리로 내놓기도 한다. 프랑스 극작가인 크레비용(Claude Crebillon)이 이를 모티브로 하여 「아트레우스와 티에스테스」(Atrée et Thyeste)를 썼다.

에드거 앨런 포

역자의 말

시대를 앞서간 천재 에드거 앨런 포

절절하고 아름다운 사랑을 노래한 「애너벨 리」라는 시로 잘 알려져 있는 에드거 앨런 포는 미국 문학사의 초창기를 장식한 보기 드문 천재로 평가받는다. 개인적으로는 안타까울 정도로 불우한 삶을 살았지만, 아이러니하게도 그의 생은 문학을 위한 에너지로 전환되어 인류에게 귀중한 유산을 남기는 바탕이 되었다.

미국이 영국으로부터 독립한 후인 1800년대 중반, 포는 브라이언트, 어빙, 쿠퍼와 함께 미국 문학을 본격적으로 개척했던 첫 세대에 속했다. 당시의 미국은 새로운 땅과 새로운 정치체제 하에서 자국만의 길을 모색 중이었고, 포는 낭만주의의 영향을 받아 물질주의를 비판하고 자유와 서정, 유미주의를 노래했다. 그의 예술지상주의는 보들레르 등 프랑스 상징주의 시인들에게 커다란 영향을 끼쳤다. 특히 인간의 내면 묘사에 무척 탁월해서, 공포를 기저에 깔고 전개되는 「어셔가의 붕괴」는 포가 펼치는 치열한 심리 묘사를 제대로 감상할 수 있는 수작이다.

흥분된 극도의 병적인 분위기가 지옥의 불 같은 빛을 사방에 뿌렸다. 그가 즉흥적으로 오랫동안 연주한 비가悲歌는 내 귓가에 영원히 울릴 것이다. 그가 특이하게 왜곡하고 또 과장되게 연주했던 베버의 격렬한 마지막 왈츠 곡을 다른 무엇들보다 난 마음속에 고통스럽게 간직하고 있다. 그가 공들여 상상해 그린 그림들로부터, 또 손을 대면 댈수록 이유를 알 수 없어 몸이 오싹 떨리는 막연함으로 변해갔던 (마치 지금 내 앞에 있는 듯 이미지가 생생한) 이런 그림들로부터, 단지 말의 범위로는 작은 것 이상을 끌어내려 애써 봤자 헛된 일이 되고 말 것이다. 전적으로 단순하게 또한 있는 그대로 의도를 보여 줌으로써 그는 나의 주의를 끌고 또 압도했다. 만약 관념을 그린 사람이 있다고 한다면, 그 사람은 로더릭 어셔였을 것이다. _본문 p. 69.

공포와 호러는 포를 특징짓는 여러 테마 중 하나이다. 인간의 내면에 주목했던 포는 「어셔가의 붕괴」에서 죽음과 매장, 낡은 것의 붕괴라는 재료를 통해 한 인간이 겪어 가는 내적 갈등과 공포, 그리고 이에 따른 생생한 반응을 말 그대로 치열하게 그려 냈다. 자신의 탐구 대상은 신이나 자연이 아닌 바로 인간임을 명확히 보여 줬다.

포는 특히 인간의 근원적인 심리에 관심이 많았다. 「검은 고양이」나 「어셔가의 붕괴」 같은 그의 대표작들은 바로 인간의 어두운 본성을 다룬 공포, 호러 영역에서 탄생했다. 특유의 서정성을 바탕으로 인간 내부 깊숙한 곳에 자리한 무의식적이고 충동적인 심리를 꿰뚫는 필력이야말로 포의 강점이라 할 것이다. 공포 및 죄의식이라는 인간 심리를 다룬 수작으로 너무나 유명한 「검은 고양이」를 처음 접하는 독자라면 분명 모골이 송연해지는 서늘함에 전율할 것이다.

그 시체의 머리 위에는 길게 늘어난 붉은 입과 불타는 듯한 외눈을 가진, 교활함으로 내가 살인하게 만들고 울음소리로 나를 교수형의 집행인에게 보낸 흉측한 짐승이 앉아 있었다.

_본문 p. 24.

인간이 지닌 악마적인 성향, 겉으로 드러나지 않고 숨겨져 있는 노골적이고도 추악한 탐욕, 그리고 이에 대한 어쩔 수 없는 죄의식에 대한 고민은 포의 많은 작품을 일관되게 관통하는 제재라 할 수 있다. 주인공을 다그치는 내면의 목소리를 통해 인간이 품고 있는 이중성을 적나라하게 드러내는 「고자질하는 심장」에 등장하는 '고동 소리'가 그렇다. 자신도 모르게 악에 이끌려 들어가지만 결국엔 통제가 불가능한 내면의 죄의식에 굴복하면서 머리를 감싸쥐고 마는 포의 주인공들에게, 부패한 시신의 머리 위에서 기다렸다는 듯이 포효하는 고양이는 플루토Pluto, 즉 명왕성이라는 이름처럼 말 그대로 염라대왕이 아닐 수 없다. 이는 이후 작가인 너대니얼 호손, 허먼 멜빌에게도 영감을 주어 이들의 대표작인 『주홍글씨』나 『모비딕』에서 그 영향을 발견할 수 있다.

물론 기괴함과 공포가 포의 전부는 아니다. 포의 번뜩이는 기지는 풍자에서 유감없이 드러나 제목만으로도 호기심을 불러일으킨다. 「일주일에 세 번의 일요일」, 요즘 시대에도 통할 듯 싶은 「정확한 과학 중 하나로 여겨지는 사기술」 등을 읽다 보면, 포의 여타의 작품에서 시종 심각해지고 긴장이 높아져 있던 독자는 잠시 한숨 돌릴 수 있는 여유를 갖게 된다. 이 작품의 마지막 부분을 읽으며 독자들은 틀림없이 미소짓게 될 것이다.

그러는 동안 모든 젊은 신사들의 신앙심은 이전보다 다소 퇴색하고, 하숙집 안주인은 1달러에 파는 고무지우개를 사서 어떤 바보가 그녀의 훌륭한 가족 성경인 솔로몬 잠언의 넓은 여백

에드거 앨런 포

에 연필로 메모해 놓은 글을 매우 조심스럽게 지운다.

_본문 p. 158.

미국 문학의 기틀을 다진 포는 여러 면에서 기념비적인 업적을 남겼지만, 그중에서도 단편소설이라는 새로운 장르를 제시했다는 점은 반드시 언급되어야 한다. 포는 열한 살 때 첫 번째 시를 쓸 정도로 넘치는 기지를 발휘하며 작가로서의 여정을 시작했다. 이어 간결하고 압축적인 방식으로 인상적인 메시지를 전달하는 데 유용한 단편소설의 기능에 주목했다. 이론가나 비평가로도 활약했으며, 실제로 「검은 고양이」, 「껑충 뛰는 개구리」, 「고자질하는 심장」 등 뛰어난 단편소설을 내놓음으로써 자신의 이론을 직접 입증하기도 했다.

포를 이야기할 때 빠지지 않는 장르는 추리소설이다. 미국 문학뿐 아니라 세계 문학사에 있어 포가 지대하게 기여한 분야가 바로 이 추리소설 장르이다. 포는 추리소설의 원형을 최초로 제시했던 작가였다. 그가 탄생시킨 명탐정 뒤팽의 이야기에 영향을 받아 코난 도일은 유명한 '셜록 홈즈 시리즈'를 발표해 추리소설의 전성기를 열었다. 도시에서 일어난 기괴한 사건을 다루고 있는 「모르그가의 살인 사건」은 죽음과 잔인하게 훼손된 시체를 통해 포가 다른 작품들에서 독자에게 제시했던 근원적인 공포와 비이성적인 감정의 극대화를 보여준다. 이로써 우리는 무질서한 의식의 세계와 냉철한 이성 모두를 겸비한 포의 천재적인 면모를 새삼 실감할 수 있다. 또한 「도둑맞은 편지」의 최고의 두뇌 게임을 통해 독자들은 지적 희열을 느낄 수 있을 것이다.

문학사에서 확고한 지위를 차지하고 있는 포의 위상 만큼 이미 다수의 번역본이 시중에 나와 있다. 그래서 기존 번역서들과 차별되기 위해서는 어떤 작품들을 선정해야 할지 고민이 많았다. 독서는 무엇보다 흥미와 지적인 유희를 느낄 수 있어야 한다고 생각하기에, 포의 대표작들을 반드시 포함하는 것을 전제조건으로 했다. 풍자, 공포, 추리의 큰 분류 아래, 가독성이 높아 재미있게 읽힐 수 있는 열 편의 단편을 엄선했다. 포를 처음 접하는 독자이든 아니든, 시대를 앞서간 천재인 포의 흥미진진한 세계를 이 한 권에 담긴 작품 하나하나를 통해 만끽할 수 있으리라 기대한다. 단편소설의 대가답게 분량이 짧기 때문에 가벼운 마음으로 읽어 나갈 수 있고 목차에 상관없이 골라 읽어도 무방하다. 덧붙이자면 이 책을 시작으로 「애너벨 리」, 「갈가마귀」 등 포의 대표적인 시들을 비롯해 더 많은 그의 작품에 관심을 가질 수 있게 되면 좋으리라.

한 작가의 생애는 그의 작품들과 밀접한 관계를 갖는다. 포는

에드거 앨런 포

파란만장한 생애를 보냈다. 부모와의 이별 등 불우한 유년시절부터 그를 둘러싼 잦은 환경 변화, 사랑하는 연인 및 아내와의 이별, 심지어 지금도 여전히 수수께끼로 남아 있는 죽음에 이르기까지. 작품에 대한 평가도 뒤늦게 빛을 발했다. 그가 선보인 고도의 상징주의에 매료된 프랑스의 시인 보들레르가 유럽 문학계에 그의 작품들을 소개하고 나서야 그는 고국에서 간신히 제대로 평가받을 수 있었다. 하지만 이런 과정에 수반되는 좌절과 번민은 포로 하여금 인간 심리에 더욱 천착하게 만들었고, 결과적으로 그 고통을 작품으로 승화시킨 덕분에 인류는 또 하나의 귀중한 문학 자산을 소장하게 되었다. 뛰어난 작가로, 또 당대에 과감하고 개성 넘치는 문학 비평가이자 이론가로서 시대를 앞서며 천재적인 소질을 유감없이 드러냈던 포는 분명, 인류의 소중한 보물이다.

부디 독자들이 행복한 미소와 함께 이 책의 마지막 페이지를 덮길 기원한다. 마지막으로 이 책이 세상에 나올 수 있도록 변함없이 성원하고 격려해 준 새움 출판사에 깊은 감사를 전한다.

2023년 4월 거제도에서, 박영원

에드거 앨런 포 연보

1809.   미국 보스턴에서 배우인 데이비드 포와 엘리자베스 포 사이에서 태어남.

1811.   어머니인 엘리자베스 포 사망 후 담배 상인 존 앨런에게 입양됨.

1815-1820. 양부 존 앨런의 고향인 영국에서 살며 소년기를 보냄.

1826.   버지니아 대학교에 입학하여 언어를 공부했으나 양부의 부족한 지원 및 도
         박으로 인한 재정 악화로 1년 만에 중퇴 후 리치몬드로 돌아옴.

1827.   미국 육군에 사병으로 입대함. '보스턴 사람Bostonian'이라는 필명으로 첫번
         째 책인 『타메를란 외 시집Tamerlane and Other Poems』 출간.

1829.   양모인 프린세스 앨런 사망. 육군에서 전역 후 잠시 볼티모어로 돌아가 숙모
         인 마리아 클렘과 사촌 동생인 버지니아 엘자 클렘의 집에서 잠시 거주. 두
         번째 책인 『알 아르프, 타메를란 외 시집AI Aaraaf, Tamerlane and Minor
         Poems』출간.

1830.   웨스트포인트 육군사관학교에 입학. 양부인 존 앨런은 재혼 후 포와 사이가
         벌어져 포를 파양함.

1831.   근무 태만으로 웨스트포인트 육군사관학교에서 쫓겨남. 뉴욕에서 세 권짜
         리 시집인 『시선집Poems』을 출간. 볼티모어로 돌아가 친가족과 함께 살았으
         나 형인 헨리가 사망함.

1833.   「볼티모어 새터데이 비지터Baltimore Saturday Visiter」지에 「병 속에서 발견
         된 원고MS. Found in a Bottle」를 투고하여 입상함.

1834.   양부인 존 앨런 포 사망.

1835.   당시 13세였던 사촌 동생인 버지니아와 결혼함.

1835-1837. 「서던 리터러리 메신저Southern Literary Messenger」지에서 작가 및 비
         평가로 활약. 음주벽에서 벗어나지 못해 발행인과 불화를 일으켜 일을 그만
         두나 나중에 복직함. 동시대 작가에 대한 신랄한 비평으로 유명해졌으나 공
         격적인 비평 스타일로 문학계 인사들과 불화가 생겨 1837년에 퇴사함.

1838.   첫 번째 소설인 「아서 고든 핌의 모험The Narrative of Arthur Gordon Pym of

Nantucket」 발표.

1840. 「어셔가의 붕괴The Fall of the House of Usher」, 「리지아Ligeia」 등이 수록된 단편선 선집인 『기이하고 아라베스크한 이야기들Tales of the Grotesque and Arabesque』 출간.

1841. 추리소설인 「모르그가의 살인 사건The Murders in the Rue Morgue」 출간으로 추리소설의 아버지라는 별명을 얻음.

1843. 「새터데이 이브닝 포스트Saturday Evening Post」지에 「황금 벌레The Gold Bug」와 「검은 고양이The Black Cat」 발표.

1844. 뉴욕시로 이주하여 「뉴욕 이브닝 미러New York Evening Mirror」지에서 일자리를 얻음.

1845. 「뉴욕 이브닝 미러New York Evening Mirror」지에서 미국에서 가장 유명한 시이자 포의 최고 작품으로 간주되는, 죽음과 상실을 주제로 한 「레이븐The Raven」을 발표해 명성을 얻음. 헨리 워즈워스 롱펠로우를 표절자로 공격함. 「브로드웨이 저널Broadway Journal」지의 편집자 및 경영자로 일했으나 1846년에 재정 악화로 폐간함.

1847. 아내인 버지니아가 결핵으로 사망 후 절망에 빠져 우울증과 음주벽이 심화됨.

1849. 9월 27일 리치몬드에서 필라델피아로 이동 중 행방불명, 10월 3일 남루한 옷에 혼미한 상태에 빠진 채 발견됐고 병원으로 옮겨졌으나 4일 후인 10월 7일에 사망, 볼티모어의 웨스트민스터 장로교회Westminster Presbyterian Church에 묻힘. 「뉴욕 트리뷴New York Tribune」지에 「애너벨 리Annabel Lee」 발표됨.